Lònia ist Privatdetektivin in Barcelona. Sie lebt allein, ißt vegetarisch, hat eine Schwäche für Lippenstifte und meist die falschen Schuhe an, wenn sie plötzlich in Aktion treten muß. Sie spricht katalanisch, denn sie stammt aus Mallorca, und in der quirligen Großstadt überfällt sie an kalten Tagen das Heimweh nach ihrer Insel. Ihre Spezialität: vermißte Mädchen zu finden.

In diesem Fall bekommt Lònia von einer Wahrsagerin den Auftrag, nach einem verschwundenen Mädchen zu fahnden. Die Spur führt sie erst nach Deutschland und dann in ihre Heimat, nach Mallorca. Die Gangster, die das junge Mädchen offenbar entführt haben, tun alles, um Lònia abzuschütteln. Turbulente Verfolgungsjagden, Schlägereien und als Autounfälle getarnte Mordversuche bewirken aber erst recht, daß Lònia nicht lockerläßt. In der Abgeschiedenheit des Landesinneren observiert sie ein riesiges Anwesen, auf dem sie das gekidnappte Mädchen vermutet, und entdeckt ein schmutziges Geheimnis der besten mallorquinischen Gesellschaft.

Maria Antònia Oliver, 1946 in Mallorca geboren, hat mehrere Romane und Erzählbände veröffentlicht, außerdem Drehbücher geschrieben und als Übersetzerin gearbeitet.

Unsere Adresse im Internet: www.fischer-tb.de

Maria Antònia Oliver

Mallorca, Mord inbegriffen

Roman

Aus dem Katalanischen
von Elisabeth Brilke

Fischer Taschenbuch Verlag

Limitierte Sonderausgabe
Veröffentlicht im Fischer Taschenbuch Verlag GmbH,
Frankfurt am Main, Juni 2000

Lizenzausgabe mit freundlicher Genehmigung des
Vito von Eichborn GmbH & Co. Verlags KG, Frankfurt am Main
Die Originalausgabe erschien 1994
in katalanischer Sprache unter dem Titel
›El sol que à fa l'annec‹
bei Edicions de la Magrana, Barcelona

Gesamtherstellung: Clausen & Bosse, Leck
Printed in Germany
ISBN 3-596-50348-5

Für Jaume,
der von Spargel träumte

Kapitel 1

»... na also, Freunde, endlich ist sie wieder da. In letzter Zeit haben so viele geschrieben, so viele angerufen und gefragt, wann sie wiederkommt, daß wir nicht anders konnten und sie zurückgeholt haben. Dabei ist sie nicht sehr erfreut, um nicht zu sagen überhaupt nicht erfreut darüber, im Radio aufzutreten ... Warum gefällt es Ihnen denn nicht, im Radio zu sprechen, Madame Tasi?«

»Weil ich via Radio meine Arbeit nicht so gut tun kann, weil ich bei mir zu Hause alles so habe, wie ich es brauche, weil meine Arbeit Konzentration erfordert und ich mich im Radio oder Fernsehen nicht konzentrieren kann, und weil, weil ...«

»Sagen Sie es ruhig, Madame Tasi ...«

»Ja, also, weil manche Anrufer blöde Fragen stellen, die ich nicht beantworten kann oder will, und das mag ich nicht ...«

Die Frau gefiel mir. Ich wußte nicht, wer sie war, aber sie gefiel mir, ihre Stimme klang sympathisch, und was sie sagte, hatte Hand und Fuß. Die Leute stellten ihr blöde Fragen. Natürlich. Und meine Freundin Patrícia mit ihrer Idee, eine Sendung zu machen, bei der die Leute anrufen, war genauso blöde.

Und ich ebenfalls, weil ich mit dem Auto in Barcelona unterwegs war. Ihr könnt euch nicht vorstellen, was das hieß. Barcelona war eine einzige Baustelle. »Barcelona, mach dich schön!« Ja, für die olympischen Spiele würde es ja vielleicht eine Schönheit werden, aber jetzt war es die Hölle. Hier eine gesperrte Straße, dort wurde ein neues Haus gebaut, weiter unten eins renoviert und die Straße gleich mitvereinnahmt, hier war die Straße zur Hälfte aufgerissen, und aus dem Bürgersteig da hinten quollen die Rohre heraus ...

Zu Fuß war es ein Abenteuer, alle zehn Schritte kam eine Absperrung; mit dem Auto war es unmöglich, weil alle zehn Meter ein Hinterhalt oder ein Stau lauerte und alle mit dem Auto fuhren ...

wie ich, die es gedankenlos nahm und dann wie ein Rohrspatz schimpfte, weil Barcelona ein Unding und ich selbst schuld war.

Dabei sind Füße so praktisch zum Laufen.

»... wunderbar, na also, da ist ja schon der zweite Anruf. Sagen Sie uns bitte, wie Sie heißen und von wo Sie anrufen.«

»Ich heiße Mercè und rufe aus Tortosa an. Ich möchte dir vor allem zu deiner wundervollen Sendung gratulieren, Patrícia ...«

»Vielen Dank, Senyora Mercè.«

»Ich höre dich jeden Tag, jeden Tag ... ich darf dich doch duzen, ja? Deine Stimme klingt nämlich so blutjung, daß ich deine Großmutter sein könnte ...«

Schalt sie ab, Menschenskind! So viel Wohlwollen ist ja ekelhaft.

»Senyora Mercè ...«

»Ja, ich heiße Mercè und rufe aus Tortosa an. Habe ich das nicht gesagt? Also, ich rufe öfter an, nicht, aber bei euch ist immer besetzt, als wenn ... natürlich, bei einer so guten Sendung, und du hast so interessante Leute, daß ...«

»Wie lautet Ihre Frage, Senyora Mercè?«

»Oh! ... Ich weiß nicht, Kindchen ...«

Siehste, Patrícia? Die rufen doch an, weil sie sich langweilen, weil sie allein sind oder damit die Freundinnen hinterher sagen, sie haben sie gehört, aber nicht, um Fragen zu stellen.

Du blöde Kuh! Paß doch auf mit dem Baby! Siehst du denn nicht, daß ich Kind und Kinderwagen fast plattgemacht hätte? Sei vorsichtig, Mensch, ein Baby ist doch kein Schutzschild!

Na so was, die Ziege schrie mich auch noch an! Die war wohl bekloppt! Stand trotz roter Ampel, mit dem Kinderwagen voran, immer noch auf dem Zebrastreifen rum, kreischte und zeterte, während keiner weiterfuhr, aus Angst, das Kind mitzuschleifen.

Manche Frauen verdienen es nicht, Mütter zu sein.

»... ich möchte gern wissen, welche Zahl bei der nächsten Ziehung rauskommt ...«

»Senyor Joan, wenn Sie das ernst meinen, dann ist das eine von den blöden Fragen, die ich nicht beantworten kann. Und auch wenn ich es könnte, würde ich nicht antworten wollen. Also, wenn das ein Scherz sein soll, Sie also die Stirn haben, sich über mich lustig zu machen, sind Sie ein Idiot und ein Flegel, denn ...«

Toll, diese Frau! Wahrscheinlich ist das eine Astrologin, eine von diesen Quasseltanten, aber den Leuten den Kopf zurechtsetzen, das kann sie ...

»Aber, meine Lieben, keinen Ärger bitte, nicht jetzt ... ein bißchen Musik, bitte, Ihr am Mischpult. Freundliche Musik ist immer gut ...«

Patrícia war schön verrückt, eine solche Sendung zu machen. Das hatte sie nun davon. Sie mußte Musik einspielen lassen.

Ich war ebenfalls schön verrückt, um acht Uhr abends mit dem Auto die Rambla hinunterzufahren. Mal hielt ein Taxi, um jemanden aussteigen zu lassen, dann dauernd diese Knaben, die zwischen den haltenden Autos verrücktspielten – die Jungs von heute sind riesig, und erst die Füße. Wenn so einer in den Aufzug steigt, denke ich immer, er latscht bestimmt auf mich drauf. Und wie die in diese kleinen Wohnungen reinpassen, kann ich mir nicht vorstellen...

Na, nun geh schon, du Bengel, und gib nicht so an!

Der Kellner da läuft mit einem brechend vollen Tablett im Zickzack über die Straße, und jetzt geht ein ganzer Trupp an einer Stelle rüber, die dafür nicht vorgesehen ist ... und ich komme wohl erst an, wenn alles gelaufen ist.

Merde, meine Dame, jetzt war ich aber dran! Warum gehen Sie nicht zur Ampel und warten, bis es grün wird? In Ihrem Alter, bei den Pfunden, die Sie mitschleppen, und dann auch noch mit den Tüten rechts und links, sind Sie nicht mehr in der Verfassung für so etwas!

Idiotisch! Warum gehen gerade die Alten nie an der Ampel rüber?

»... aber das ist keine Vision; das ist ein Traum, wenn ich in Trance bin, habe ich sie nie sehen können, obwohl ich es weiß Gott versucht habe, aber vergeblich ...«

»Und wie oft haben Sie das Mädchen im Traum gesehen.«

»Fünf- oder sechsmal. Manchmal nur ihr Gesicht und die Haare, und sie sieht sehr traurig aus, irgendwie; sie sieht so aus .. Manchmal habe ich sie auch ganz gesehen, sie lachte, und andere Leute waren auch dabei. An den verschiedensten Orten. Nur ein einziges Mal war der Traum ganz anders, na ja, nicht der Traum, aber sie: Ihr Haar war naß, und sie schlief. Das war beim dritten Mal, und da hörte ich von weitem, von sehr weit weg, einen Namen: Júlia. Júúúliaaaa ... dann bin ich aufgewacht, und sie war weg.«

»Ich bekomme Gänsehaut ...«

Das war keine Astrologin. Die war schlimmer. Das war eine Hellseherin. Igitt! Mit diesem Kroppzeug wollte ich nichts zu tun haben, und wenn sie zehnmal eine angenehme Stimme hat und die Dinge beim Namen nennt.

Und Patrícia sagte der auch noch, sie habe Gänsehaut bekommen. Kokolores, Patrícia, Kokolores.

Carrer de la Unió, na endlich! Achtung, Lònia, langsam, sonst überrollst du noch jemand; da, Marquès de Barberà, nein, nicht die erste, die zweite rechts. Hier rennt man nicht wie auf der Rambla, hier geht's gemächlich zu, hier haben die Leute keine Eile, irgendwo anzukommen, weil sie nirgendwohin können. Und schön macht sich Barcelona in dieser Gegend auch nicht gerade.

Alle diese Männer gehen zu Nutten? Kaum zu glauben. Manche sind die reinsten Schutthaufen, und die nicht besoffen sind, sind high ... und wenn nicht, sieht es zumindest so aus.

Es hat mich immer gewundert, daß in diesen Vierteln ganze Heerscharen zielloser Mannsbilder, schlecht gekleidet, schlecht frisiert, herumspazieren, hin und wieder stehenbleiben und Löcher in die Luft starren ... undefinierbaren Alters, aber sicherlich jünger, als sie aussehen, Leute ohne Zukunft, ohne Gegenwart, ohne Arbeitstag oder Sonntag, ein trauriges Volk ... na, ich sollte mich lieber nicht mit Freizeitsoziologie abgeben, da werde ich nur wütend, und wem nützt das schon ...?

Da waren sie. Nur zwei, Sònia und Vanessa. Die anderen warteten wahrscheinlich in der Wohnung. Ich war kaum auf den Bürgersteig gefahren, da kam Vanessa schon an. Vanessa kannte mein Auto gut. Sie ließ sich Nessa nennen, weil Vanessa ordinär sei, wie sie sagte; die Ärmste wußte nicht oder wollte nicht wissen, daß bei ihr jeder Name ordinär wirkte. In Wirklichkeit hieß sie Dolores.

»Wir denkten uns, du würdest mehr nicht kommen!«

Mein Gott, was quatschst du für ein Katalanisch, Nessa.

»Du weißt doch, wie viele Baustellen Barcelona hat, Doloretes. Ich dachte schon, ich würde nie ankommen.«

»Du warte hier, wir sagen dir schon, wenn kommt, ja? Und nenne nicht mir Doloretas, sonst nenne ich dir Apolónia, *vale*?«

»Eins zu null für dich, Nessa. Alles klar.«

»... Nein, Senyora, nein. Ich habe sie nur im Traum gesehen, wie ich schon sagte. Seltsame Träume, wirklich. Fünf- oder sechsmal, ja ...«

»Und ihr Haar war schwarz und glatt ... es war lang ...«

»Ja, Senyora, das habe ich gesagt.«

»Senyora Cros, kennen Sie das Mädchen denn?«

»Oh, Patrícia! Natürlich kenne ich sie. Das heißt, wenn es dieselbe ist wie die, von der Senyora Tasi spricht ... Oh, mein Gott, seit sechs Monaten, sechs Monaten, Senyora Tasi, ich meine, Madame Tasi ...«

Obwohl sie es eilig hatte, war Dolores stehengeblieben, um zuzuhören. Sie fragte mich: »Das ist doch die Programm von die Patrícia, nich?«

»Ja, kennst du sie?«

»Ich? Nein, nein, kennen nicht. So wichtig Leute ich nicht. Aber sie gefällt mich sehr! Ich hör das *siempre*, wenn ich kann, wenn ich nicht abeit ... und *siempre* sind wichtig Leute dabei ... na, ich gehen ... wir sagen dich Bescheid, ja?«

»Ja, Nessa, ja ...«

Wichtige Leute. Patrícia und wichtige Leute. Wenn die wichtig ist, was bin ich dann? Eine Nullkommanull, das bist du, Lònia. Genau das. Ein Stück Scheiße. Verdammter Mist!

»Senyora Cros, Senyora Cros! Hören Sie mich? Wir wurden anscheinend unterbrochen ... Senyora Cros!«

»Ja, hier bin ich. Verzeihung, Patrícia ...«

Sie weinte, die dumme Gans. Die werden dich rausschmeißen, Patrícia. Du magst ja sehr wichtig sein, aber rausschmeißen werden sie dich, verlaß dich drauf.

In dem Augenblick machte mir Sònia vom Eingang aus ein Zeichen; der Typ rollte an.

Obwohl ich ihn noch nie gesehen hatte, erkannte ich ihn sofort. An dem, was mir Sònia und Dolores erzählt hatten. An seinem Getue. Und daran, wie er angezogen war.

Er stolzierte ganz langsam den Bürgersteig gegenüber hinunter, schaute links und rechts und bewegte immerzu die Arme, als müßte er sich seinen Weg durch eine Menschenmenge bahnen. Sein Anzug war weiß, die Hosen eng, die Weste geblümt, das Hemd schwarz und die Krawatte weiß. Und er trug einen Hut mit breiter Krempe, der wie ein Florentiner aussah. Dabei war der Typ klein und mickrig. Genau wie die Mädchen erzählt hatten. Allerdings trug er klotzige Absätze, dadurch wirkte er noch winziger.

Na ja, ein Bild für die Götter.

Es war wirklich ein Kinderspiel. Leichter noch, denn schließlich will auch spielen gelernt sein. Eigentlich brauchte ich nur mit dem Finger zu schnipsen. Der Knilch war nämlich nicht darauf gefaßt.

Die wenigen Passanten wichen zur Seite, um ihm Platz zu machen. Es war offensichtlich, daß ihn alle in dieser Straße kannten. Und daß er ein rabiater Giftzwerg war. Sònia und Vanessa hatten sich in den Hauseingang verzogen. Ich sah aus den Augenwinkeln zwei Gesichter am Fenster, konnte sie aber nicht erkennen. Da stieg ich aus dem Auto, überquerte betont lässig die Straße, ging ihm entgegen und verstellte ihm den Weg.

»Na, Kleine, läßt du mich nicht vorbei?« sagte er mit nach Strich und Faden geheuchelter Liebenswürdigkeit.

»Na, Kleiner, läßt du mich nicht vorbei?« antwortete ich ohne einen Hauch von Liebenswürdigkeit.

Es dauerte nicht den Bruchteil einer Sekunde, doch ich konnte den Zweifel auf seinem Gesicht sehen. Das klappte ja wunderbar. Hinter seinem Outfit, dem Hut, den Schuhen und allem, was darunter war, verschanzte er sich also nur. Doch gleich darauf war alles wieder an seinem Platz, an dem Platz, den er wollte, versteht sich.

»Was hast du gesagt?« ... Seine Stimme sollte wohl wie ein Donnerhall klingen. »Brauchst du 'ne Abreibung, Puppe? Weißt du nicht, wer ich bin?«

Ich sah in die Runde. Die Männer waren zehn Schritte weit weg, und die Frauen versteckten sich in den Eingängen. Alle mucksmäuschenstill. Wieso hatten die solche Angst vor dem?

Ich versuchte, ihn den Zweifel nicht ahnen zu lassen, den die Angst der anderen in mir geweckt hatte.

»Du siehst doch, daß alle verschwinden, wenn sie mich sehen!« Und dabei wies er weit in die Runde.

»Ich aber nicht« – meine Stimme war ganz ruhig. »Ich will mit dir reden.«

Daraufhin lachte er hämisch. Wie ein Hampelmann sah er aus.

»Aha! Die Kleine will mit mir reden. Auf die Knie sollst du gehen, um mit mir zu sprechen. Ich bin schließlich nicht für jeden zu sprechen; ich rede nur, mit wem ich will und wann ich will. Und mit dir will ich nicht reden, ich kenne dich nicht und habe dir nichts zu sagen ...«

»Ich dir aber« – meine Stimme war noch ruhiger.

Da packte er meinen Arm und wollte mich mir nichts dir nichts vom Bürgersteig schubsen. Jetzt war meine Stunde gekommen. Besser gesagt, seine Stunde, weil er es war, der es abbekam.

Ich packte seinen rechten Arm mit meinem linken und drehte ihn um. Ich habe ihm bestimmt weh getan, sah aber nur wieder den Zweifel auf seinem Gesicht, diesmal allerdings nicht nur einen Sekundenbruchteil. Nach einer Weile – ich verdrehte ihm den Arm immer mehr – ließ er meinen mit schmerzverzerrtem Gesicht los. Da knallte ich ihm meine Rechte aufs Kinn, und der Ärmste biß sich selbst auf die Zunge. Jetzt gesellte sich auf seinem Gesicht Verwunderung zu dem Zweifel.

Ich ließ seinen Arm los und rammte gleichzeitig mein Knie, ob das rechte oder linke weiß ich nicht mehr, in seine Weichteile. Ich hatte ihn voll erwischt. Sein Auuuu! war so laut, daß ihn die Floristinnen auf der Rambla gehört hätten, wenn sie nicht um diese Zeit schon weggewesen wären. Er fiel auf die Knie und krallte die Hände über dem Hosenschlitz zusammen. Der Florentiner landete ein paar Meter entfernt. Und der Knilch machte ein Gesicht wie's Leiden Christi. Aus der Wohnung oben wurden Stimmen laut.

»Bravo, Lònia! Bravo, Lònia!«

Ich war noch nicht fertig. Ich hatte noch mit ihm zu reden. Außerdem war es ein komisches Gefühl, meinen Namen so laut in diesen Straßen zu hören; mehr noch, ich bekam Gänsehaut. Darüber mußte ich nachdenken; dazu war jetzt aber keine Zeit. Ich verwarnte ihn: »Laß die Mädchen in Ruhe. Die gehören mir.«

»Dir? Was soll das heißen, dir?« ächzte er, immer noch auf Knien, mit schmerzerfüllter Stimme.

»Ich beschütze sie, und nicht du.«

»Aber du kannst doch nicht ihr Macker sein. Du bist eine Frau.«

Widerliche Schmeißfliege.

»Und du bist als Macker eine Null. Das hast du gerade bewiesen«, sagte ich.

Er wollte aufstehen, doch ich packte ihn an den Haaren und hinderte ihn daran.

»... und wenn dir das nicht paßt, mal sehen, was du davon hältst.«

Ich verabreichte ihm den sogenannten Karnickelschlag, das ist ein Handkantenschlag in den Nacken. Ein Kaninchen geht dabei drauf. Einen Menschen setzt das eine ganze Weile außer Gefecht. Bei meiner Übung und der geringen Widerstandskraft dieser Kreatur stellte ich mir vor, daß die Mädchen Zeit haben würden, die Bullen zu rufen, bevor er wieder zu sich kommen würde.

Doch die Mädchen waren außer Rand und Band. Sie schrien wie verrückt, polterten die Treppen hinunter; die Passanten, die wortlos von weitem zugesehen hatten, applaudierten jetzt und kamen allmählich näher.

Ich gab Sònia ein Zeichen, Sònia nickte, und ich verdrückte mich eilig in Richtung Auto. Ich fuhrwerkte wie wild, um aus der Straße herauszukommen, und sah auf die Uhr: Das Theater hatte nicht länger als zwölf oder dreizehn Minuten gedauert, die mir aber wie zwei oder drei Stunden vorgekommen waren. Ich hatte Kopfschmerzen und schwitzige Hände.

Ich fuhr rückwärts davon, während die Mädchen sich um den Hals fielen und Freudenschreie ausstießen. Fast hätte ich einen Mann überfahren. Ich stellte das Fernlicht an und wurde beschimpft. In dieser Gegend war wenig Licht besser. Ich wollte abbiegen, aber eine Hand auf meiner Windschutzscheibe hinderte mich daran. Ich hatte Bauchweh, und mir war zum Kotzen. Die Straßen schienen so eng, daß ich kaum durchkommen konnte. Die überquellenden Mülltonnen stanken zum Himmel. Ich war in einer unbekannten Stadt, das war nicht mein Barcelona. Oder ich war nicht ich.

Ich drehte die Fenster hoch und stellte, ohne es zu bemerken, die Klimaanlage an. Jetzt, Mitte März, war das natürlich noch nicht nötig. Zuerst wurde mir ein bißchen kühl, und ich dachte, daß mich das ein wenig beruhigen würde, aber so war es nicht. Ich war ein einziges Nervenbündel, das mit den Zähnen klapperte. Ich stellte das Radio an, etwas Musik würde mir guttun. Ich weiß nicht, wie lange ich durch diese Straßen kurvte, die verwirrender waren denn je; die einen menschenleer und finster, die anderen voller Leute, die mir im Weg standen. Dann, Sant Bartomeu, Santa Elena, Carretes, Sant Pau, Abat Safont, und endlich, endlich hörte ich auf, sinnlos herumzukurven. Ich fuhr über die Plaça Raquel Meller auf die *Parallel* und hörte sie mit ihrem zarten Stimmchen singen: *Cómpreme usted este ramito, pa lucirlo en el ojaaaaal.*

Ich parkte in zweiter Reihe, und plötzlich fiel mir auf, daß im Radio keine Musik war, sondern immer noch Patrícia und ihre Sendung.

»... ja, ein paar Briefe, aber ich weiß nicht, woher sie kommen, vor allem die letzten.«

»Könnten Sie uns die Briefe zeigen?« fragte Patrícia.

»Aber natürlich! Ich will doch meine Tochter wiederfinden ...«

»Senyora Cros! Ich kann Ihnen nichts versprechen ... ich habe versucht, Ihre Tochter zu sehen, und heute ist es mir wieder nicht gelungen. Ich habe Ihnen gesagt, daß ich sie nur im Traum gesehen habe. Aber ich will Ihnen helfen, und wenn Sie zu mir kommen, werden wir es gemeinsam versuchen ...«

»Jetzt gleich?«

Ich schaltete das Radio aus und fuhr weiter. An der Plaça Espanya mit der – zwecks Reinigung – rundum verhüllten Statue beschloß ich, daß es mir guttun würde, noch ein wenig herumzufahren, bevor ich mich auf den Heimweg machte. Da merkte ich, daß die Klimaanlage lief. Ich verfluchte mich, schaltete sie aus, stellte die Heizung an und fuhr los, einem kleinen, blauen Licht entgegen.

Kapitel 2

Am Morgen danach erwarteten mich zwei Überraschungen. Angenehm war eigentlich keine von beiden.

Wenn so etwas an einem gewöhnlichen Tag passiert, macht das nichts, das Leben ist nun einmal so, und wir müssen es so nehmen, wenn wir nicht verrückt werden wollen – obwohl ich es manchmal besser finde, es nicht einfach hinzunehmen und lieber verrückt zu werden, aber das ist ein anderes Paar Stiefel und tut nichts zur Sache –, doch nach der letzten Nacht, in der weder Musik noch Baldrian, noch heiße Milch mit Honig, noch Videos mich zum Einschlafen bringen konnten, bekommt man Lust, alles auf den Mond zu schießen.

Ich kam früh ins Büro. Quim war schon da. Ich hätte ihm gern mein Abenteuer mit dem Zuhälter erzählt, konnte es aber nicht. Quim hatte mich nämlich davor gewarnt, mich in diese Dinge einzumischen, weil ich mir die Finger verbrennen würde. Ich hatte sie mir nicht verbrannt, im Gegenteil; doch ich hatte die ganze Nacht darüber nachgegrübelt, was für ein Hundeleben die Frauen – und natürlich auch die Männer – führen, die auf den Strich gehen.

Ich hatte noch über andere Dinge nachgedacht. Zum Beispiel darüber, weshalb es mir nicht behagte, daß mein Name in dieser Straße zu hören war. Nicht, daß ich bescheiden wäre, das bin ich überhaupt nicht; zum Beispiel gefällt mir sehr, wenn die Oliver die Geschichten, die ich ihr erzähle, aufschreibt und veröffentlicht; je mehr Erfolg sie hat, um so besser … Weshalb dann? Mich störte, daß diese Frauen ihn riefen. Wenn jemand vorbeigekommen wäre und das gehört hätte, was hätte der von mir denken sollen? Daß ich genauso eine Nutte war wie die anderen? Ja und, was weiter, wenn einer das glaubte? Aber ich verkaufe meinen Körper nicht, gab ich mir zu bedenken. Und dann dachte ich, daß es Frauen gibt, die sich mit Haut und Haaren verkaufen, aber eben als Ehefrauen und Mütter. Auf welche Weise eine Möse zu Geld gemacht wird, ist doch wohl egal, oder? Natürlich waren nicht alle so, viele taten es aus Liebe. Aber gab es nicht auch viele Nutten, die es nicht aus Liebe, aber doch deshalb taten, weil sie Kinder hatten, die sie ja irgendwie durchbringen mußten? Als ich schon einen dicken Kopf vom Grübeln hatte, beschloß ich, es sein zu lassen und Mercè um Rat zu fragen; die hilft mir immer aus meinen Zweifeln heraus.

Doch obwohl ich saumüde war, konnte ich kein Auge zumachen. Ich dachte darüber nach, ob meine Arbeit mir gefiel oder nicht, und mal gefiel sie mir und mal nicht. Und da fühlte ich mich furchtbar allein und hatte den Eindruck, daß niemand mich liebte. Ich brauchte wohl eine gute Stunde, Freunde und Bekannte durchzugehen und zu überlegen, wer mich gern hatte und wer nicht. Die mich mochten, waren in der Mehrheit, und ich fühlte mich zufrieden, glücklich. Aber was war Glück? Über diesem Gedanken nickte ich ein, war aber immer noch nicht schlauer.

Dann machte ich mir eine Tasse heiße Milch mit Honig. Das machte mich wieder hellwach. Ich mußte wieder an die Nutten und auch an den Mann mit dem Florentiner denken, und auf einmal tat er mir leid. Wer er wohl war? Er wirkte jung und sprach gut Katalanisch. Wie kam es, daß alle so große Angst vor ihm hatten? Dabei war er doch nur eine halbe Portion, der Ärmste!

Und so überlegte ich hin und her – überlegen ist zuviel gesagt, weil mir das im Kopf herumschwirrte, ohne daß ich etwas dagegen tun konnte –, mal einnickend und dann wieder aufschreckend, na ja, das war schon eine verrückte Nacht gewesen, total verrückt.

»Gut siehst du nicht gerade aus«, hatte Quim gesagt, als er mich sah. »Alles in Ordnung?«

»Ja, was soll schon sein? Eine verrückte Nacht ...«, antwortete ich eher lässig und gab ihm damit genau das Gegenteil von dem zu verstehen, wie es wirklich war.

»Ach so«, zwinkerte er mir zu, »wenn das so ist, wird dir ein Eistee guttun.«

»Hast du so früh schon Tee gemacht?«

»Ja, Senyora, ja. Ich habe nämlich auch eine verrückte Nacht hinter mir«, gestand er verständnisinnig grinsend.

Quims Tee war köstlich, seitdem er Elton kennengelernt hatte. Im Sommer eiskalt und schön heiß im Winter. Elton hatte ihn schon seit langem verlassen und Quim tief getroffen, der Mistkerl, aber dafür waren Quims Tees besser denn je nach einer verrückten Nacht.

Danach gingen wir an die Arbeit. Vielleicht war Quims Nacht ebenso verrückt wie meine gewesen, und ich hatte eine ebenso falsche Vorstellung von seiner wie er von meiner. Aber was soll's!

Es dauerte nicht lange, da gab es die erste Überraschung. Es klopfte. Bevor man »herein« sagen konnte, öffnete sich die Tür, und gleich reihenweise stiefelten Frauen in unser Büro.

»Was ist denn nun los?« fragte Quim erschreckt. »Was wollt ihr hier?«

Doch die von Sònia und Nessa angeführte Truppe achtete nicht auf ihn und sammelte sich an meinem Tisch.

»Oh, Lònia, du warst super gestern! Hinterdem haben wir die Bullen appelliert und bei uns krank gelacht!«

Das war Nessa-Dolores mit ihrem katalanischen Kauderwelsch, während die anderen herumschrien: »Ja, ja! Ja, ja!«

So angemalt wie gestern abend waren sie nicht, aber trotzdem, du meine Güte. Sie trugen Miniröcke, die für ihr Alter und insbesondere für ihre nach einer Fettabsaugung schreienden Schenkel extrem kurz waren. Und dazu mehr als großzügige Dekolletés, aus denen ihre Wabbelbrüste hervorquollen. Sie wirkten froh, sogar glücklich. Aber was war Glück? dachte ich, verbannte das Wort gleich wieder aus meinem Kopf und bedauerte, ihretwegen eine schlaflose Nacht verbracht zu haben.

»Da ging die Post ab auf die Straße, das hättest du sehen sollen! Der Macker tat uns sogar leid, *fijate*! Aber die Polente wollten wir nichts sagen. *Bueno*, wir haben sie gesagt, daß der Typ ein armer Teufel war, der uns den Zuhälter machen wollte, und daß er wahrscheinlich im Suff über seine Füße gefallt war ...«

»Und von dir haben wir kein Wort gesagt, wir nicht und sonst auch keiner von denen, die gesehen hatten, wie du ihn verdroschen hast. Du warst eine Wucht, Lònia!« sagte eine, die ich nicht kannte.

»Ja, ja! Ja, ja!« – die anderen im Chor.

Sehen konnte ich Quim nicht. Aber ich stellte mir sein Gesicht vor. Was für Vorwürfe würde er mir machen, wenn sie gegangen wären. Vielleicht würden wir uns sogar in die Haare kriegen. Ich konnte es nicht ertragen, daß irgend jemand, und am allerwenigsten Quim, Streit mit mir anfing. Oder mir sagte, was und wie ich etwas zu tun hätte. Ich hatte diesen Bordsteinschwalben geholfen, und damit basta.

Aber momentan dachten die Bordsteinschwalben nicht im Traum an Abflug. Und ich fühlte mich bei ihrem Anblick und nach der Nacht, die ich hinter mir hatte, irgendwie eingeschüchtert, wußte nicht, was ich sagen sollte.

»Wir sind so zufrieden mit dir, daß wir dir ein Geschenk mitgebracht haben!« Das war Sònia.

»Aber nein, das war doch nicht nötig«, beeilte ich mich zu sagen.

»Doch, und wie!« – Nessa. – »Das ist die Lohn ...«

»Aber ihr schuldet mir gar nichts.«

»... und das die Geschenk. Los, mach auf!«

Das Päckchen war klein. Sorgfältig in schrilles Papier verpackt. Diese Frauen hatten offensichtlich eine Vorliebe für schrille Sachen. Ich riß das Papier auf und stieß auf ein Schächtelchen. Ich öffnete das Schächtelchen, und es enthielt einen Lippenstift. In schreiendem Gold!

»Der ist ... ist wunderschön«, brachte ich heraus.

»Aus Gold ist der nicht.« Sònia mit tieftrauriger Stimme; und dann mit fröhlicherer Stimme: »Sieht aber so aus, nicht? Mach auf, mach auf, du wirst sehen!«

Die arme Sònia war so hocherfreut. Meine Verwirrung mischte sich mit Wut. Ich hätte ihr den Lippenstift an den Kopf werfen können.

Ich drehte ihn auf. Außen golden, innen golden. Ich konnte es nicht fassen. War eine solche Geschmacksverirrung überhaupt menschenmöglich? Ich probierte ihn auf meiner Hand aus, und tatsächlich, er war golden. Ich hatte gar nicht gewußt, daß es Lippenstifte in dieser Farbe gab. Wo zum Teufel hatten sie den her? Bestimmt aus einem Laden für Theaterbedarf. Ein starkes Stück, wahrhaftig.

»Paßt der für zu deine Sammlung?« Nessa, mit dünnem Stimmchen.

»Aber natürlich«, sagte ich, und die helle Freude stand mir ins Gesicht geschrieben. »So einen habe ich noch nicht.«

Ich sah Quim über die Frauen hinwegspähen und ahnte sein hämisches Grinsen.

»Und was für ein Düftchen! Schnupper mal dran!«

Ich schnupperte. Er roch wie ein Gemisch aus Erdbeer- und Pfefferminzbonbons. Jesusmariaundjosef!

»Wenn du dich mal kostümieren willst, ist das eine wunderbare Farbe. Oder wenn du zu einem Fest eingeladen bist. Ich nehme ihn manchmal abends«, sagte Sònia.

»Ja, ja!« jubilierten die anderen.

»*Bueno*, Kinder, *vamos*, Lònia hat viel *trabajo* und wir auch.« Das kam von Nessa.

Und dann gaben mir alle ein Küßchen, eine nach der anderen; eigentlich war es fast so wie in meiner Kindheit, als wir auf den Straßen von Santa Eugènia spielten und losrannten, uns atemlos schubsten, um dem Pfarrer die Hand oder das Kruzifix auf dem Rosenkranz der Nonnen zu küssen. Gott segne euch, Kindlein, hätte ich fast verkündet. Ich lachte aber nur. Und zu lachen, nur ein kleines bißchen, fiel mir wirklich schwer, das schwöre ich.

Sie gingen hinaus, wie sie gekommen waren, alle auf einmal, alle Schenkel und Brüste jugendlich verpackt, in den für billigen Sex typischen grellen Farben, kreischend und kichernd über das Hundeleben, das sie führen mußten. Bei ihrem Aussehen konnten sie wirklich nicht allzuviel für einen *Quickie* verlangen. Allerdings war die Art Männer, die mit ihnen verkehrte, auch nicht gerade knackig.

Ich stand da wie angewurzelt, an Stirn und Wangen von Küssen übersät. Mit funkelnden Augen.

»Ich habe nicht vor, mit dir zu schimpfen, Lònia. Was man sich einbrockt, muß man auslöffeln, wie ihr Inselbewohner sagt«, kam Quim mir zuvor.

»Ich würde dir gar nicht erlauben, mit mir zu schimpfen. Wer bist du, daß du mit mir schimpfen könntest?« fauchte ich ihn an und drehte ihm den Rücken zu, damit er mein Gesicht nicht sehen konnte.

»Niemand, ich bin niemand«, sagte er und ging an seinen Platz.

Ich wischte mir die feuchten Küßchen ab, lächelte – ich glaube, rätselhaft genug, um interessant zu wirken – und antwortete nicht. Quim war offenbar wirklich sauer.

Dann verstaute ich das Geschenk in meiner Handtasche und öffnete den Umschlag – in Rosa, Gott im Himmel – mit meinem Honorar. Quim sah zu und sagte nichts.

Fünftausend Peseten.

Quim fing schallend an zu lachen. Aber es war ein falsches Lachen. Er war wirklich böse auf mich. Na ja, das ging vorbei.

»Na, wunderbar, ich finde, das hast du sehr gut gemacht. Dein Leben für fünftausend Piepen aufs Spiel zu setzen! Die große Lònia Guiu nimmt fünftausend Peseten dafür, Zuhältern einzuheizen!«

»Sei nicht schwachsinnig, Quim.«

Aber wer sich schwachsinnig fühlte, war ich. Um der Unterhaltung ein Ende zu machen, setzte ich mich an den Schreibtisch und fing an zu arbeiten. Quim pfiff leise vor sich hin. Wenn er das tat, war er ziemlich geladen. Ich wollte ihn schon fragen, woran er dachte. Und ihm sagen, was ich empfand ... Wie hätte ich ihm aber sagen können, was ich fühlte, ich wußte es ja nicht einmal selbst!

Die Ruhe war nicht von langer Dauer. Die zweite Überraschung des Tages nahte. Und diese klopfte nicht einmal an, sondern kam rein, als wäre sie bei uns zu Hause.

»Wir sollten einen automatischen Türöffner installieren, Lònia«, meinte Quim, als er sie sah.

»Patrícia!« sagte ich. »Gestern habe ich dich ...«

»Wie siehst du denn aus?« unterbrach sie mich. »Hast du dir ein paar gefangen?«

Ich faßte an meine Wange. Das konnten nur die Nuttenküßchen sein, und das hätte Quim mir gesagt. Oder nicht? Nein, er hatte es mir natürlich nicht gesagt, der Supertrottel!

So angemalt wie gestern abend waren sie nicht gewesen, aber angemalt eben doch. Mit anderen Worten, rot, orange und lila, und mein Gesicht sah wie eine Landkarte aus. Ich sah Quim an. Er grinste lausbübisch. Wenn Quim so ein Gesicht macht, kann man nicht mit ihm schimpfen. Dann ist er unschlagbar.

Ich lachte lauthals: »Oh, das war Quim.«

Und sie glotzte Quim blöde an und verstand natürlich nichts.

»Warte, bis ich mich gewaschen habe«, sagte ich.

»Stellst du uns nicht vor?« fragte sie, ohne den Blick von ihm zu wenden.

»Ach ja. Quim, ein Freund, der mir bei der Arbeit hilft. Patrícia, eine Freundin, die beim Radio arbeitet.«

Als ich auf die Toilette verschwand, ging Patrícia gerade mit ausgestreckter Hand auf Quim zu. Als ich wieder auftauchte, saß Patrícia auf Quims Tisch, redete lebhaft und zeigte ihre Knie großzügiger als die Nutten vorher ihre Titten.

»Gut, alles klar ...«, sagte ich, »komisch, gestern abend ...«

»Ich bin beruflich hier, das sagte ich Quim gerade. Lònia, du weißt ja, daß ich beim Radio arbeite ...«

»Natürlich weiß ich das! Wenn du mich ausreden ...«

»Findest du nicht auch, Quim, daß Lònia sehr gut Katalanisch spricht? Vorausgesetzt, sie ist in Barcelona. Aber auf Mallorca redet sie ein Mallorquinisch, da verstehst du nichts ...«

»Du verstehst es nicht«, sagte ich, »aber wenn du zuhören würdest ...«

»Also, ich arbeite beim Radio, ich meine ... ja, ich mache eine Sendung, bei der Kommunikation alles ist; die Hörer rufen an, sagen, was Ihnen gefällt und was nicht. Die Sendung wird viel gehört, wir bekommen eine Menge Anrufe ...«

»Vor allem die Nutten aus dem *Barri Xino* hören dich oft«, warf ich ein, aber sie achtete nicht auf mich.

»Wir bringen immer interessante Leute, und die Leute, die anrufen ...«

»Reden Kokolores, so ist das.«

»Was meinst du mit Kokolores?« fragte sie.

»Wenn ich hier auch mal etwas sagen dürfte ...«

»Aber ich lasse dich doch reden.«

»Das sieht man ja. Du hast mich gerade wieder mal unterbrochen ...«

»Streitet euch bloß nicht! Das könnte ich nicht aushalten«, frotzelte Quim.

»Schluß jetzt« – jetzt war ich richtig geladen –, »ich weiß schon, was du willst. Ich soll in deiner Sendung erzählen, wie eine Privatdetektivin arbeitet, und dann rufen deine Hörer an und fragen mich nach den Basketballergebnissen. Nein, ich will nicht, das gestern abend hat mir gereicht ...«

»Nein, ich wollte gar nicht, daß du zu meiner Sendung kommst.

Aber wo du es jetzt sagst ... Weißt du was, das ist wirklich eine gute Idee, Lònia.«

»Du hast mich schon wieder unterbrochen«, sagte ich trocken und setzte mich an meinen Tisch.

»Entschuldige, tut mir leid ...«

Ich breitete eine Unmenge Papiere aus, starrte in meinen Computer, nahm einen Bleistift und machte mir Notizen ... aber es war sinnlos – mit diesem Irrwisch, der in unserem Büro herumspazierte.

»Na, komm, Lònia«, schaltete sich Quim ein. »Eine Minute wirst du doch für Patrícia erübrigen. Und du, Patrícia, sag ihr endlich, was du von ihr willst.«

»Das Wort eines Mannes!« verkündete Patrícia, und Quim platzte beinahe vor Lachen. Patrícia verstand nicht, was vorging, sie hatte noch nicht geschnallt, daß Quim nicht auf Frauen stand. Nun ja, ich ergriff die Gelegenheit.

»Ich habe dich gestern gehört. Ja, deine Sendung. Und die hat mir überhaupt nicht gefallen. Diese Madame Soundso ist eine billige Scharlatanin, und die Leute, die anriefen, waren mindestens blöde. Unterbrich mich nicht. Laß mich ausreden. Ganz schlecht machst du das nicht, außer daß du dir manchmal die Zügel aus der Hand nehmen läßt. Also schlag dir den Gedanken aus dem Kopf, daß ich für dich arbeiten werde. Jetzt kannst du auch etwas sagen.«

»Hast du die ganze Sendung gehört?« fragte Patrícia plötzlich ganz ernst.

»Nur teilweise. Ich war bei einer Beschattung.«

»Ich versichere dir, Lònia, Madame Tasi ist keine Scharlatanin. Sie ist eine sehr angesehene Wahrsagerin und ernst zu nehmen. Sie hat mit der Universität und der Polizei zusammengearbeitet. Von denen, die angerufen haben, waren ein paar vielleicht ein wenig ... einfach gestrickt. Aber hast du Senyora Cros gehört? Die Mutter von Júlia. Das ist das Mädchen, das Madame Tasi im Traum gesehen hat ... Diese Senyora ist nicht dumm, ganz bestimmt nicht. Sie war nach der Sendung bei uns im Funkhaus, aber Madame Tasi konnte nicht so lange warten. Sie hat mir die Briefe ihrer Tochter gezeigt, hast du das mit den Briefen mitbekommen?«

»Patrícia, was soll das? Sagst du mir jetzt verdammt noch mal, weshalb du hier bist.« Dabei versuchte ich zu verbergen, wie sauer ich wirklich war.

»Ich will, daß du Júlia suchst.«

»Glückliche Reise, Patrícia«, fuhr ich sie an. Sie schien mich nicht zu verstehen. »Ich meine, geh zum Teufel ...«

»Was soll ich da ... Hör zu, Senyora Cros hat Geld, das hat sie mir selbst gesagt. Sie würde dich für die Arbeit bezahlen. Und du hast doch schon ein paarmal nach verschwundenen Mädchen gesucht, stimmt's?«

»Ja, ja, hab ich. Aber da war keine Quasselstrippe dabei, die mir sagt, was ich zu tun habe.«

»Aber ...«

»Ich glaube nicht an so etwas. Das ist Beschiß. Und diejenigen, die das machen, sind Schlawiner, oder schlimmer: das sind Betrüger, die nutzen die Leute nur aus und haben eine Masche. Nein, laß mich damit in Ruhe.«

Quim machte keinen Mucks, er hörte uns nur sehr aufmerksam zu. Ich nehme an, daß er nicht viel verstand, weil er die Sendung nicht gehört hatte.

Patrícia ließ nicht locker.

»Ich weiß nicht, was du gegen Wahrsager hast, Lònia. Aber mit der Mutter kannst du doch wenigstens reden; du wirst schon sehen, wie sie dich überzeugt. Nein, nein, ich meine, davon überzeugt, den Fall zu übernehmen. Hinterher werde ich dich dann zu Madame Tasi begleiten ...«

»Aber Menschenskind, siehst du denn nicht, daß die beiden unter einer Decke stecken?« wandte ich ein. »Ich weiß nicht, warum, aber ich habe den Eindruck, daß Júlia gar nicht existiert und die beiden dich über den Tisch ziehen wollen.«

»Warum sollten sie.«

»Was weiß denn ich, Patrícia!«

»Die kennen sich doch gar nicht. Die sind sich noch nie begegnet.«

»Bist du da sicher?«

»Aber natürlich, da bin ich ganz sicher.« Sie war es aber offensichtlich nicht.

Nun gab auch noch Quim seinen Senf dazu. Ich hatte mich schon gewundert.

»Hör mal, Lònia, ich finde, daß Patrícia recht hat. Der Auftrag ist wie jeder andere, und allzu viele hast du nicht gerade. Ich weiß nicht genau, worum es geht, glaube aber, daß du nichts verlierst, wenn du mit der Mutter von diesem Mädchen sprichst ...«

»Ich werde doch etwas verlieren, nämlich meine Zeit«, unterbrach ich ihn sehr überzeugt.

Ich war mir eigentlich absolut sicher, daß es Zeitverschwendung wäre. Aber so richtig würde ich das erst wissen, wenn ich mit Senyora Cros gesprochen hätte. Allerdings wollte ich mich erst noch ein bißchen länger bitten lassen. Man muß sich seine Zuwendungen holen, wie man sie kriegt.

»Los, Lonieta, tu's für mich.« Patrícia, jetzt zuckersüß.

»Na gut, na gut. Aber mit Madame Tasi rede ich nicht, klar? Die will ich nicht einmal sehen.«

»Sei nicht kindisch, Lònia. Warum denn nicht? Was hast du gegen sie?« – Quim – »Du solltest schon auch mit ihr reden. Dann weißt du, ob die beiden unter einer Decke stecken, wie du sagst, und kannst deine Entscheidung begründet fällen.«

Sie hatten mich drangekriegt. Na ja, ich hatte mich drankriegen lassen. Aber Achtung, noch hatte ich den Auftrag nicht akzeptiert. Und ich war sicher, absolut sicher, daß ich es nicht tun würde. Ich würde schon einen Grund finden, ihn abzulehnen. Die Aufgabe schmeckte mir nämlich ganz und gar nicht. Lieber hätte ich einen Monat bei Wasser und Brot verbracht, als mit Wahrsagern zu tun zu haben. Aber das würden sie schon noch merken.

»Na gut. Ich werde auch mit Madame Tasi reden. Aber das heißt noch nichts, klar? Ich werde nur mit ihr reden, und basta.«

Patrícia jubilierte. Sie gab mir ein Küßchen, und ich strich ihr über den Arm. Dann gab sie Quim ein Küßchen, und Quim ließ es mit sich geschehen.

»Danke, Quim. Ohne dich hätte ich das nicht geschafft«, säuselte sie.

»Ach was«, entgegnete er, »Lònia will sich nur ein wenig bitten lassen.«

»He! Noch habe ich den Auftrag nicht angenommen!«

Eine Stunde später rief Patrícia an und bestellte mich für den Abend zu Madame Tasi.

»Du kommst mit, Quim.«

»Ja, Senyora Paloni.«

»Nenn mich nicht Paloni.«

»Ja, Polita«, sagte er.

»Quim, du kriegst es mit mir zu tun!« lachte ich.

»Ja, Senyora Lònia.«

Kapitel 3

»Nein, ich habe nein gesagt, und dabei bleibt es«, beharrte ich.

Ich wußte aber, daß ich mich verpflichtet hatte und hingehen mußte. Ich konnte Patrícia nicht mit Madame Tasi und Senyora Cros im Regen stehenlassen. Das war nicht nur mit meiner Berufsauffassung unvereinbar, sondern auch wegen meiner Freundschaft zu Patrícia ausgeschlossen, aber es fiel mir schwer, die Schwelle der Eingangstür zu übertreten.

Ein Schmuckstück von einer Tür aus Holz und Glas war das, die zu dem modernistischen Haus im Carrer Villaroel gehörte und die eigentlich in nichts an die Tür von Madò Tonellas Hütte erinnerte, jener Hexe aus der Ebene, die mich verhext hatte, als ich ein Kind war. Sie hatte mich gezwungen, mich splitternackt auszuziehen, und ich zitterte; keine Angst, Engelchen, hab keine Angst, und Mama hatte ihr eine Henne und einen Sack Kartoffeln gegeben, und von da an liebte ich meine Mutter nicht mehr.

»Ich kann nicht, Quim, ich kann es nicht … laß uns einen Tee trinken gehen, setzen wir uns ein wenig, dann ist das gleich vorbei.«

»Ich verstehe dich nicht, Lònia. Es ist Zeit. Wovor hast du Angst?«

»Diese Hexe wird meine Würmer besprechen und mir einen Trank geben, damit ich wieder Appetit bekomme, und wenn du das meinem Vater sagst, kannst du was erleben …«

»Lònia, was zum Teufel redest du da? Geht's dir gut? Du bist kalkweiß ...«

»Mir wird schwindlig ...«

Quim packte mich fest am Arm und an der Taille; ich mußte mich zusammennehmen, um nicht in Ohnmacht zu fallen.

»Kein Tee, besser einen Cognac«, sagte Quim mit erschrecktem Gesicht. »Du hast keine Farbe mehr, Mädchen. Geht es dir nicht gut?«

Schnell hatten wir die Straße überquert und betraten eine Kneipe. Quim bestellte zwei Cognac – Mascaró (!) – und ich, die Abstinenzlerin, kippte meinen in zwei Schlucken. Nach dem ersten Schluck ging es mir schon bedeutend besser.

»Ich kriege wieder Farbe, stimmt's?«

Nach dem zweiten war ich wieder ganz die alte. Oder zumindest kam es mir so vor.

»Lònia, du hast da draußen ein paar sehr eigenartige Sachen gesagt. Irgendwas über Würmer, ein Getränk und deinen Vater.«

»Ja, das ist eine Geschichte von früher, als ich klein war. Die ist mir erst jetzt wieder eingefallen ...« Das war halb gelogen. »Aber ich nehme an, daß ... Gut, ich erzähle sie dir später, wenn mir danach ist. Eine sehr unangenehme Sache. Jetzt werden wir erwartet. Laß uns gehen.«

»Warte, ich will noch meinen Cognac austrinken«, sagte Quim langsam. Er starrte mich an. »Dir geht's wieder gut, ja? Wirklich?«

»Ja, ja. Mir geht's gut. Wir müssen los.«

Er nahm mich am Arm, und wir überquerten die Straße. Armer Quim, einen schönen Schrecken hatte er bekommen. Wenn ich ihm die Geschichte von Madò Tonella nicht erzählte, würde er nicht verstehen, was mit mir losgewesen war. Aber jetzt hatte er zumindest eine Ahnung, weshalb mir dieser Auftrag so suspekt war, und das hatte mich ruhiger gemacht.

Die Vorhalle war ein Schmuckstück und erstklassig restauriert. Sehr großräumig, weitläufig, gut ausgeleuchtet. Ein niedriger Fliesenfries ringsum, kupferne Lampen, an der Decke vergoldete Simse, die Gemälde mit Frauengestalten und Engelchen einrahmten, drei rosa Marmorstufen und ein himmlischer Aufzug mit lederbezogenem Bänkchen und großem Spiegel.

Dieses Haus zu betreten war sagenhaft. Ob der Grund für den Besuch einem gefiel oder nicht, der Anblick dieser Wunder ließ einem das Herz aufgehen.

Uns öffnete ein Wesen, das weder als Mensch noch als Tier erkennbar war, bis es zu sprechen anfing.

»Guten Abend. Mein Name ist Lònia Guim. Madame Tasi erwartet uns.«

»Ach ja, ja! Treten Sie bitte näher. Einen Moment, ich werde der Senyora sofort Bescheid sagen. Und Sie sind sicherlich Quim, nicht? Die Senyora sagte, daß Lònia mit Quim kommen würde. Sehr gut, eine Sekunde ...«

Er hatte eine sehr angenehme Stimme, die aus einem Loch auf der linken Gesichtshälfte herauskam. Wenn man das als Gesicht bezeichnen will. Ein kleines, weißliches Auge auf der rechten Seite, und in der Mitte das andere Auge, groß, grün, stark hervortretend, sehr rund, ohne Lider und Augenbrauen. Eine Nase hatte er nicht, zumindest konnte ich keine erkennen. Vielleicht war sie im Nakken. Das heißt, einen Nacken hatte er ebensowenig, denn Nacken und Rücken formten einen Buckel wie bei einem Fabelwesen.

Wir sahen ihm nach, als er sich, klein wie eine Kichererbse, hinkend – der eine, völlig unförmige Fuß war nach innen gedreht, der andere war größer als Quims Füße – in seiner grellbunten Tunika entfernte, und ich fragte mich, ob dieser arme Mensch als Frau zur Welt gekommen oder aus männlichen Mißgeburten zusammengesetzt war. Quim sagte nichts, aber seinem Gesicht nach zu schließen, dachte er wohl dasselbe wie ich.

Ich schaute mich um. Der riesige Empfangssaal war voller Gegenstände mit drapierten Wänden, indirekter Beleuchtung, vielen Lampen, die hier ein eigenartiges Möbel, dort einen unbekannten Gott – zumindest mir unbekannt – oder vielleicht einen Teufel (?), da eine Fruchtschale voller Äpfel und hier eine Sitzgarnitur aus Mahagoni anstrahlten. Und eine graue Angorakatze, die auf den ersten Blick wie ausgestopft aussah, so still saß sie da auf dem Sofa.

»Wie eine Bühnendekoration«, sagte Quim. »Das gefällt mir. Man hat das Gefühl, in eine andere Welt einzutreten.«

»Ja ...«

Quim hatte sich einem Gemälde genähert. Zwei gutgebaute,

nackte Männer rangen in einem Zimmer miteinander. Durch die Anordnung von Licht und Schatten im Bild und die Beleuchtung wirkten sie beeindruckend real. Quim streckte die Hand danach aus, berührte es beinahe und zuckte zurück.

»Verflixt! Ich habe einen Schlag bekommen ...«, schrie er fast.

Gleichzeitig stieß die Katze ein schrilles Maunzen aus, sprang vom Sofa herunter, schaute Quim an und schlich kläglich miauend in die Richtung davon, in die der Gnom gegangen war.

Wir waren beide erschrocken. Wegen des elektrischen Schlags und wegen der Katze. Und irgendwie waren wir von der Atmosphäre, wie soll ich sagen, ein wenig beeindruckt, verwirrt, eingeschüchtert.

»Diese Madame Tasi hat's raus, wie man Leute verunsichert«, sagte ich, »na, die kriegt von mir was zu hören.«

»Was meinst du damit?« fragte Quim.

»Kapierst du denn nicht? Diese Lampen, diese Statuen und Möbel, der verkrüppelte Zwerg, der uns geöffnet hat, diese Tücher und Vorhänge ... Ja, wirklich, als würdest du in eine andere Welt eintreten, und das tust du tatsächlich. Das sieht nicht nur aus wie Dekoration, das ist Dekoration, Quim. Eine sehr gut gemachte, mit allen nötigen Effekten, um die Besucher einzuschüchtern, ja, das ist genau das Wort, einschüchtern.«

»Eingeschüchtert bin ich nicht, aber ...«

»Bist du wohl. Und ich auch. Deshalb müssen wir auf dem Quivive sein. Ich werde es jedenfalls sein ... Und du kannst mir nicht erzählen, daß der Schlag dich nicht beeindruckt hat.«

Plötzlich spürte ich, daß irgend jemand bei uns im Raum war. Ein Schauder lief mir den Rücken rauf und runter. Ich sah mich um, konnte aber niemanden erblicken, weder Mensch noch Tier. Ich dachte an versteckte Mikrophone, aber die konnten überall sein, und ich konnte schließlich nicht danach suchen.

Quim bemerkte meine Irritation.

»Was hast du denn jetzt schon wieder?« fragte er.

»Ich weiß nicht. Da ist jemand ... oder etwas ...«, sagte ich, ohne meine Umgebung aus den Augen zu lassen.

»Stimmt ... Das bin ich ...« Die sanfte Stimme kam aus einer dunklen Ecke.

Ich starrte in diese Richtung und erlebte ein weiteres dramaturgisches Glanzstück: Da stand ein aufgedonnertes Püppchen mit einer riesigen Schleife auf dem Kopf, wegen der Beleuchtung und der Dekoration schien es nur wenig größer als die Mariquita Pérez, die meine Freundin Esperança zu Weihnachten bekommen hatte, als wir sechs Jahre alt waren – meine Freundin ließ mich übrigens nie mit ihrer Puppe spielen.

Diese Mariquita Pérez hier machte ein paar Schritte auf uns zu, und da sah ich, daß sie eine Zwergin mit runzligem Gesicht war.

»Die Senyora sagt, Sie möchten sich in den gelben Salon begeben.«

Jetzt konnte ich sehen, woher sie gekommen war. Ein schmaler Durchgang begann hinter dem roten Damast an der Wand. Der Gang führte in das gelbe Zimmer, einen kleinen Salon, der ganz in Gelb und Gold gehalten war; Möbel, Wände, Fenster und Tür, selbst die Bilder, selbst die Bücher waren gelb und golden ...

»Sie hätten uns wirklich in den roten Salon führen können«, frotzelte ich.

»Ja, aber die Senyora hat gesagt, in den gelben, nicht in den roten«, sagte sie entschuldigend.

Also hatten sie auch einen roten Salon. Sicher gab es auch einen in Blau, in Lila ... Ich mußte lachen. Quim ebenfalls. Und die Zwergin auch.

»Setzen Sie sich, sie werden gleich kommen«, bat sie uns dann.

»Sie?« fragte Quim. »Wie viele Madames gibt's denn?«

»Nur eine«, lächelte die Zwergin. »Aber Patrícia ist schon da.«

»Ach so! Und Senyora Cros wohl auch?« fragte ich ein wenig irritiert.

»Nein, Senyora Cros ist noch nicht eingetroffen. Möchten Sie etwas trinken?«

»Ich, ja«, sagte Quim, »einen kleinen Whisky, falls vorhanden.«

»Hier gibt es alles«, bemerkte die Zwergin lächelnd. »Alles und mehr ... und von allem nur das Beste.«

»Ja, dann möchte ich einen Orangensaft«, bat ich.

»Sofort. Aber setzen Sie sich, bitte, setzen Sie sich.«

Dann machte sich die Puppenzwergin davon. Ich sah auf die Uhr: Wir waren nun schon eine Viertelstunde da; wenn es in dem

Tempo weiterging, konnten wir den ganzen Tag dort zubringen, von einem Salon in den anderen.

»Nur nicht nervös werden«, sagte Quim und fügte abgeklärt hinzu, »mir gefällt es hier sehr. Du mußt das nehmen, als wärst du im Theater oder im Kino. Welche Schlüsse wir daraus ziehen, werden wir nachher schon sehen.«

»Wenn du meinst.«

Mir fiel die Musik auf. Klassische. Ich beschloß, Quims Rat zu befolgen, wühlte in meiner Handtasche und holte den Lippenstift heraus, den die Nutten mir geschenkt hatten. Ich öffnete ihn.

»Willst du dir die Lippen anmalen?« fragte Quim lachend.

»Nein, Mensch, nein ... aber das ist schon ein Zufall, soviel Gold an einem einzigen Tag ...«

Stimmen näherten sich. Gleich darauf kamen Patrícia und die Zwergin mit den Getränken.

»Da seid ihr ja! Montgomery hat mir schon gesagt, daß ihr da seid«, begrüßte uns Patrícia, die sehr froh aussah.

»Wer ist denn Montgomery?« fragte Quim und tat, als hätte er es nicht genauso erraten wie ich.

Die Zwergin lachte und wackelte mit der Schleife.

»Der mißgestaltete Gnom, der euch die Tür geöffnet hat. Sein Name ist größer als er. Ich heiße dagegen nur Li. Der Name paßt gut zu meiner Statur. Nun ja, stets zu Diensten. Auf Wiedersehen.«

»Tschüs, Li«, sagte Patrícia, als wären sie alte Bekannte.

Ich wartete, bis die Zwergin draußen war, um mir Patrícia vorzunehmen. Allerdings gab ich mich entrüsteter, als ich in Wirklichkeit war.

»Was soll das alles?«

»Was meinst du?« entgegnete Patrícia etwas überrascht wegen meiner kriegerischen Haltung.

»Tu doch nicht so. Dieser pompöse Palast. Diese Warterei jetzt in dem goldenen Zimmer, vorher in dem elektrischen. Du schon hier, und wir wissen nichts davon, und dann behandelst du die Zwerge auch noch wie alte Bekannte ... Am Ende wird sich noch herausstellen, Madame Tasi ist deine Mutter ...«

Patrícia sah Quim verwundert an und tippte sich mit dem Finger an die Schläfe.

»Ha, von wegen plemplem, das bin ich nicht!« fuhr ich sie an. »Aber ...«

»Aber genauso sieht es aus«, sagte sie, jetzt wirklich pikiert. »Ich bin früher gekommen, weil Madame Tasi mir das Horoskop stellt. Sie ist nicht nur Wahrsagerin, sondern auch Astrologin, und weder meine Mutter noch meine Tante ... Eine gute Freundin, das ist sie allerdings, und Li auch. Wenn du nichts dagegen hast. Und wenn dir das Haus protzig vorkommt, ihr gefällt es eben so, da kann ich doch nichts dafür. Und was du mit dem elektrischen Zimmer sagen willst, weiß ich nicht ...«

»Ich war das, ich habe in der Eingangshalle einen elektrischen Schlag bekommen«, klärte Quim sie auf.

»Und ist das auch meine Schuld?« fragte sie mit Blick auf mich.

»Natürlich nicht, Mensch. Du kennst doch Lònia, sie übertreibt gern ein bißchen.«

»Na wunderbar ...«, sagte ich und nahm einen Schluck Orangensaft. »Jetzt gibst du ihr auch noch recht.«

»Glaubst du, sie würde auch mein Horoskop machen?« erkundigte sich Quim bei Patrícia.

»Na klar! Aber das kostet was.«

»Das kann ich mir vorstellen.«

Ich ließ sie reden, bemerkte allerdings, daß Patrícia klebrig süß zu ihm war. Sie würde schon noch drauf kommen. Schließlich kam die Zwergin wieder – ich hatte den Eindruck, daß sie eine andere Schleife trug, eine ebenso große wie die vorherige, aber diesmal eine grüne, während die andere rot gewesen war – und eröffnete uns, die Senyora würde uns jetzt empfangen.

»Das wurde auch Zeit«, sagte ich.

»Ist Senyora Cros schon da?« Patrícia.

»Ja, sie wartet im grünen Salon.«

»Und warum haben Sie sie nicht hierher gebracht?« Ich, bissig.

»Lònia«, flüsterte Quim mir ins Ohr. »Laß doch.«

»Oh, weil ich nicht wußte, ob Sie nicht etwas zu bereden hätten, bevor Sie auf sie treffen«, antwortete die Zwergin ganz entspannt. »Wenn Sie wollen, Senyoreta Lònia, gehe ich sie sofort holen.«

»Nein, Li, das ist nicht nötig. Auf, lassen wir Madame Tasi nicht warten«, sagte Patrícia.

»Ja, du hast recht.« Ich. »Sie hat uns ja lange genug warten lassen.«

Während wir der grünen Schleife durch einen kurzen, breiten Gang, durch einen kleinen, himmelblauen Salon, einen weiteren, längeren Gang und durch einen großen, rot eingerichteten Salon folgten, fragte mich Quim, der hinter mir ging: »Warum wird sie von den Zwergen Senyora und von euch Außenstehenden Madame Tasi genannt?«

»Was weiß ich denn, Quim. Was weiß ich. Aber ich werde sie auch danach fragen. Ja, das werde ich sie fragen, verlaß dich drauf«, antwortete ich.

Jetzt durchquerten wir eine Galerie, die in den Innenhof führte. Durch die zahllosen Pflanzen hindurch – die Galerie glich einem Dschungel – war eine Schule zu sehen, ein paar Hinterhöfe und ein Parkhaus. Wenn ich nicht so aufgebracht gewesen wäre, hätte ich bemerkt, wie schön diese Galerie war. Quim tat es. Er sagte es mir hinterher. Aber ich war nur gespannt darauf, jetzt endlich, verdammt noch mal, die Wahrsagerin zu sehen.

Vorher mußten wir allerdings noch einmal vor einer Tür haltmachen, die auf die Galerie führte, und Senyora Cros mitnehmen, die mit ängstlichem Gesicht aus dem grünen Salon kam.

»Geht es Ihnen nicht gut, Senyora Cros?« fragte Patrícia.

»Ach, meine Liebe, das ist alles so seltsam hier«, antwortete sie. »In so einem Haus bin ich noch nie gewesen.«

»Aber es ist doch sehr hübsch«, meinte Quim. »Seltsam, aber hübsch.«

Senyora Cros sah den jungen Mann, der ihr so väterlich zuredete, mißtrauisch an.

Patrícia beeilte sich, uns vorzustellen.

»Das ist Quim, Lònia Guius Assistent. Und das ist Lònia, Senyora Cros.«

»Sehr erfreut, Senyora Cros.«

»Sie sind also die … die … Dingsbums …, die mir helfen wird, meine Tochter Júlia zu finden?«

Dingsbums. Mir ist im Leben ja schon vieles gesagt worden. Schönes, nicht so Schönes, Häßliches, manches, das weder Fisch noch Fleisch war, und Gemeinheiten. Aber Dingsbums … Diesmal war ich diejenige, die sich beeilte, für Klarheit zu sorgen, und das so höflich wie möglich.

»Die Detektivin, Senyora Cros. Die Detektivin Lònia Guiu, zu Diensten. Aber ich weiß noch nicht, ob ich Ihre Tochter suchen werde oder nicht. Das hängt davon ab, wie heute das Ganze mit Ihnen und Madame Tasi verläuft ...

Patrícia ist« – ich wollte schon sagen, ein Großmaul – »eine gute Freundin, aber ich muß schon selbst entscheiden, ob ich den Auftrag übernehmen will oder nicht.«

»Ach ja, natürlich«, sagte die Ärmste. »Ich habe Ihnen die Briefe mitgebracht ... Ihnen und Madame Tasi.«

Sie verstummte. Die Zwergin fand, daß wir zuviel redeten. Wir durften die Senyora nicht warten lassen.

Zunächst versammelten wir uns in einem bunten Salon mit vielen Stühlen in verschiedenen Stilrichtungen und barocken Sesseln und einer Art Altar mit zwei Kandelabern und Weihrauch wie bei einer Beerdigung erster Klasse. Montgomery fungierte als Kardinal.

»Die Senyora erwartet Sie«, sagte er lächelnd (so schien es mir).

Und nun betraten wir einen kleinen Salon, der mit dem Rest des Hauses nichts gemein hatte.

Es war ein höchst normaler, gemütlicher Salon mit einem runden Tisch in der Mitte und bequemen Stühlen. Ich fühlte mich sofort wohl. Vielleicht, weil er wie eines der Wohnzimmer im dörflichen Mallorca aussah, in denen sich auch heute noch die Frauen nachmittags treffen, um Spitzen zu klöppeln.

Mit dem Unterschied, daß hier Madame Tasi stand. Eine kleine Frau, ungefähr sechzig, mit schneeweißem Haar und quicklebendigen, schwarzen Augen. Sehr hübsch – wie ich es in ihrem Alter gern sein würde – und mit so vornehmen Manieren, die zu der Einrichtung der Räume, die wir gesehen hatten, in keiner Weise zu passen schienen. Oder vielleicht doch. Vielleicht hatte die gesamte Dekoration keinen anderen Zweck, als die Vornehmheit der Madame zu unterstreichen.

Mit einladender, warmherziger Gebärde bot sie uns die Stühle an, und wir setzten uns stumm. Mit einer weiteren, sanften, freundschaftlichen Geste schickte sie die Zwerge hinaus.

»Herzlich willkommen«, sagte sie. »Ich bin sehr froh, euch in meinem Hause begrüßen zu können, mal sehen, ob es uns gemeinsam gelingt, Júlia zu finden.«

Sie hatte eine wundervolle, suggestive und tiefe Stimme, viel schöner als im Radio, und sprach langsam.

Ich sah Quim an, und er nickte mir zu, aber ich konnte diese Bewegung nicht deuten. Ich würde ihn später danach fragen.

»Du bist wohl Lònia Guiu, nehme ich an«, wandte sie sich mir zu. »Auf Mallorca sagt ihr ›Na Lònia‹, stimmt's.«

Patrícia antwortete, bevor ich etwas sagen konnte.

»Ja, und dieser hübsche, junge Mann ist ihr Assistent Quim. Und diese Senyora hier ist Júlias Mutter, Senyora Cros.«

Doch Madame Tasis schwarze, sanfte, fröhliche Augen ruhten nur auf mir.

»Wovor hast du Angst, Lònia?«

Was faselte die Frau da? Ich und Angst?

»Angst? Ich habe keine Angst«, behauptete ich keck. »Ich glaube nur nicht an Wahrsager und so etwas, Madame Tasi. Ich halte das alles für Theater, sehr gut arrangiert, sehr schön dekoriert, aber trotz allem nichts als Theater.«

»Lònia, bitte!« Patrícia.

»Na ja, du hast nicht ganz unrecht«, lachte Madame Tasi. »Deshalb habe ich euch hier und nicht in einem der bunten Salons empfangen.«

»Aber gezeigt haben Sie uns das Haus. Hätten wir denn nicht direkt hierherkommen können, ohne erst durch die vielen Säle und Gänge gehen zu müssen?« fragte ich.

»Oh, das waren die Jungs. Sieh mal, Lònia, in jedem Beruf muß man ein wenig Theater spielen. Ich tue das, du tust das, jeder tut es auf die eine oder andere Weise. Das wird von uns verlangt. Ich dachte, daß du das bei deiner Intelligenz verstehen und gar nicht beachten würdest.«

»Ich spiele kein Theater«, sagte ich sehr trocken. »Und wer behauptet, daß ich intelligent bin?«

Sie lachte wieder, ein geräuschloses Lachen, und zeigte blendendweiße Zähne dabei – ein Gebiß etwa? –, ein schelmisches Lachen. Sie machte sich über mich lustig. Oder nicht?

»Dein Gesicht spricht Bände. Aber ich will dir nichts vormachen, Patrícia war's, sie hat mir gesagt, daß du sehr intelligent bist. Aber Theater spielst du, Lònia. Ist es etwa kein Theater, daß du mir gegenüber so hart auftrittst?«

Ich schwieg. Hut ab, Madame. Aber Quim fing an zu lachen, und ich kam wieder zur Sache.

»Und was bedeutet der Schlag, den der arme Kerl abbekommen hat, als er ein Bild im Empfangssaal anfassen wollte? Ist das auch Theater?«

»Er hat einen Schlag bekommen? Oh, das tut mir sehr leid« – sie lachte aber wieder so schelmisch. »Ich werde mit Montgomery ein sehr ernstes Wort reden müssen. Das Bild gehört nämlich ihm, und jeder faßte es an. Das ärgerte ihn, und neulich sagte er, daß es jetzt nicht wieder angefaßt werden würde ... Ich wußte nicht, wieso er das sagte, aber jetzt weiß ich es ...«

Patrícia fing an zu lachen, die blöde Kuh. Senyora Cros saß stumm und mit offenem Mund da, die Ärmste. Quim sah aus, als dächte er darüber nach, was er Montgomery wohl antun würde, wenn er nur nicht so ein Winzling wäre. Madame Tasi sah mich an, und ich wurde nervös.

Dann bewegte Madame Tasi, ohne den Blick von mir zu wenden, ihre Hände, als wären sie Schmetterlinge, und sagte: »Na, was meint ihr, wollen wir uns an die Arbeit machen?«

»Ach, Madame Tasi, verzeihen Sie, aber ich finde, das sollten wir«, stimmte Senyora Cros mit einem Seufzer zu.

»Sehr gut. Aber nennt mich nicht Madame Tasi. Ich heiße Cèlia. Cèlia Samsa Tasi. Ich lasse mich Madame Tasi nennen, weil das imposanter klingt; das ist Teil der Inszenierung; aber ich sehe schon, daß es bei euch nicht nötig ist, also Cèlia, einverstanden?«

Das sagte sie, ohne den Blick von mir zu wenden, mit einem halben, warmherzigen Lächeln und mit ihrer wundervollen Stimme.

Es war, als wollte sie mir mitteilen: Ich mache es wie du, Lònia. Dir gefällt auch nicht, daß du Apollònia genannt wirst, oder Polita, Paloni, also läßt du dich Lònia nennen. Ich war kurz davor, herauszuplatzen: Also, dann nennt mich Polita, wie ich genannt wurde, als ich klein war, und dann wird hier niemand Theater spielen!

Doch ich schwieg und stellte mich darauf ein zuzuhören.

Kapitel 4

Senyora Cros zeigte uns die Briefe. Die Ärmste, ihre Hände zitterten, als sie die Mappe öffnete. Sieben Briefe und eine Postkarte. Alle sorgsam gefaltet in ihren Umschlägen. Sie mußte sie wieder und wieder gelesen haben, denn die Schrift war an den Faltkanten ausgeblichen, die Blätter aber so glatt, als wären sie gebügelt worden.

Sie reichte die Briefe Madame Tasi – Cèlia, meine ich –, die sie sehr ausführlich betrachtete, sie immer wieder las, als wolle sie einen Absatz auswendig lernen, während wir anderen still und erwartungsvoll warteten. Senyora Cros setzte zweimal zum Sprechen an, aber Cèlia hob die Hand und ließ sie schweigen.

Plötzlich breitete sie die sieben Briefe einschließlich der Postkarte auf dem Tisch aus, dann ging sie ganz langsam, aber ohne sie zu berühren, mit den Händen darüber und starrte sekundenlang in die Ferne. Danach schloß sie die Augen, hielt sie eine Weile geschlossen, und als sie sie wieder aufschlug, war nur das Weiße zu sehen! Mir lief es heiß und kalt den Rücken hinunter. Ich schaute zu Quim rüber und sah, daß er ebenfalls schauderte. Ich hatte nicht den Eindruck, daß Senyora Cros und Patrícia genauso beeindruckt waren wie wir, aber auch sie warteten mit offenem Mund.

Nun legte Cèlia die Hände auf die Briefe, schloß von neuem die Augen und schlug sie wieder auf, aber nun waren sie nicht mehr weiß. Sie schwitzte.

»Ich dachte, ich hätte eine Vision, aber es war nichts«, sagte sie, während sie sich den Schweiß von Stirn und Wangen wischte. »Es tut mir leid, Senyora Cros, aber ich glaube, ich kann Ihnen nur mit meinen Träumen helfen.«

»Lassen Sie mich die Briefe mal ansehen«, bat ich schnell, denn Senyora Cros würde gleich zu weinen anfangen.

»Oh, ja, ja«, sagte Cèlia, »greif zu«, und nahm die Hände vom Tisch.

Ich wählte die beiden, auf die sie ihre Hände gelegt hatte. Sie waren datiert, aber ohne Ortsangabe. Die Schrift erinnerte mich an die sogenannte englische Schrift, die man uns im Nähkurs beigebracht hatte, rund und nach rechts geneigt. In dem einen Brief stand, daß es Júlia gutginge, ihre Mutter sich ihretwegen keine Sorgen machen solle, daß sie aus freien Stücken fortgegangen sei und nicht gesucht werden wolle. In dem anderen stand, daß sie im Ausland sei.

Ich griff nach dem Umschlag, der zu diesem Brief gehörte, und sah, daß er aus Deutschland kam. Als Absender nur ihr Name. Außerdem stand eine riesige Vier auf dem Umschlag.

»Das ist der vierte Brief von den sieben, die ich bekommen habe«, erklärte Senyora Cros.

Mittlerweile hatte Cèlia die anderen Briefe wieder in ihre Umschläge gesteckt. Sie gab sie mir. Die Postkarte obenauf.

»Und diese Postkarte ist die letzte Nachricht, die ich von ihr bekommen habe. Das ist schon zwei Monate her ...«, und Senyora Cros fing an zu weinen.

Die Schrift war dieselbe. Da stand: »Hallo, Mutter. Mir geht's gut. Hier ist eine steinalte Frau, die ist nicht ganz richtig im Oberstübchen und singt immer dieses Lied:

Va anar a fer cuieres
lo mico i el raio
el sol que fa l'ànec
les flores de maio

Ich weiß nicht, was es bedeutet, finde es aber sehr hübsch. Liebe Grüße.

Júlia«

Ich mußte zweimal hinsehen. Ich hätte auch fünfzehnmal hinsehen können und trotzdem nichts verstanden. Beinahe hätte ich gelacht, aber jetzt war Lachen nicht angesagt; als ich Quim die Postkarte gab, bemerkte ich, daß Cèlia mich ansah und etwas sagen wollte.

Quim las die Postkarte, schwenkte sie überrascht und sauer und fragte: »Was soll das denn, zum Teufel?«

Patrícia nahm sie ihm aus der Hand und las sie. Sie machte ein ebenso überraschtes Gesicht. Und sie fing an zu lachen, eindeutig ein nervöses Lachen.

Senyora Cros weinte daraufhin noch mehr. Ich nahm Patrícia die Karte aus der Hand und sah mir die Vorderseite an. Es war ein Foto mit Kindern auf Fahrrädern, sommerlich gekleidet und mit Blumenschmuck auf dem Kopf. Ich sah mir den Text an, aber da war nur ein Satz auf französisch, englisch und deutsch, außer dem verblüffenden Vers von Júlia. Keine Briefmarke, kein Stempel.

»Und woher kommt die?« Ich.

»Ich weiß es nicht. Ich habe zwei Briefträger gefragt, aber da die immer ausgewechselt werden, konnte ich es nicht herausbekommen.« Senyora Cros.

»Ich würde sagen, aus Mallorca«, äußerte Quim sich sehr überzeugt.

»Na, so was«, staunte ich. »Wieso denn?«

»Wegen *fer cuieres*. Ihr sagt doch *aguia* und *paier* anstatt *agulla* und *paller? Cuieres* ist wohl dasselbe ...«

»Wenn du anfängst, *dois* zu erzählen, Quim, bist du unschlagbar. Die könnte auch aus Katalonien stammen, denn da gibt es Orte, wo sie *paier* und *cuiera* sagen ... Außerdem sagt man auf Mallorca für Ente nicht *ànec*, sondern *ànnera*, und ... jetzt bringst du mich schon dazu, *dois* zu erzählen!«

Quim sagte nichts mehr.

»Was sind denn *dois?*« fragte Patrícia.

»Unsinn«, erklärte Quim. »Quatsch, wie diese Verse.«

Cèlia ließ ihre Hände wieder wie Schmetterlinge fallen, um uns zum Schweigen zu bringen, und sagte: »Ob diese Verse Unsinn sind oder nicht, wird Lònia entscheiden. Ich weiß nicht, was das sein könnte. Ein Rätsel, ein Refrain, ein Lied? Keine Ahnung. Aber das ist nicht unser Thema, wir sind hier, um herauszufinden, ob wir mit dem, was wir wissen, die Tochter von Senyora Cros finden können ...«

»Ja, ja«, schluchzte Senyora Cros.

»... und deshalb wollen wir uns dieser Aufgabe widmen, wenn ich bitten darf« – sie machte eine Pause, die niemand unterbrach. »Gut. Lònia, an Brief Nummer sechs ist etwas Interessantes, glaube ich zumindest. Siehst du ihn dir mal an?«

Ich suchte den Umschlag heraus, der die Nummer sechs trug, und las den Brief. Tatsächlich, das war interessant: Júlia schrieb, daß sie neben einer Kirche wohnte, die den Namen derselben Heiligen trug wie ihre Straße. Ich sah mir den Umschlag an: Er kam ebenfalls aus Deutschland, Köln stand da, wie mir schien. Ich wußte jedenfalls sicher, daß Senyora Cros im Carrer de Santa Ursula wohnte. Ich sah mir den Brief noch einmal an. Er war nicht einmal datiert. Als Absender nur der Name Júlia Corriol.

»Interessant, nicht wahr?« sagte Cèlia.

»Ja und nein«, antwortete ich. »Wir werden sehen.«

Ich könnte zur Post gehen und fragen, ob dieser Stempel wirklich aus Köln kommt und in welchem Viertel die Poststelle ist, und dann beim deutschen Konsulat nachfragen, in welcher Straße die Kirche St. Ursula steht.

Da sagte Cèlia mit ihrer verführerischen Stimme: »Meinst du nicht, bei der Post könnten sie uns helfen? Du kennst da doch sicher jemanden ...«

»Noch habe ich den Fall nicht übernommen«, gab ich so abweisend zurück, daß es mich selbst überraschte.

Denn im Grunde, ganz tief in mir, wußte ich, daß ich es tun würde. Mir war bereits klar, daß ich zu August Torres gehen würde, der Quim und mir etwas schuldete, weil wir ihm die Scheidung sehr erleichtert hatten. Mir war ebenso klar, daß ich überall hingehen würde, um Júlia zu suchen. Es war nur so, daß mir der Gedanke noch nicht gefiel, daß ich den Fall übernehmen würde. Und noch viel weniger, daß mir jemand sagte, wie ich vorzugehen hatte.

Und als Quim sagte: »Aber, Lònia, Mensch ...«, warf ich ihm deshalb einen durchdringenden Blick zu, und er verstummte.

Senyora Cros dagegen zerfloß wieder in Tränen.

»Na«, schaltete Cèlia sich ein, »wenn ihr einverstanden seid, werde ich euch jetzt meine Träume erzählen, mal sehen, ob sie uns etwas sagen. Ich bitte euch nur, mich nicht zu unterbrechen und still zu sein ...«

»Haben Sie vielleicht Angst, sich nicht zu erinnern, Cèlia? Oder ist das wieder ein bißchen Theater?« fragte ich frech.

»Ich sage das nicht deinetwegen, ich dachte, das wüßtest du, Lònia«, antwortete sie, und ihre Stimme klang traurig. »Haben Sie gehört, Senyora Cros?«

»Ja ... ja, ich habe verstanden, Senyora Cèlia. Wir dürfen Sie nicht unterbrechen und sollen still sein«, versicherte Senyora Cros und hörte zu weinen auf.

Und dann begann die wundersamste Märchenstunde, die ich je erlebt habe. Es war nicht nur, was Cèlia sagte, sondern auch, wie sie es tat; nicht nur die Worte, die sie benutzte, sondern auch der Klang ihrer Stimme und ihre Augen; ihre traumverlorene, dunkle Stimme, welche die grauen Zellen in den hintersten Winkeln erreichte und zum Funkeln brachte, und ihre die ganze Zeit auf mich gerichteten, glänzenden, warmen, kohlschwarzen Augen, die mich zwar nicht sahen, aber von einer uralten Weisheit erfüllt waren, wie ich es nur ganz selten in den Augen oder in dem Gesichtsausdruck meiner Tante Antònia wahrgenommen hatte.

»Als ich Júlia das erste Mal sah, wußte ich nicht, daß sie es war. Ein großes, dunkelhaariges Mädchen von ungefähr fünfundzwanzig Jahren. Sie trug ein rötliches Kleid und ging eine Straße entlang, die immer enger wurde, je mehr sie vorankam. Ab und zu sah sie sich um und ging dann jedesmal schneller, bis sie zu laufen und zu rennen anfing. Noch in derselben Nacht, ich weiß nicht, ob es derselbe Traum war, sah ich sie dann von vorn, aber nur Gesicht und Hände. Sie legte sich einen schwarzen Spitzenschleier um, so einen, wie ihn die Damen früher trugen, wenn sie zur Messe gingen. Sie war sehr fröhlich, aber plötzlich zog ihr jemand den Schleier weg, und sie brach in Tränen aus. Da war der Traum zu Ende. Oder das, was ich von diesem Traum erinnerte. Das junge Mädchen ging mir aber den ganzen Tag über nicht mehr aus dem Kopf« – sie machte eine lange Pause und fuhr fort –, »ich habe sie erst wiedergesehen, als ich an diesen Traum schon nicht mehr dachte, ungefähr vierzehn Tage später, mit demselben Schleier und ebenso fröhlichem Gesicht; dabei fiel mir auf, daß sie grüne Augen und sehr schöne, sehr weiße Zähne hatte. Ein undeutlich erkennbares Mädchen neben ihr sagte: Júlia, sei ein bißchen nett zu ihm. Komm, Júlia. Doch sie lachte: Nein, nein, er gefällt mir nicht. Sie standen mitten auf der Straße, die Häuser waren sehr schmal und sehr hoch, und Júlia hob den Kopf, um die Sonne zu sehen. Da kam ein Mann, und offensichtlich gefiel er Júlia, doch dem anderen, undeutlichen Mädchen gefiel er auch. Und der Traum wurde allmählich schwächer, ich meine, ich sah noch Júlias Gesicht, sie lächelte, aber es verschwamm immer mehr, wie wenn man mit einem Lappen über die Fensterscheiben geht ..., und das andere Mädchen weinte.«

Sie hielt inne, um ein wenig Wasser zu trinken. Senyora Cros steckte mir unter dem Tisch etwas zu. Eine Fotografie. Ein Mädchen – vermutlich Júlia –, dunkelhaarig, in einem weinroten Kleid und mit einem Spitzenschleier. Ich sah Senyora Cros an. Die Frau nickte zitternd. Da fuhr Cèlia fort:

»In der Nacht darauf träumte ich wieder von ihr. Es war ein Strand mit gewaltigen Pinien. Hinter den Pinien, sehr weit dahinter, standen Häuser, Hotels, Bars, aber ich konnte nicht lesen, wie sie hießen. Es war gegen Abend, ein rötlicher Himmel, hohe Wellen und große Hitze. Plötzlich kam ein junges Mädchen aus dem Wasser, im Badeanzug und mit Bademütze. Das Mädchen begann durch den Sand zu laufen, die Wellen brachen sich zu ihren Füßen. Ich sah sie von vorn, von hinten, von der Seite, von oben ... die untergehende Sonne veränderte allmählich die Farbe ihres Badeanzugs von grün über lila zu hautfarben. Als sie die Bademütze abzog, erkannte ich sie: Es war Júlia. Sie hatte langes Haar ... und dann, ich bin nicht sicher, ob es in diesem Traum war oder eine Erinnerung aus den anderen Träumen, doch sie trug den schwarzen Spitzenschleier ebenfalls ... aber nicht immer. Sie weinte, rief nach ihrer Mutter, sagte: Mutter, komm, Mütterchen ...«

Senyora Cros schauderte fürchterlich, sie zuckte so zusammen, daß der Stuhl knarrte, auf dem sie saß. Cèlia sprach nicht weiter. Ich legte meine Hand auf Senyora Cros' Arm, um sie zu beruhigen. Cèlia machte ganz sanft *psst* und fuhr fort:

»... sie weinte still, und ihre Tränen verwandelten sich in Muscheln, als sie in den Sand tropften, sie ließ eine Spur von Muscheln hinter sich, und das sah sehr hübsch aus, ja, sehr hübsch, aber dann kam ein Mann zu ihr, der von fern sehr, sehr groß aussah, aus der Nähe gesehen aber kleiner war als sie, der schlug sie ins Gesicht und verschwand. Da ging Júlia wieder ins Wasser zurück und verschwand ebenfalls, doch ich sah sie gleich darauf wieder, diesmal in einem Zimmer, auf dem Bett, nackt, allein, aber dann sofort mit einem Mann, nicht mit dem von vorher, sondern mit einem anderen, der sie liebte, sie liebten sich, und der Mann sagte Júlia, Júlia, und sie war sehr glücklich, und draußen am Strand nahmen die Wellen die Muscheln mit, die Júlia geweint hatte. Das ganze Meer war voll davon, soweit das Auge reichte, war alles voller Muscheln, ihre Tränen hatten sich vervielfacht, aber jetzt waren kleine darunter, mittelgroße, riesige, ein Meer von Muscheln, und das habe ich sehr lange gesehen, oder es kam mir lange vor, immer nur Muscheln und die beiden, die sich liebten, bis ich unruhig und nervös aufwachte ...«

Jetzt wirkte sie ebenfalls nervös. Ihre Hände, welche die ganze Zeit wie tot auf dem Tisch gelegen hatten, waren jetzt ganz rot geworden, und sie rieb sie gegeneinander. Ihre Augen waren kleiner und funkelten mehr als vorher. Sie schwieg.

Ich sah die anderen an. Senyora Cros weinte, jetzt aber still, ohne Schluchzer und Zuckungen. Patrícia sah Cèlia bewundernd an und wartete darauf, daß sie weiterredete. Quim dagegen sah aus wie jemand, der nicht allzusehr an die Träume glaubte, die uns Cèlia erzählte, doch selbst er wartete darauf, daß sie mehr erzählte.

Und das tat sie.

»Jetzt erinnere ich mich ... ja ... Ich weiß nicht, wann mir das träumte, aber ich erinnere mich an sie ... nein, nein, sie war es nicht, es war ein anderes Mädchen ... oder doch? Ein junges Mädchen, ebenfalls dunkelhaarig, in einem alten Haus auf dem Lande ... aber nein, sie war es nicht. Durch eines der Fenster ist in der Ferne das Meer zu sehen ... nein, nein, es ist nicht zu sehen, aber man ahnt es, ein schwarzes Meer hinter den Bergen. Da sind Kinder, die weinen, zwei sehr schmutzige Kinder, und eine Frau, die nicht Júlia ist, nimmt sie mit. Wohin? Ich weiß es nicht. Sie waren draußen im Freien, und jetzt sind sie in einem Haus, einem Hotel auf einem Berg. Eine Kirche war da auch, eine sehr große Kirche oben auf dem Berg, aus der kam Júlia und ging in das Hotel« – und die Hände flogen vor ihren Augen herum, wie um diese Vision zu verscheuchen. »Dann habe ich wieder von ihr geträumt. Sie saß auf einem Motorrad und fuhr über einen sehr schlechten Weg, ja, es waren Berge am Meer. Mal saß ein Mann hinter ihr, und dann hinter einer Kurve fuhr sie allein. Mal war sie nackt, dann wieder bekleidet. Sie hält an, und ich gehe zu ihr und frage sie, ob sie Júlia sei. Sie bejaht lächelnd, ihre Augen sind sehr grün, und da bemerke ich, daß sie traurig, tieftraurig sind, und als sie fortgeht, schwirrt ein Messer durch die Luft, dicht an ihr vorbei, ohne sie zu verletzen, und landet in einem Ginsterbusch.«

Sie schwieg wieder und trank noch etwas Wasser, ohne den Blick von mir zu wenden, aber auch ohne mich zu sehen. Ich war jetzt völlig in ihrem Bann.

»Danach, in einem anderen Traum, sah ich sie mit einem Mann fortgehen, der mit dem Schiff gekommen war. Denn jetzt ist sie nicht mehr in den Bergen, sondern am Hafen, ich weiß nicht, in welchem, nicht dem von Barcelona, doch das Schiff, mit dem der Mann gekommen ist, sieht aus wie diejenigen, die in Barcelona ankommen, und da sind viele Fahrzeuge, die aus dem Schiff auf eine lange, unendlich lange Brücke fahren. Ich sehe die Brücke, die Fahrzeugschlange, sehe aber Júlia nicht. Ich weiß, daß in diesem Traum sehr viel Zeit vergeht, und dann sehe ich sie wieder, von Kindern umgeben, Jungen und Mädchen, und alle sagen Mutter zu ihr und spielen mit traurigen Gesichtern ganz in ihrer Nähe. Es regnet, die Kinder spielen, und Júlia sagt ›meine Kinder‹ zu ihnen, doch es sind nicht ihre Kinder, obwohl sie Mutter zu ihr sagen, und alles ist grau, sehr grau, sogar Júlias grüne Augen sind vor Traurigkeit grau, der Regen ist grau, die Häuser der Stadt sind grau, der gesamte Traum ist grau, die Stimmen der Kinder ebenfalls, Júlia, die jetzt auf einer Bank liegt, ist grau im Gesicht, der Regen und die Kinder umgeben sie, arme Júlia, sie möchte fortgehen und kann es nicht, und da ruft sie ein Wort, das ich nicht verstehe … und drei gesichtslose Männer nähern sich, machen sich über sie lustig, greifen nach den Kindern und nehmen sie mit …«

Cèlia schwieg. Wir warteten. Doch es verging eine ganze Weile, und sie sagte immer noch nichts. Sie saß still da, sah mich mit erloschenen, ich würde sagen traurigen Augen an, ohne mich wirklich zu sehen. Senyora Cros unterbrach schließlich die entstandene Stille, und ihre Stimme hallte wie ein scheppernder Gong in meinen Ohren wider.

»Haben Sie sonst nichts geträumt, Senyora Cèlia?«

Cèlia brauchte ein Weile, um zu antworten. Eine Weile, die mir wie eine Ewigkeit vorkam.

»Ich glaube, das ist alles. Ja, ich glaube, ich habe Ihnen alles erzählt.«

Wieder trat Stille ein. Eine massive Stille, die so dicht wurde, daß sie mit Händen zu greifen war.

Ich durchbrach sie, weil ich es nicht mehr aushielt.

»Haben Sie die Fotos von Júlia gesehen?« fragte ich Cèlia.

»Was für Fotos?«

Senyora Cros gab sie ihr. Cèlia schaute sich eins nach dem anderen an, und ich beobachtete ihren Gesichtsausdruck genau, suchte nach einem Zeichen, daß sie diese Fotos kannte und folglich die Träume erfunden hatte.

Aber Fehlanzeige.

»Kein Zweifel, das ist das Mädchen, von dem ich geträumt habe«, sagte sie und sah mich eindringlich an. »Lònia, jetzt liegt die Entscheidung bei dir.«

Ich hatte schon entschieden. Cèlia hatte mich genauso verhext wie damals Madò Tonella, aber das hier war etwas anderes. Es hatte mir gefallen. Ich weiß nicht, warum, vielleicht waren es ihre schwarzen Augen – die jetzt wieder quicklebendig waren – oder ihre Stimme ... Tatsache ist, daß sie mir keine Angst gemacht hatte, und dafür war ich dankbar. Aber bevor ich zustimmen würde, Júlia zu suchen, hatte ich noch Fragen.

»Sind Sie beide sich je zuvor begegnet?« fragte ich und zeigte auf Cèlia und Senyora Cros, hatte aber nur letztere im Blick.

»Ob ich Senyora Tasi ... ich meine, Senyora Cèlia schon kannte?« wiederholte Senyora Cros. »Nein, nein, ich habe sie nie zuvor gesehen.«

»Nein, Lònia, es ist nicht, was du denkst«, sagte Cèlia.

»Und woher wollen Sie wissen, was ich denke?« Ich, unwirsch.

»Du denkst, wir haben uns verbündet, haben das gemeinsam ausgeheckt, nicht?« sagte sie sanft. »Aber nein. Nichts dergleichen. Es gibt in der Tat nichts, was ich dir nicht erzählt habe.«

»Na gut. Einverstanden«, sagte ich. »Und Senyora Cros, sind Sie zur Polizei gegangen?«

»Natürlich! Und wissen Sie, was die gesagt haben?« schluchzte die Frau unter Tränen. »Daß Júlia volljährig sei, und wenn sie nicht wieder zu mir wollte, könnten sie gar nichts machen.«

»Na gut, einverstanden«, wiederholte ich. »Ich übernehme den Auftrag. Ich werde Júlia suchen.«

Kapitel 5

»... und dann erzählte eine Nachbarin ihr von Madò Tonella, und meine Mutter beschloß, mich zu ihr zu bringen. Meine Mutter beschloß immer, ohne nachzudenken. Und mein Vater und ich mußten es hinterher ausbaden. Früher war ich ihr ähnlich, ich entschied ebenfalls, ohne nachzudenken, aber jetzt nicht mehr so oft. Oder gar nicht. Jetzt denke ich eher zuviel darüber nach ...

»Lònia, du hast gesagt, du würdest mir etwas über eine Hexe erzählen, aber jetzt redest du über deine Mutter und dich.« – Quim.

»Oje, ich komme mal wieder vom Hundertsten ins Tausendste. Nun gut, also ich wollte da nicht hin, weil ich von der Alten schon gehört hatte, aber meine Mutter fackelte nicht lange und brachte mich zu ihr. Sie war keine Hexe, sah aber aus wie eine. Zumindest kam mir das so vor. Die Hütte, in der sie wohnte, war ein Schweinestall, oder schlimmer, mit verrutschten Ziegeln auf dem Dach und einem Loch mittendrin, anstelle des Schornsteins. Es gab keine Tür, nur einen zerlumpten Sack, und drinnen Kerzen über Kerzen. Sie erwartete uns nämlich bereits. Ich war tot vor Angst, und sie, ganz in Schwarz, ein verrunzeltes Gesicht, langes, graues, staubiges Haar bis zur Taille, winzig kleine Äuglein, beide weißlich trübe ... Grauer Star, nehme ich an. Das einzige, was mir gefiel, war der Geruch, so etwas habe ich nie wieder gerochen. Er war sehr trocken, wie nach Kräutern und Alkohol ... Ich weiß auch noch, daß mich ihre Zähne am meisten erschreckten, sie hatte nur noch drei, aber die waren glänzendweiß, fluoreszierend ... wie die Marienfigur, die meine Kusine mir aus Lourdes mitgebracht hatte. Wenn man die in die Sonne oder nachts an eine Lampe stellte, leuchtete sie, ja, so waren ihre Zähne.«

»Vielleicht hatte sie sich die angepinselt ...«, sagte Quim.

»Bestimmt. Aber das wußte ich nicht. Und meine Mutter auch nicht, denn ich habe schieres Entsetzen in ihrem Gesicht gesehen, als die Alte mich an die Hand nahm und anfing, meinen Kopf zu betatschen. Ich dachte, ihre knochigen Hände würden keine Haare mehr an mir dranlassen; ich fing an zu weinen, und sie zischte schauderhaft ›Hier wird nicht geweint‹. Und meine Mutter sagte: ›Nicht doch, Schätzchen, sie wird dir nicht weh tun.‹ Ich konnte aber nicht damit aufhören.«

Ich machte eine Pause, weil der Kellner kam. Wir bestellten, und dann fuhr ich fort.

»Dann mußte ich mich ausziehen und auf eine dreckige Liege legen, da konnte ich den guten Geruch nicht mehr riechen, weil das Lager so stank, daß mir übel wurde. Sie schmierte mich von Kopf bis Fuß mit einer geruchlosen, aber klebrigen, farblosen Flüssigkeit ein, steckte mir Federn in die Ohren und in die Nasenlöcher und begann, Gott und den Teufel anzubeten. Dann legte sie mir zwei tote Geckos auf die Augen, kitzelte mich mit ihren speckigen, kralligen Fingernägeln an den Füßen, ohne ihr Beten zu unterbrechen. Und dann mußte ich die Beine ganz weit spreizen, und sie stopfte mir in irgendwas gewickelte Zweige in den Hintern und in die Möse ...«

»Tat das denn nicht weh?« fragte Quim.

»Nein, weh nicht, es brannte aber ein bißchen. Ich war so verängstigt, daß ich nur noch sterben wollte. Das schwöre ich dir, Quim. Ich war neun Jahre alt, und in diesem Alter planst du den Tod einfach nicht ein. Du kannst dir nicht vorstellen, daß du jemals sterben wirst. Ach was, du denkst nicht einmal daran. Also, ich wollte sterben. Ich betete, damals betete ich noch, daß der liebe Herr Jesus mich wegbringen sollte, weit weg von Madò Tonella, weit weg von meiner Mutter. Eine solche Ohnmacht wie damals habe ich nie wieder empfunden. Ich fühlte meine Tränen brennen, ich nehme an, weil die Echsen mit irgendwas eingeschmiert waren ... konnte mich aber nicht rühren, konnte nicht reden, fühlte mich völlig hilflos, völlig in der Hand dieser Frau, die ihre Litanei an Gott und den Teufel betete und betete ... Ich mußte eine ganze Weile so daliegen, dann hörte sie auf zu beten. Sie sagte, daß ich nur noch einen leckeren Balsam trinken müsse, und dann wäre es schon vorbei. Das Zeug war fettig und bestand aus Schneckenschleim, Katzenmilz, Rattenhirn und Wieselblut. Das sagte sie. Und beim ersten Schluck wurde mir so übel, daß ich dachte, mir käme der Magen zum Hals heraus. Ich kotzte zwar, aber weil ich dem allen ein Ende machen und nichts wie weg wollte, riß ich mich zusammen und trank aus.«

Und selbst jetzt, nach so vielen Jahren, wurde mir noch übel. Mir ekelte vor der Milch, die ich bestellt hatte, und der Anblick der Kinder am Nebentisch, die ein Sandwich verspeisten, schnürte mir den Hals zu.

»Was ist los?« fragte Quim.

»Mir ist plötzlich kotzübel ...«

»Das wundert mich nicht. Mir auch. Aber erzähl weiter. Du hast dich doch zusammengenommen, als du neun warst, jetzt mit Vierzig ...«

»Ja, ja, schon gut« – ich machte eine Pause und fuhr dann fort. »Madò Tonella machte mir das Kreuzzeichen auf dem Gesicht, auf der Brust und zwischen den Beinen und sagte: ›Das war's schon.‹ Sie zog mir die Zweige aus Möse und Hintern, nahm die Geckos von meinen Augen und die Federn aus den Ohren und der Nase. ›Du kannst jetzt aufstehen‹, sagte sie, als sie fertig war. Meine Mutter mußte mir helfen, und ich wurde mir bewußt, daß ich erwachsen geworden war, gezwungenermaßen, mit neun Jahren, kannst du dir das vorstellen? Und daß ich sie haßte, ich haßte meine Mutter mehr als alles andere auf der Welt. Als wir uns auf den Heimweg machten und ich von den Schrecken noch wie Espenlaub zitterte, waren in diesen Haß schon alle Hexen, Heiler, Wahrsager, Geisterbeschwörer, Hellseher, Kartenleser und ähnliche Leute eingeschlossen.«

»Aber hat Tonella dich von den Würmern kuriert? Hast du hinterher wieder Appetit gehabt?«

»Ich war als kleines Mädchen wohl ziemlich stark im Nehmen, denn alles, was ich hatte, war eine Woche lang Erbrechen, Fieber und Alpträume. Würmer nie wieder, die hatten wohl ebenfalls einen fürchterlichen Schock bekommen ...« Ich lachte, aber lustlos. »Nein, im Ernst, Tante Antònia hatte mir Tabletten gegen die Würmer gegeben. Bis ich wieder Appetit hatte, dauerte es länger ... bis zu Beginn der Pubertät mit elf Jahren ...«

»Und was hat dein Vater zu der Behandlung gesagt?«

»Mein Vater, der arme Kerl, hat es nie erfahren. Den Heimweg unterbrachen wir an einer Zisterne, und meine Mutter schrubbte mich gründlich ab. Sie sagte, ich könnte was erleben, wenn ich meinem Vater auch nur ein Wort von diesem Besuch erzählte. Er war damals schon kränklich. Eine Woche später kam Tante Antònia, die Lehrerin in Palma war, und nahm mich mit. Ich glaube, Mutter und sie hatten Krach deswegen, denn als ich ihr davon erzählte, sagte sie, ich solle es vergessen, Madò Tonella könne mir nichts tun und ich sei nicht verhext. Ich vergaß es, na ja, ich stopfte es in eine Gehirnfalte und dachte nicht mehr daran, aber seitdem habe ich einen Haß auf meine Mutter und diese Angst vor Hellsehern ... aber Cèlia ist anders, das muß ich sagen, Cèlia ist vertrauenerweckend, ihre Attraktivität und Ausstrahlung ... genau das Gegenteil von Madò Tonella ... darum habe ich akzeptiert ...«

»Denk nicht mehr daran, Lònia. Ich bin sehr froh, daß du es mir erzählt hast, weil uns das noch mehr verbindet ... aber denk nicht mehr daran.« Quim legte seine Hand auf meinen Arm und streichelte ihn. »Du hast jetzt einen Auftrag ...«

»Danke, Quim, daß du dir diesen Blödsinn angehört hast. Außer Tante Antònia habe ich das noch nie jemandem erzählt. Ich habe manchmal davon geträumt und träume zuweilen jetzt noch davon, hinterher habe ich dann den ganzen Tag verteufelte Laune ...«

»Wir haben alle unser kleines Geheimnis, meine Beste. Eines Tages erzähle ich dir vielleicht mal meins, und du wirst Augen machen. Iß jetzt deine Auberginen auf, die Leute wollen schließen.«

Ich aß meine Auberginen, ohne mich zu ekeln; wenn Quim so lieb zu mir war, fiel es mir schwer, ihm mit einem Widerwort oder irgendeiner Blödsinnigkeit zu kommen.

»Hör mal, was wolltest du mir bei Cèlia sagen, als ich dich angesehen habe und du mir zugenickt hast?« fragte ich also.

»Ach nichts. Du hast sie nur so hingerissen angesehen, daß ich dachte, du wärst nicht dieselbe, die heute morgen den Auftrag nicht übernehmen wollte, das ist alles.«

Ich war genau dieselbe gewesen, nur von Cèlia verzaubert, also wechselte ich das Thema.

»Dieses Abendessen hat dir nicht sehr geschmeckt, was?«

»Offen gestanden kommt ihr Vegetarier mir ein bißchen ... wie soll ich sagen?«

»Sag's lieber nicht.«

In der Nacht träumte ich wieder von Madò Tonella. Aber diesmal erschreckte mich der Traum nicht im geringsten. Deshalb war ich am Morgen taufrisch – gar kein bißchen bedrückt wie früher, wenn ich diesen Quatsch geträumt hatte. Vielleicht ... ja, vielleicht hatte ich mich ein für allemal von diesem Popanz in meinem Oberstübchen befreit, der mich von Zeit zu Zeit unangenehm zu zwikken pflegte.

Nach dem Frühstück ging ich zu August Torres, auf die Post gegenüber der Llotja.

August war in den drei Jahren seit seiner Scheidung stark gealtert. Entweder fehlte ihm seine Frau zu sehr oder zu wenig. Doch sonst war er ganz der alte oder zumindest genauso wie damals, als ich ihn kennengelernt hatte: sympathisch, arrogant, geschwätzig, nicht sehr arbeitsam und als Gewohnheitstrinker standhafter denn je. In der Tür seines Aktenschranks verbarg sich eine komplette Bar. Er goß sich einen doppelten Gin ein. Ich wollte nur Wasser und zeigte ihm die beiden Umschläge von Júlias letzten Briefen.

»Richtig, die kommen aus Deutschland«, sagte er.

»Das weiß ich doch, August. Deshalb bin ich nicht gekommen!«

»Dieser kommt aus Hamburg, hundertprozentig, und dieser ...«

»Willst du behaupten, nicht aus *Colònia?*«

Er sah sich den Stempel noch einmal an.

»Aus *Colònia*? Wo steht hier denn *Colònia*, Kleines?«

»Nirgends. Aber hier steht *Colònia* auf deutsch, nämlich Köln, mein Kleiner.«

Er nahm einen großen Schluck Gin und sah sich den anderen Umschlag an.

»Bei diesem hier bin ich nicht sicher, aber mir scheint ... mir scheint« – er traute sich nicht, es auszusprechen. »Warte, gleich sage ich es dir.«

»Mich interessieren vor allem die Poststellen. Ich möchte wissen, ob sie stimmen, ob sie zu den Städten gehören, von denen die Stempel sind, und in welchem Viertel sie liegen.«

Er drückte auf eine Klingel, und Sekunden später kam ein junger

Mann ins Büro. August sagte ihm – immer noch das Glas Gin in der Hand –, er solle sich mal genau, aber ganz genau ansehen, woher die beiden Stempel stammten, und vor allem die Sache mit den Poststellen. Als der junge Mann wieder draußen war, sagte er lächelnd: »Du machst ja Karriere. Was hast du denn in Deutschland verloren?«

»Berufsgeheimnis.«

»Ach, Mensch. Mir kannst du es doch sagen ... Hast du kein Vertrauen?«

»Um Vertrauen geht's dabei nicht, ich bin schließlich Profi«, sagte ich ein wenig zu trocken.

»Schon gut, schon gut, aber heute abend gehst du mit mir essen und ...«

»Hast du keine Freundin?« fragte ich in dem Versuch, etwas liebenswürdiger zu sein.

»Na ja, eine feste eigentlich nicht. Voriges Jahr hatte ich eine, aber am Ende war das Geschirr zerdeppert.« Er nahm wieder einen Schluck Gin. »So ist es besser, frei wie ein Vogel! Und du, hast du immer noch diese Schwuchtel, die dir hilft?«

»August, dein Ton gefällt mir nicht. Quim ist ein netter Junge, sehr fleißig und ein guter Freund, das heißt ...«

»Aber ich habe doch gar nichts gegen diese Jungs. Sie gehen mir natürlich ein bißchen gegen den Strich ... und ich finde auch, die treiben es ein bißchen zu kraß ... und die nehmen überhaupt kein Blatt vor den Mund, sogar in der Zeitung und im Fernsehen wird darüber geredet ... Früher waren die diskreter, jetzt sind sie provokativ ...«

»Was würdest du tun, wenn du wüßtest, daß einer deiner Mitarbeiter schwul ist? Zum Beispiel der junge Mann, der eben hier war?«

»Ich würde dafür sorgen, daß er rausgeschmissen wird«, sagte er, ohne nachzudenken. »Aber ich weiß ja, daß ...«

Zum Glück kam der junge Mann herein. Ich hätte August sonst nämlich Bescheid stoßen müssen, obwohl ich dazu nicht die geringste Lust hatte. Aus einem einzigen Grund, oder besser gesagt, aus zweien: weil ich ihn gerade um einen Gefallen bat und weil ich an diesem Morgen gut gelaunt war.

Der junge Mann sagte, der Stempel auf dem Umschlag Nummer sechs stamme aus Köln und der auf Nummer sieben aus Bremen. Das war jetzt also sicher. Ich wartete, ob er noch etwas sagen würde, aber zuerst mußte ich August ertragen, der unwirsch fragte: »Aus Bremen? Ich würde sagen, aus Hamburg.«

So ein Quatsch, Hamburg! Was wollte August denn mit Hamburg?

»Nein, Verzeihung, ich bin sicher, er kommt aus Bremen«, sagte der junge Mann, »sehen Sie ...«

Er erging sich in einer ausführlichen Erklärung, von der ich kein Wort verstand. Das war auch nicht nötig, denn es war offensichtlich, daß da Bremen und nicht Hamburg stand. Als er fertig war, war August ebenfalls völlig einverstanden. Er habe zuerst an Bremen gedacht, aber irgendwelche Winzigkeiten von Strichen und Buchstaben hatten ihn auf den Gedanken gebracht, es sei Hamburg ...

Saublöder Schwätzer!

»Ja, und die Poststellen?« fragte ich.

Der junge Mann bestätigte, daß sie zu den erwähnten Städten gehörten, und gab mir sogar die Adressen.

Das waren natürlich nicht die Adressen, die ich benötigte, doch ich dankte dem jungen Mann sehr wortreich; ich wollte ihm klarmachen, daß mir nicht entgangen war, daß er hier die Arbeit hatte, und vor allem, daß ich ihn bedauerte, weil er der Untergebene eines solchen Stinktiers wie August war.

Der junge Mann ging, und ich verabschiedete mich von August. Zum Glück erinnerte er sich nicht mehr an die Einladung zum Abendessen.

Draußen sah ich das Schiff, das mittags nach Mallorca fuhr. Ich hatte Sehnsucht. Das Meer war wieder ruhig und ließ mich an den Sand in der Cala Varques denken. Lònia, Lònia, du bist albern, wirklich albern! Ich stieg schnell in mein Auto und stürzte mich in den ohrenbetäubenden Verkehr des vorolympischen Barcelona.

Zum deutschen Konsulat brauchte ich länger als eine Stunde! Und als ich endlich ankam, gab es keinen Parkplatz. Einen Parkplatz zu suchen ist in Barcelona eine Schnapsidee. Deshalb stellte ich mein Auto in ein Parkhaus und fertig.

Ein Mädelchen, ein junges, süßes, kleines Herzchen, saß am Empfang. Sie bediente mich sehr liebenswürdig, mit einem Lächeln. Als ich wissen wollte, ob es in Köln eine Kirche namens St. Ursula gäbe und in welcher Straße, nickte sie, ich solle ihr meinen Namen nennen und würde dann gleich bedient.

»Lònia Guiu«, sagte ich.

Das Mädchen hatte meine Anfrage notiert und schrieb meinen Namen auf. Dann sah sie ihn sich an, sah mich an und sagte, offensichtlich verwirrt: »Lònia Guiu? Lònia Guiu heißen Sie?«

»Nun ja, wollen Sie meinen Personalausweis sehen?«

»Aber, sind Sie die Detektivin Lònia Guiu? Die Lònia von Maria Antònia Oliver?«

»Ja, also, das bin ich. Ich bin die Detektivin Lònia, aber ich gehöre nicht zur Oliver« – das wollte ich klarstellen. »Ich gehöre zu mir selbst. Die Oliver erzählt nur, was ich ihr erzähle.«

»Aber … aber … ist das wahr? Sie sind die wirkliche Lònia?«

»Aber natürlich bin ich echt. Du siehst mich doch, oder? Und du hörst mich reden. Du kannst mich anfassen« – ich reichte ihr meine Karte, und sie nahm sie zitternd. »Ich bin doch kein Zombie, oder?«

»Aber ich dachte, sie würde das alles erfinden« – die Kleine schluckte –, »also, dann sind Sie die aus *Drei Männer* und *Miese Kerle*? Dann ist das, was in den Romanen erzählt wird, die Wahrheit?«

»Na ja, nicht alles. Manchmal tut sie ihren eigenen Senf dazu, aber fast alles ist mir wirklich passiert.«

»Wissen Sie was?« Sie machte ein spitzbübisches Gesicht. »Sie sind sehr viel hübscher, als Sie beschrieben werden.«

»Aber die Oliver hat mich doch nie beschrieben! Nur einmal hat sie erwähnt, daß ich dunkle Haare habe und ziemlich groß bin …«

»Na so was! Dann weiß ich nicht, woher ich das habe. Jedenfalls bewundere ich Sie sehr, und jetzt, wo ich weiß, daß es Sie wirklich gibt, noch mehr …«

»Du kannst mich ruhig duzen«, sagte ich. »So alt bin ich auch wieder nicht.«

»Prima, Lònia. Vielen Dank. Setz dich einen Moment, ich werde sehen, was ich für dich tun kann. Ist das eine Ermittlung?«

»Ja, natürlich ...«

Ich setzte mich schnell, damit sie mich nicht noch mehr ausfragen konnte. Dennoch werde ich diesem Herzchen, das mich bewunderte und hübsch fand, das mir vor allem Echtheit bescheinigt hatte, ewig dankbar sein. Sie hatte mir einen ganz persönlichen Personalausweis ausgestellt. Ich war ich. Und froh darüber. Ich hatte ihr zu danken, nicht sie mir.

Kurz darauf verließ ich das Konsulat mit aufgeplustertem Ego und der Adresse von St. Ursula in Köln. Dies eine Mal tat es mir überhaupt nicht leid um die dreihundert Peseten für eine Stunde Parken, obwohl ich das als Wucher empfand.

Am Abend war alles unter Dach und Fach. Senyora Cros hatte mir eine Vorauszahlung und zwei Fotos von Júlia gegeben, war einverstanden, mir die Briefe und die Postkarte zu überlassen, und hatte ein wenig geweint, das verdammte Frauenzimmer.

Und Quim hatte mich nach kurzer Diskussion überzeugt, daß es besser wäre, wenn er mich nach Deutschland begleitete, denn ich würde mich nicht zurechtfinden, ganz allein und ohne ein Wort, ohne ein einziges Wort Deutsch.

»Sag das nicht. Ich würde schon zurechtkommen. Ich bin eine Frau mit klarem Kopf, das weißt du, und ich habe diesen Auftrag angenommen, weil ich weiß, daß ich es kann. Ob ich Júlia finde oder nicht, das ist eine andere Frage, das hat mit Deutschkenntnissen nichts zu tun ... außerdem will ich nicht, daß du so etwas sagst ... davon bekomme ich schlechte Laune, das weißt du doch ...«

Ich hatte nicht übel Lust, ihm zu erzählen, daß ich ihn gegen August in Schutz genommen hatte. Er sollte sich mies fühlen. Aber ich ließ es sein.

»Wenn ich es nicht sagen würde, könntest du deine geliebten feministischen Reden nicht schwingen«, sagte er grinsend. »He, Mensch, sei nicht böse, ich meinte das im übertragenen Sinne. Ich will nur sagen, ich kenne Deutschland sehr gut, ich spreche Deutsch, und das kann dir die Sache erleichtern. Außerdem habe ich Lust, wieder einmal hinzufahren. Verstehst du?«

Ich verstand. Bevor wir uns kennenlernten, hatte Quim ein Jahr in Deutschland gelebt. Er hatte dort eine große Liebe gehabt, die an Krebs gestorben war. Danach fuhr er noch manchmal hin. Und ich verstand auch, daß er mir die Sache erleichtern konnte, wenn er mitkam.

Also machten wir beide uns wie gute Freunde auf den Weg nach Köln, um Júlia zu suchen.

Kapitel 6

»Lònia, was ist los mit dir?«

Es war Quims Stimme, die wie aus weiter Ferne durch Wollmützen, Ohrenschützer und Schals drang.

»Nichts«, sagte ich, aber es war doch etwas.

Wir hatten bestimmt zwanzig Grad unter Null und standen kurz davor, uns in Gefriergut zu verwandeln. Quim konnte die Kälte besser aushalten als ich und zeigte es; ich fror immer noch wie ein junger Hund, obwohl ich zwei Unterhemden, drei Pullover, zwei Hosen, einen Mantel und ein großmütterliches Umschlagtuch trug.

Von Deutschland kannte ich nur Berlin, als es die Mauer noch gab. Doch in Berlin hatten wir diesmal nichts zu tun; Köln und Bremen waren die Städte, in denen wir Júlia finden konnten. Falls sie inzwischen nicht wärmere Gefilde vorgezogen hatte, bei der Saukälte!

Ich hätte nie gedacht, daß Bremen eine so schöne Stadt ist. Mir jedenfalls gefiel der Marktplatz mit dem Rathaus, der Kirche Unser Lieben Frau, dem Schütting, dem Dom und ein paar anderen Gebäuden mit grünen Kupferdächern von Anno dazumal, der Straßenbahn mittendurch und der Statue der Bremer Stadtmusikanten auf einer Seite.

Mit den Bremer Stadtmusikanten habe ich Quim eins ausgewischt. Tatsache! Als wir gerade ins Rathaus gehen wollten, zeigte er mir die Statue nämlich und fragte mich, ob ich wüßte, was das sei. Und ich konnte ihm sagen: »Über Deutschland weiß ich nicht viel, mein Lieber, aber Tante Antònia hat mir das Märchen von dem Esel, der Katze, dem Hund und dem Hahn erzählt, mit anderen Worten, du mußt mir schon mit etwas anderem kommen, das ist eine alte Kamelle ...«

»Schon gut, schon gut«, sagte er überrascht. »Dann können wir ja losschlagen.«

Wir begannen im Rathaus mit unseren Nachforschungen. Na ja, Quim erledigte das, denn ich muckste mich nicht. Er zog sich wunderbar aus der Affäre, ganz ohne Frage.

Er redete mit zwei Angestellten, und beide sagten, wenn Júlia in Bremen gewohnt habe, läge bei ihnen nichts darüber vor. Sie bemühten sogar einen Computer, und das Ergebnis war, daß in ganz Deutschland, zumindest offiziell, niemand eine Júlia Corriol kannte. Aber das mußte natürlich nichts besagen. Nur, daß Júlia in keiner Kartei auftauchte, also weder einen Strafzettel bekommen hatte noch festgenommen worden war oder ähnliches.

So rotierten wir nun wie Kreisel durch das Viertel, wo Júlia den Brief Nummer sieben abgeschickt hatte. Wir waren in allen Kneipen, Läden und Etablissements, die es in diesen Straßen gab. Wir zeigten die Fotos den Angestellten in der Post, in den Kirchen, in den Banken – davon gab es dort nicht viele – und in der Bücherei. Fehlanzeige.

Wir fragten Passanten, ob sie das Mädchen je gesehen hatten, und die Leute sahen sie sich sehr liebenswürdig an, und wieder nichts. Gar nichts. Keine Spur von ihr.

Und wir starben vor Kälte in diesem verfluchten, eiskalten und wunderschönen Land!

Am Morgen des dritten Tages beschloß ich, nach Köln weiterzureisen. Quim war einverstanden. Vor der Fahrt zum Flughafen fuhren wir noch schnell mit der Straßenbahn auf den Marktplatz und liefen von da aus in ein Viertel in der Nähe – winzig, nur ein paar schmale, sehr niedliche Gäßchen – mit kleinen Kunstgewerbeläden. Ich erwarb zwei wunderhübsche, holzgeschnitzte Exemplare der Bremer Stadtmusikanten: eins für Quim und eins für mich. Und zwei Bücher mit der Fabel, eines auf englisch für mich, und das andere auf deutsch für Quim.

»Warum hast du das getan?« fragte Quim, als ich ihm sein Geschenk überreichte.

»Das ist mein Dank dafür, daß du mitgekommen bist.«

»Du Quatschkopf!«

Er gab mir aber ein Küßchen und bedankte sich. Im Taxi zum Flughafen dachte ich, daß ich gern wieder einmal nach Bremen zurückkommen würde. Ohne Auftrag, ganz allein, mit Quim oder jemand anderem, als Touristin. Die Stadt war es wert.

Quim kannte auch Köln schon von früher. Die Stadt ist sehr schön mit dem prachtvollen, majestätischen Rhein, der mittendurch fließt. Mir gefielen vor allem die Altstadt und die Umgebung des Doms – eine Kathedrale wie die in Barcelona, aber irgendwie größer und echter, denn die in Barcelona ist nicht gotisch, auch wenn die Touristen sie fotografieren, als wäre sie es.

Quim hatte mir erzählt, daß der Kölner Dom das einzige Gebäude im Krieg war, auf das keine Bomben gefallen waren, weil die Flugzeuge der Alliierten ihn zur Orientierung benutzten. Die Stadt war damals dem Erdboden gleichgemacht. Nach dem Krieg hatte man sie wieder aufgebaut wie vorher. Eine tolle Leistung, du lieber Herr Gesangverein!

Während die Eiseskälte mein Kinn erstarren ließ – obwohl ich es mit dem Schal gut zugedeckt hatte –, erinnerte ich mich an das, was mir Maria-Antònia einmal gesagt hatte: daß alles, was ich anfaßte, eine Nummer zu groß für mich sei, daß ich mich immer unüberlegt hineinstürzte und deshalb alles schlecht ausginge oder nicht so gut, wie ich es erwartete. Ich erinnerte mich auch, daß sie danach zu lachen anfing und sagte, ich solle nicht auf sie hören, und daß ich dachte, daß Schriftstellerinnen – und Schriftsteller – Schwindler sind, die mit Lügen arbeiten, und daß vielleicht der Tag kommen wird, an dem sie eine Wahrheit nicht mehr als solche erkennen. Das habe ich aber nicht gesagt. Sie muß selbst wissen, was sie tut.

Ich komme nämlich schon mit mir zurecht. Was hätte ich denn sonst tun sollen? Hätte ich es Júlias Mutter abschlagen sollen? Hätte ich es mir, als der Zwerg die Tür öffnete, anders überlegen und auf der Stelle umkehren sollen, um mir diese Saukälte zu ersparen? Hatte ich denn wirklich so wenig Erfolg? Natürlich nicht. Und war es die Schuld der Hellseherin, daß es mitten im März in Deutschland so kalt war?

»Aber Lònia, was ist denn?«

Ja, das war Quims Stimme. Ich sah ihn an. Sein Gesicht war mit der Mütze, der Brille und dem Schal kaum zu erkennen ... Wie ich erst aussehen mußte, so verfroren, bibbernd und stimmlos, weil die Kälte meine Kiefer vereist hatte ...

»Es ist nichts, Quim« – es gelang mir, das laut genug zu sagen –, »nur die Kälte ...«

»Laß uns einen Kaffee trinken.«

»Nein, das ist nicht nötig.« Ich wollte mir doch keine Blöße geben.

»Doch, das ist nötig. Wenn du dich nur sehen würdest ... Du bist nicht vorzeigbar. Ich wahrscheinlich auch nicht ...«

Ich glaubte, ein Kichern zu hören. Wir suchten uns eine Konditorei, und ich trank eine Tasse Schokolade mit Sahne, die Tote zum Leben erweckt hätte. Dann ging ich auf die Toilette, und die Wärme im Lokal und ein bißchen Wimperntusche und Rouge zauberten wieder menschliche Züge in mein Gesicht. Ich konnte allerdings feststellen, daß ich nicht die einzige war: Alle Frauen, ob jung oder alt, puderten sich das Näschen, um nicht so verfroren auszusehen.

Zehn Minuten später waren wir bereits wieder so eisgekühlt wie zuvor, aber endlich bei der Kirche St. Ursula angekommen.

Sie liegt in einer ziemlich breiten und kurzen Straße mit viel Verkehr und wenig Geschäften, gleich hinter dem Hauptbahnhof.

Gut zwei Stunden zeigten wir Júlias Foto herum: den Frauen in den Häusern, in der Kirche, die sich auf dem Platz dahinter befindet, in der Kneipe und im Restaurant, in einer Boutique; sogar den Leuten, die vorbeikamen, aber nichts. Gar nichts. Niemand kannte sie. Und das, obwohl Quim sich – auf deutsch – wacker schlug.

»Entweder hat Júlia in dem Brief gelogen, oder es gibt zwei Kirchen namens St. Ursula«, sagte ich hoffnungslos und bis ins Mark gefroren.

Es war, als ginge Quim unter seiner Vermummung ein Licht auf. Er hielt einen Herrn an, fragte ihn etwas, und der Herr nickte zustimmend und zeigte nach Norden. Quim zog den Stadtplan hervor, und der Herr wies auf eine Straße.

»Die Kirche der Ursulinen!!!« Quim, ganz fröhlich. »Nicht St. Ursula, sondern der Ursulinen!«

Verdammte Júlia, dachte ich, aber Quim war schon auf dem Weg, und mir blieb nichts übrig, als ihm zu folgen.

»Wir hätten ein Taxi nehmen können«, sagte ich, als ich ihn einholte.

»Es ist ganz in der Nähe, das lohnt nicht ...«

»Ich bin starr vor Kälte, ich kann nicht einmal mehr laufen.« Ich, mit Eisesstimme.

»Ach, Mensch ... da sind wir schon. Denk nicht an die Kälte, dann ist dir auch nicht kalt.«

»Hör mal ...«, fragte ich, um nicht daran zu denken, »warum heißen hier so viele Straßen gleich?«

»Was meinst du mit ›heißen gleich‹? Wo denn?«

»Ja, auf den Schildern, wo Einbahn steht ...«

Quim stoppte plötzlich, sah mich an und lachte schallend, ein maßloses Gelächter. Ich sah zu, wie er lachte, stimmte aber nicht mit ein. Bestimmt hatte ich einen Clou gelandet. Also lächelte ich, so gut es ging, denn durch die Kälte tat mir alles weh.

»Du bist vielleicht dusselig, Lònia ...«

Dann setzte er sich in Bewegung, ich immer hinterher.

»Quim!« rief ich. »Sag schon, was habe ich denn gesagt? Warum hast du so gelacht? Warum bin ich dusselig?«

»Einbahn bedeutet, daß Autos nur in eine Richtung fahren dürfen, Schnuckelchen ...«

»Ach, du heiliger Bimbam! Ich bin ja wirklich zu blöde« – und dann mußte ich wirklich lachen.

In der Straße mit der Kirche der Ursulinen gingen wir als erstes in ein Café. Erstens und vor allem, um uns aufzuwärmen, und zweitens, um dem Kellner Júlias Foto zu zeigen.

Und der Kellner war ein Volltreffer!

Ja, er kenne sie, es sei aber eine Weile her, vielleicht drei oder vier Monate, seit er sie das letzte Mal gesehen habe. Daß sie in einem Reisebüro arbeiten würde, in derselben Straße, ein bißchen weiter oben.

Wir blieben ein Weilchen, um uns aufzuwärmen. Wir tranken unseren Milchkaffee aus – oder was man in Deutschland dafür hält – und gingen auf die Toilette, um uns herzurichten. Dann machten wir uns auf den Weg in das Reisebüro.

Eine kleine Klitsche, ohne Luxus, eher schlampig. Aber, oh Wunder, voller Poster von Mallorca! Das sehr junge Mädchen darin war allein, doch aus dem Hinterzimmer klangen Stimmen heraus. Quim zeigte ihr die Fotos von Júlia, und tatsächlich, sie kannte sie ebenfalls, meinte aber, sie sei schon vor vier Monaten nach Pollença gefahren.

»Auf Mallorca?« fragte Quim.

»Nach Pollença«, wiederholte das Mädchen. »Auf den Balearen.«

Für sie war Pollença ein Ort, die Balearen Inseln, Mallorca aber ein Traum.

Quim fragte sie nach der Adresse, und das Mädchen ging mit den Fotos nach hinten. Kurz darauf kam ein Mann heraus, gab uns die Fotos zurück und sagte ein paar Sätze zu Quim. Ich verstand natürlich kein Wort, bemerkte aber, daß Quim kein sehr überzeugtes Gesicht machte. Ich erfuhr erst, was los war, als wir wieder draußen waren.

»Er hat gesagt, das Mädchen habe sich geirrt«, sagte Quim, »sie hätten die Frau auf dem Foto nie gesehen. Ich habe ihm erzählt, daß sie in dem Lokal weiter unten erkannt worden ist, und er sagte, daß sie ihr ähnlich sähe, daß es aber nicht dieselbe sei. Er fragte mich, wie die Frau auf dem Foto hieße und woher sie komme. Ich sagte, ihr Name sei Francesca und sie komme aus Italien, und er sagte, das Mädchen, das bei ihnen gearbeitet habe, hieße Andrea und sei Schwedin ...«

»Heute abend gehen wir wieder hin und nehmen das Reisebüro unter die Lupe.«

»Aber weshalb denn? Wir wissen doch schon, daß sie in Pollença ist, diese Júlia«, sagte Quim.

»Pollença ist sehr groß«, wandte ich ein, »wir müssen die Adresse haben und außerdem ... ich möchte herausbekommen, warum der Mann gelogen hat.«

»Lònia, bitte, warum mußt du dich in Schwierigkeiten bringen?« flehte Quim.

Doch am Abend gingen wir wieder hin.

Es war noch kälter als am Morgen, außerdem waren die Geschäfte geschlossen, kein Mensch auf der Straße, und die Kälte schien noch eisiger.

Da sich das Reisebüro an einer Ecke befand, konnte ich ein Fenster auf der Rückseite des Ladens aufhebeln. Als wir drinnen waren, zweifelte ich kurz, ob es nicht doch besser gewesen wäre, zu tun, was Quim gesagt hatte, nämlich nach Pollença zu fahren und Júlia da zu suchen. Ich behielt es aber für mich, Quim sollte mir nicht vorhalten können: »Tja, Pustekuchen, Paloni, das hättest du dir früher überlegen müssen.« Da wir schon einmal da waren, gingen wir alle Papiere durch, die wir finden konnten.

Und wir fanden so einiges. Nicht viel, aber doch einiges. Manches war bedeutungslos, und manches sehr bedeutsam, aber das konnten wir damals nicht erkennen. Damals suchten wir nur Júlia und konzentrierten uns natürlich auf das, was mit ihr zu tun hatte.

So fanden wir einen Brief von Júlia, der nie an ihre Mutter abgeschickt worden war und in dem ungefähr dasselbe stand wie in den anderen. Und eine Schachtel voller Postkarten mit Kinderfotos, wie diejenige, die Júlia an Senyora Cros geschickt hatte. Die Schublade mit den Kinderfotos aus Zeitungen, Büchern und Familienfotos, auf denen sie mit Eltern oder Großeltern zu sehen war, sagte uns dagegen nichts. Ebenso wie die Liste der Hotels, auf englisch, italienisch, spanisch, französisch und katalanisch mit den Preisen in Mark am Rand.

»Sehr komisch, diese Preise ...«, meinte Quim.

»Laß das sein, das ist uninteressant«, meinte ich.

Jeder macht Fehler. Ich habe in dieser Nacht einen gemacht: Mir fiel nicht auf, daß da ein Name stand, *Mar Blau*, der mir sehr genützt hätte. Aber das wußte ich damals nicht.

Bei unserer fieberhaften Suche bemerkten wir nicht, wie die Ladentür sich öffnete und ein Mann hereinkam. Derselbe, der uns mittags gesagt hatte, daß Júlia-Francesca Andrea hieße.

Quim, der Ärmste, bekam es ab. Er schaute sich die Papiere aus einer Schublade im Tisch an, als der Mann die Tür öffnete. Quim hatte gerade noch Zeit, sich umzudrehen. Für einen Faustschlag reichte sie nicht, obwohl Quim ein Meister der Selbstverteidigung ist. So schnell stürzte sich der Mann auf ihn und knallte ihm mit seinem Arm dermaßen eine vor den Latz, daß er zu Boden ging.

Aber mich hatte er übersehen, oder er hielt mich für eine hirnverbrannte Kuh, und so konnte ich, als er wieder auf Quim losgehen wollte, einen Stuhl auf seinem Rücken zerschmettern. Einen

Bürostuhl, einer von denen mit vier Rädern und Eisenfüßen. Da war Quim schon wieder oben und schlug ihm mit der flachen Hand in den Magen. Der Mann stöhnte »Auuuuu« und fiel wie ein Klotz zu Boden.

Quim und ich sahen uns wortlos an und beschlossen zu verschwinden. Es konnte ja noch jemand kommen, und dann war was fällig. Wir griffen unsere Mäntel und Taschen und flüchteten ins Hotel. Diesmal nahmen wir ein Taxi.

»Es tut mir furchtbar leid, Quim«, sagte ich, während ich seine Verletzung behandelte. »Das war meine Schuld.«

»Das war gar nichts! Ein Arbeitsunfall«, meinte er begütigend.

»Ja, aber das hätte ich dir ersparen können«, sagte ich, die sich unglaublich schuldig fühlte.

»Na, Polita ... Oh, verzeih, Lònia ... wir mußten dahin, oder? In das Reisebüro ... Und wir haben ...«

»Nein, das war nicht nötig ... wir haben einen Brief von Júlia, Postkarten, wie die, die sie ihrer Mutter schickte ... Das kann eigentlich nur bedeuten, daß sie nicht einmal von ihr abgeschickt wurden, ich meine, sie schrieb sie, aber jemand anderes schickte sie an Senyora Cros, von ganz woanders ...«

»Also, dann wissen wir schon etwas mehr.« Quim.

»Das wollte ich ja gerade sagen, wir wissen nichts. Nur eben, daß wir umsonst in dem Reisebüro waren, daß es eine Schnapsidee von mir war, und du hast es abgekriegt. Und das tut mir leid.« Pause. »Verzeih, Quim. Es war meine Schuld. Und jetzt ...«

»Lònia, weißt du, daß du einfach zauberhaft sein kannst, wenn du willst?«

»Jetzt habe ich es dir gesagt und fühle mich besser«, seufzte ich und fuhr fort: »Aber das reicht jetzt. Ich meine, Schluß mit den Entschuldigungen und Schluß mit den Dummheiten.«

»Ja, Schluß damit«, sagte Quim, »jetzt wird gefeiert ... auf jeden Fall! Ich lasse uns eine Flasche Sekt bringen und ein bißchen was zum Essen. Dann duschen wir ... mach nicht so ein Gesicht, Mädchen, ich werde bei mir duschen ... und morgen fahren wir nach Mallorca.«

»O nein! Das nicht! Du kommst nicht mit nach Mallorca!«

»Warum?«

»Darum.«

»Warum nicht?«

»Du warst mir hier sehr nützlich. Ich gebe zu, ohne dich hätte ich es nicht geschafft. Aber auf Mallorca brauche ich dich nicht.«

»Also, dann vergiß den Sekt!!!«

Er verzog sich. Aber kurz darauf klopfte es an der Tür: das Abendessen und der Sekt.

Kapitel 7

War das nun der Teix oder der Galatzó? Egal, ich würde es nie wissen. Besser gesagt, ich vergaß es immer wieder. Aber es war egal, ganz egal, ob ich die Berge wiedererkannte oder nicht. Die Silhouette Mallorcas, ob vom Flugzeug oder vom Schiff aus, war unverwechselbar, und allein bei ihrem Anblick ging mir das Herz auf. Wohl gut zwei Stunden hing ich an der Reeling und schaute zu, wie die Landschaft sich aufklärte, die Sonne herauskam, der Nebel sich zerstreute und alles von Blau in Gold überging. Ab und zu traf mich eine Windbö mit dem Geruch nach Sommer, fast schien mir, daß ich die Zikaden hörte, die sich die Kehle aus dem Hals schrien, bis sie in den Pinienwäldern der Insel starben. Aber noch war nicht Sommer, noch gab es kaum Touristen, noch konnte man sich unbeschwert auf der Insel bewegen.

Ich sollte mal wieder ein oder zwei Wochen dort Ferien machen, dachte ich. Wieder einmal die einsamen Buchten besuchen, die nur zu Fuß oder mit dem Boot zu erreichen sind, solange es noch welche gibt. Und über die Wege der *Serra* spazierengehen, die schattigen Plätze aufsuchen, die so unvermittelt im *Pla* oder hoch über dem Meer auftauchen. Oder mit dem Fahrrad auf den Feldwegen im *Pla* von einem Dörfchen zum anderen pendeln ...

Doch wir waren bereits im Hafen angekommen, und ich hatte jetzt keine Zeit für Gefühlsduseleien, obwohl mir das manchmal guttut, ehrlich gesagt.

Ich fuhr mein Auto aus dem Schiff heraus. Das Wetter war herrlich. Vielleicht konnte ich ja mal an den Strand gehen. Passeig Maritim, Born, Weiler, Santa Catalina Thomàs – die Reklame der Heiratsvermittlungsstelle und das Büro waren natürlich nicht mehr da –, das Theater und das Parkhaus auf der Rambla. Ich war schon fast zu Hause. Ich nahm meine beiden Koffer und stand eine Minute später in der Straße, in der Tante Antònia wohnt.

Die Gute erwartete mich mit dem üblichen Frühstück: Milchkaffee, Ensaïmades aus El Forn des Teatre, Ensaïmades mit Creme, Ensaïmades mit Schlagsahne und *duquesses* ... Meine liebe Tante Antònia! Ich wohnte schon seit Jahren nicht mehr bei ihr, und sie erinnerte sich immer noch, was ich gern mag. Und mein Zimmer ließ sie genau wie früher, ohne etwas anzufassen, mitsamt Elvis-Poster überm Bett – vielleicht wäre es allmählich an der Zeit, es herunterzunehmen, armer Elvis; mein pieksauberes Zimmer, dreieinhalb Meter hoch, wie die gesamte Wohnung, die zu groß für eine siebenundsechzigjährige Frau war, ihr aber gefiel, und mir auch.

Ich ließ es mir schmecken, während ich erzählte, was ich auf Mallorca vorhatte. Madame Tasi erwähnte ich aber nicht. Auch wenn ich höchstwahrscheinlich den Schatten von Madò Tonella abgeschüttelt hatte, wollte ich nicht mehr davon reden, man konnte nie wissen. Und wenn ich von Madame Tasi erzählte, würde die Hexe aus der Ebene früher oder später auftauchen.

Nachdem ich zwei Ensaïmades, eine ohne und eine mit Creme, und dann noch eine *duquessa* verdrückt hatte, bat ich sie: »Tante Antònia, kauf mir nie wieder so etwas zum Frühstück.«

»Schmeckt es dir denn nicht?« fragte sie.

Sie hatte die Augen weit aufgerissen, und ihre Stimme klang gereizt, wie jedesmal, wenn ich das sagte. Das war natürlich Theater. Und sie eine sehr gute Schauspielerin.

»Es schmeckt wunderbar, einfach wunderbar. Und das weißt du genau. Und du weißt auch ganz genau, daß ich Vegetarierin bin und kein tierisches Fett esse.«

»Jesus Maria, Kind! Das bißchen, was da drin ist, kann dir nichts ausmachen ... du übertreibst wirklich!«

»Tante Antònia ...«, sagte ich und machte ein böses Gesicht.

»Schon gut, schon gut. Also, Orangensaft, Roggenbrot und Marmelade«, lachte sie.

»Richtig. Und denk dran ...«

»Ja, daß ich dir deinen Orangensaft nicht zu machen brauche, daß du den schon selbst machst, daß du zum Arbeiten hier bist und nicht weißt, wann du kommst und gehst, daß ich mir keine Sorgen machen soll, und alles, was du sonst noch jedesmal sagst, wenn du hier bist. Ich weiß, ich weiß ... und ich weiß auch, daß du jetzt gehen wirst und den Koffer hierläßt, damit ich ihn auspacke.«

Und die mollige, kleine Person lachte, lachte; sie tat alles, damit ihr Mund und ihre Augen nicht lachten, konnte es aber nicht völlig verhindern.

»Aber du tust doch nichts lieber als Koffer auspacken!« lachte ich meinerseits.

»Ja, weil ich neugierig bin und herumschnüffle, keine Ruhe im Hintern habe und immer räumen muß, und was weiß ich noch alles ...«

»Du bist ein Schatz, Tante Antònia, aber wirklich und wahrhaftig.«

Wir umarmten uns kräftig, und sie sagte, sie sei sehr froh, mich bei sich zu haben, und ich sagte, ich sei sehr froh, dazusein, und dann ließen wir uns wieder los.

Als sie mir die Wohnungsschlüssel gab, sah ich ihr an, daß sie noch etwas sagen wollte. Ich wußte schon, was. Paß auf, Kind, fahr vorsichtig. Aber sie überlegte es sich und schwieg.

Nichts macht mich zorniger, als wenn jemand mir sagt »Paß auf«. Ich muß immer aufpassen, mit den Autos, den Gaunern, mir nicht weh zu tun, daß mir kein Blumentopf auf den Kopf fällt ... ich weiß es ja, ich muß aufpassen, verflixt und zugenäht, aber ich tue es lieber, wie und wann ich Lust habe, und nicht, weil mir das Leute sagen, die älter sind als ich. Es sind nämlich immer die Alten, die das sagen. »Paß auf, paß auf.« In Barcelona sagen sie einem »gib Obacht«. Ich werde nicht mehr aufpassen oder mehr Obacht geben, weil es mir gesagt wird ... ja, ja, ich weiß, das sind Kindereien, ich sollte mich inzwischen über so etwas nicht mehr aufregen, aber ich kann's nicht ändern. Und deshalb tu ich's nicht, zum Donnerwetter!

Aber heute, als Tante Antònia nicht sagte »Paß auf, Kind, fahr vorsichtig«, fehlte mir etwas, so als ginge ich ohne Schuhe aus dem Haus.

»Mach dir keine Sorgen, Tante Antònia, ich passe schon auf, ich fahre vorsichtig«, hörte ich mich sagen und fing an zu lachen.

»Diesmal hast du das gesagt und nicht ich«, lachte sie ebenfalls. »Ich will nie wieder hören, was du das letzte Mal losgelassen hast.«

»Ich? Was habe ich denn gesagt?« Ich erinnerte mich nicht.

»Lästerliches, Lònia, Lästerliches.«

»Und du willst nicht, daß deine geliebte Nichte in die Hölle kommt, weil sie lästert, was?«

»Red keinen Unsinn, Polita. Los ...«

»Nenn mich nicht Polita. Ich heiße ...«

»Lònia, du heißt Lònia, ich weiß. Aber es macht mir Spaß, dich zu ärgern. Nun mach schon, geh, es wird spät.«

Sie öffnete mir die Tür, ich ging hinaus, drehte mich noch einmal um, da schlug sie sie mir vor der Nase zu. Ich klingelte Sturm und hörte sie lachen.

Ich liebe diese Rituale mit Tante Antònia. An meinem Ankunftstag war es immer dasselbe, ob Kälte oder Hitze, Sonne oder Regen, Schirokko oder Mistral. Das gleiche Frühstück, die gleichen Fragen, das gleiche Hin und Her, die gleichen Umarmungen, die gleichen Spielchen, sich der anderen gegenüber mal böse, mal zufrieden zu geben, alles gleich, mit ganz geringen Abwandlungen. Wir hielten das Protokoll, das wir selbst erstellt hatten – oder das ganz von allein gekommen war, ich weiß es nicht mehr –, strengstens ein. Mir gefielen diese Rituale, weil ich ihr Haus jünger und hübscher verließ, als ich gekommen war. Und freier – ich wußte auch nicht genau, warum.

Und in der Tat war es ein herrlicher Tag. Kein Wölkchen, der Himmel so blau, wie ich ihn in Barcelona lange nicht gesehen hatte, märchenhaft klar und glänzend; und linker Hand erhob sich die *Serra* majestätisch, feierlich, unbeschreiblich.

Ich beeilte mich, trotz des starken Verkehrs schnell nach Pollença zu kommen. Pollença ist ein wunderhübsches Städtchen, ein Spaziergang durch die Gäßchen um den Marktplatz herum ist ein himmlisches Vergnügen, das ich mir jetzt nicht erlauben konnte.

Allerdings machte ich mich nicht gleich an die Arbeit, nachdem ich mein Auto abgestellt hatte, sondern schaute bei Can Costa vorbei.

Es war immer gut, für alles, das Haus des Dichters und Priesters Costa i Llobera zu besichtigen – von außen, natürlich –, und dabei leise vor sich hin zu flüstern: »Mein Herz liebt einen Baum, älter als der Ölbaum, mächtiger als die Eiche, grüner als der Orangenbaum …«

Ich lese nicht gern – und das ärgert Maria Antònia sehr, weil ich nicht einmal meine eigenen, von ihr aufgeschriebenen Gedichte lese –, aber die *Pinie von Formentor* kann ich von Kindesbeinen an auswendig. Tante Antònia hat es mir beigebracht, und für mich ist dieses Gedicht wie ein Fels in der Brandung oder wie ein Foto von mir, als ich ein kleines Mädchen war, ich weiß nicht, wie etwas, das fest zu mir gehört, unverrückbar und zugleich sehr variabel, wie die Bougainvilleas im Gärtchen meines Vaters, eben etwas, das ich sehr liebe.

Nach meiner Stippvisite bei Can Costa machte ich mich dann also an die Arbeit, die mich nach Mallorca geführt hatte: Júlia zu finden.

Júlia fand ich im Rathaus nicht, aber dafür Margalida.

Ich hätte sie nicht wiedererkannt. Sie war fett. Nein, sehr fett. Ihre Hüften wucherten an beiden Seiten zwei Handbreit über den Stuhl hinaus, und ihr Busen war so dick wie ihr Po. Sie trug eine Brille. Und war so alt geworden, daß sie zehn Jahre älter aussah als ich.

Doch sie erkannte mich wieder.

»Polita! «

Sie hatte aufgehört zu tippen, als ich hereingekommen war. Und jetzt sah ich sie an und versuchte mich zu erinnern, wer sie war, und kam nicht drauf. Das passiert mir nicht oft. Gesichter kann ich mir gut merken. Notgedrungen. Und diese Frau, die mich Polita genannt hatte, war weder geschminkt noch verkleidet …

Sie hatte Polita zu mir gesagt. Sie mußte mich aus der Zeit kennen, als ich in Palma wohnte und aufs Gymnasium ging. Eine Lehrerin. Welche? Eine Lehrerin würde aber nicht im Rathaus arbeiten. Das dachte ich im Bruchteil einer Sekunde, denn die Frau fuhr fort: »Polita Guiu! Meine Güte, wie lange haben wir uns nicht gesehen. Wie geht's? Wie steht's? Bist du verheiratet? Hast du Kinder? Und die Gesundheit?« Sie stand auf, um mich zur Begrüßung zu küssen, und wälzte ihre Leibesfülle dabei über den Tresen. »Oh, das freut mich! Aber erkennst du mich denn nicht?«

»Nein ... so auf Anhieb ... Nein ... tut mir leid, aber ...«

»Ich bin Margalida! ... Ja, Margalida Morell.«

»Titinetes?«

»Ja! Erinnerst du dich? In der Schule habt ihr mich Titinetes genannt, weil ich so klein und mager war, und jetzt ...«

Sie strich sich über die Hüften. Sie wirkte dabei nicht sonderlich zufrieden, verärgert aber auch nicht. Wie damals, als wir sie Titinetes nannten, weil sie ein Klappergestell war, ein Hänfling von einem kleinen Mädchen, das zehn Jahre jünger wirkte als die anderen.

»Das müssen wir feiern! Laß uns frühstücken gehen!« sagte sie.

Anderthalb Stunden später hatte ich ein Zitronenwasser getrunken und sie ein gezuckertes Paprikawurstbrot gefrühstückt; ich hatte ihr nur erzählen können, daß ich jetzt Lònia genannt werde, in Barcelona Detektivin bin und ein junges Mädchen zu finden versuchte – ich zeigte ihr das Foto –, während sie mir ihre ganze Lebensgeschichte erzählt hatte, die mich nicht im geringsten interessierte.

»Also, ich glaube ...«

»Mußt du schon gehen?« fragte sie, als sie sah, daß ich aufstand. »Ach ja, du hast ja zu tun. Nein, nein, Mensch, soweit kommt's noch, heute bezahle ich. Und denk dran, geh zuerst bei der Stadtpolizei und bei der Staatspolizei vorbei, dann bei den Cafés am Marktplatz. Na, und im Rathaus findest du sowieso niemanden, der jemanden kennt, ich muß es wissen ... vielleicht kommst du ja mal, wenn du Zeit hast, dann können wir ein Schwätzchen machen.«

Als hätte mir das Geschwätz heute nicht gereicht!

Und ich dumme Nuß hatte ihr zugehört. Außerdem glaubte ich nicht, was sie vom Rathaus gesagt hatte. Wenn ich heute nichts klären konnte, würde ich morgen früh wieder hingehen, auf jeden Fall. Fürs erste such ich aber mal die Stadtpolizei auf.

Dort waren sie sehr nett. Sie verlangten meine Lizenz zu sehen und betrachteten dann sehr interessiert das Foto des Mädchens. Keiner kannte sie, sie hatten sie nie gesehen, weder in Pollença noch in der Hafengegend.

»Aber das bedeutet nichts«, meinte der Älteste im Ton eines alten Hasen. »Wir kennen nicht jeden. Warten Sie ein Momentchen, wir werden unsere Kollegen fragen. Ich kann das Foto doch mitnehmen?«

»Wenn ich es wiederbekomme, ja«, lachte ich.

Er gab es mir nach fünf Minuten wieder. Nein, die Kollegen kannten sie auch nicht. Wenn ich wollte, könne er aber eine Fotokopie davon machen und sie in den Geschäften verteilen lassen.

»Nein, um Gottes willen!« rutschte es mir heraus, als wäre ich Tante Antònia. »Wenn sie erfährt, daß sie gesucht wird, nimmt sie die Beine in die Hand.«

Das hätte ich nicht sagen sollen, ich weiß. Aber ich mache auch mal Fehler.

Weiterhin liebenswürdig, aber bestimmt, begann der Beamte, mich auszufragen. Und ich mußte versuchen, mich herauszureden.

»Sie würde weglaufen? Warum? Was hat sie getan?«

Ich sagte ihm mit so harmlosem Gesicht und so harmloser Stimme wie möglich, daß sie nichts getan habe, daß sie nur von zu Hause fortgegangen sei, weil sie sich nicht mit ihrer Mutter verstünde, jetzt aber ihr Vater sterbenskrank sei und …

»Drogen, hm?« meinte er felsenfest überzeugt.

Vielleicht, ja, vielleicht spielten Drogen auch eine Rolle. Vielleicht sogar ein Todesfall, wer weiß. Das behielt ich aber lieber für mich.

»Nein, nein. Keine Drogen und auch sonst nichts. Für Sie sind Drogen immer das A und O.«

»Na ja, dann ist sie wohl eine Nutte. Eine von denen, die nicht so aussehen …«

Aber nein, aber nein, antwortete ich darauf, sie war auch keine Nutte, undenkbar, Júlia eine Nutte – und dabei war sie vielleicht eine, aber das war mir schnuppe. Ich erzählte ihm, daß sie Postkarten aus Pollença und Port de Pollença an ihren Vater geschickt hatte, und ihr Vater sie ihrer Mutter zeigte, und ich so darauf gekommen sei, sie hier zu suchen, aber da sie keine Adresse angegeben habe ... Aber, da konnte er ganz sicher sein, Júlia sei ein anständiges Mädchen, und ihr Bild in den Geschäften zu sehen würde sie sehr treffen, sie würde wer weiß was denken, und falls sie noch hier wohnte, gleich wegziehen; wenn er aber eine Fotokopie machen wolle, damit sie eine hätten, natürlich, aber wenn sie sie doch nie gesehen hätten ...

Ich redete nicht weiter. Plötzlich redete ich nicht weiter. So geht das nicht, Lònia. Du redest zu viel. Das geht doch nicht. Du bist kein Profi. Du bist eine Null. Eine verdammte Null. Und ich spürte, wie mein Gesicht vor Scham kochte. Scheiße. Das war voll in die Hose gegangen, Lònia.

Der Beamte fand aber, daß ich recht hatte.

»Sie kennen sich damit besser aus als ich«, lächelte er. »Wir werden es so machen, wie Sie sagen. Keine Fotokopien. Gehen Sie zur Staatspolizei, ins Rathaus ... wir sind Ihnen gern behilflich, wenn Sie uns brauchen.«

»Sehr schön, ja«, sagte ich. »Und heißen Dank.«

Als ich wieder draußen war, schwitzte ich. Pollença kam mir plötzlich nicht mehr so hübsch vor. Und es war schon zwei Uhr. Ich zögerte also eine Sekunde. Nur eine Sekunde. Und ging zur Staatspolizei.

Ich hatte Glück, weil um diese Zeit die meisten Beamten da waren, warum, weiß ich nicht. Andererseits war es kein so großes Glück, weil sich zeigte, daß sie mich verarschten.

Das würde ich ihnen aber heimzahlen. Damals wußte ich nicht, wie, aber nachher wußte ich es. Und sie ebenfalls.

Zwei saßen hinter dem Tresen. Sie lasen, der eine die Zeitung und der andere eine Illustrierte. Der kaute außerdem laut schmatzend auf einem Kaugummi herum. Sie hoben nicht einmal den Kopf, als ich hereinkam. Zwei Bubis.

»Guten Tag«, sagte ich, lehnte mich an den Tresen und hielt das Foto von Júlia dabei in der Hand.

Der mit der Illustrierten hob den Kopf, stand aber nicht von seinem Stuhl auf. Im Sitzen fühlte er sich anscheinend pudelwohl. Er fragte mich auf spanisch: »Sie wünschen?«

Und blies seinen Kaugummi zu einer Blase auf, die er gleich wieder einsog.

»Ich hätte eine Frage.« Ich, auf katalanisch.
Der mit der Zeitung ließ sie sinken und stand auf.
»Die Senyoreta hätte eine Frage«, wiederholte er auf spanisch. »Mal sehen, was wollen Sie uns denn fragen, Senyoreta?«
Ich hatte den Eindruck, daß in der Art, wie er das sagte, eine gewisse Häme mitschwang, aber da ich nie ein gutes Verhältnis zur Polizei hatte, dachte ich, vielleicht auch nicht, und ging nicht darauf ein.
»Sehen Sie«, erklärte ich, »ich suche dieses Mädchen und möchte wissen, ob Sie sie hier irgendwo gesehen haben.«
Er nahm mir das Foto aus der Hand, sah es an und begann, heftig den Kopf zu schütteln. Der mit der Illustrierten, der das Foto noch gar nicht angesehen hatte, nickte heftig.
»Doch, ich kenne sie«, sagte er auf spanisch und fabrizierte wieder eine Blase. »Sie kommt jeden Tag hier vorbei, wackelt mit dem Arsch und zwinkert mir zu. Aber ich ...«
»Wie können Sie so etwas sagen, Sie haben das Foto ja nicht einmal angesehen?« Ich, auf mallorquinisch und bereits ganz schön sauer.
»Was sagt die?« fragte er seinen Kollegen auf spanisch. »Ich verstehe dieses Kauderwelsch nicht.«
Ich fragte ihn auf mallorquinisch, ob er Englisch könne. Er bejahte; da wiederholte ich die Frage nach dem Foto auf englisch, nicht ohne ein paar Schimpfwörter unterzumischen.
»Ich glaube, die Schnepfe hat mich beleidigt!« schimpfte er auf spanisch, wütend wie ein HB-Männchen.
Ich lachte auf eine Art, die ihn aus den Pantinen haute. Er ging in die Luft.
»Die Schlampe macht sich über mich lustig!« brüllte er, während er aufsprang und sich vor mir aufbaute. Kaugummi und Illustrierte fielen zu Boden. Er spuckte beim Sprechen, und ich bekam es ab.
»Ich habe Sie weder beleidigt, noch mache ich mich über Sie lustig. Aber Sie haben mich beleidigt. Sie haben es mir gegenüber zweimal an Respekt fehlen lassen, seit ich zur Tür hereingekommen bin. Wenn Sie diese Uniform nicht tragen würden, hätte ich Ihnen schon die Fresse poliert.«

Ich hatte keinen Respekt vor der Uniform, sondern Angst. Die Bullen haben mir immer angst gemacht. Das wird immer so sein. Vielleicht habe ich deshalb diesen Beruf. Aber warum verfluche ich ihn dann am meisten, wenn ich mit den Bullen zu tun habe?

»Hören Sie, wollen Sie etwa wegen Widerstandes gegen die Staatsgewalt eingesperrt werden?« brüllte er auf spanisch.

Was faselte der Arsch da? Widerstand? Welche Staatsgewalt? Repräsentierte er die etwa?

Ich zählte erst mal bis zehn, um mich zu beruhigen. Da sagte der mit der Zeitung aber schon – ebenfalls auf spanisch: »Komm, laß doch, Mann, die Senyoreta hat dir nichts getan. Los, hol die anderen, damit wir ihnen das Foto zeigen.«

Doch die kamen schon, alle auf einmal, das Geschrei von dem mit der Illustrierten hatte sie angelockt. Es waren drei junge und einer in meinem Alter, der stocksauer aussah und ebenfalls auf spanisch fragte: »Was zum Teufel ist hier los?«

»Nichts, nichts«, antwortete eifrig der Bulle mit der Zeitung und erklärte, daß ich, die Senyoreta, das Mädchen auf dem Foto suchte.

Während der Älteste und ein anderer sich das Foto ansahen, hatten sich die beiden anderen, die mit herausgekommen waren, hinter mich gestellt und kommentierten so laut, daß ich es hören konnte, was sie von meiner Figur hielten.

»Der Arsch ist ganz knackig, aber eine Schönheit ist sie nicht gerade.« Der eine, auf spanisch.

»Ich mag lieber die ganz jungen. Die ist schon alt. Aber die Titten sind Klasse, das wohl ...« Der andere, natürlich ebenfalls auf spanisch.

»Also, eine Nummer würd ich sofort mit der machen. Alt kann die ruhig sein, das ist egal. Mir gefallen alle ...«

Ich drehte mich blitzschnell, doch ich war so wütend, daß mir die Worte im Halse steckenblieben.

»He, ihr beiden«, fragte in dem Augenblick der Älteste, während er ihnen das Foto zeigte, »kennt ihr das Mädchen?«

Es war unmöglich, daß dieser Polizist die Bemerkungen der beiden nicht gehört hatte, aber er sagte nichts. Sie sahen sich das Foto gleichgültig an, verneinten und kehrten auf ihren Beobachtungsposten zurück.

»Tut mir leid, Senyoreta«, sagte der Älteste, »wir kennen sie nicht, wir können Ihnen nicht helfen.«

Er gab mir das Foto zurück. Seinem Gesicht war deutlich anzusehen, daß er mich loswerden wollte.

Ich ging ohne ein Wort. Erst als ich schon hundert Meter weit weg war – ich bin mehr gerannt als gegangen –, merkte ich, daß ich immer noch vor Wut kochte, daß die Bullen mich nicht einmal gefragt hatten, wie ich heiße, daß sie nicht einmal wußten, daß ich Detektivin bin, daß sie Senyoreta zu mir gesagt hatten und es mir nicht gefällt, Senyoreta genannt zu werden, und ich nichts gesagt hatte, und daß sie allesamt Arschlöcher waren, denen ich es heimzahlen würde, und daß ich eine Zimperliese war, die nie erwachsen würde, und das, wo ich schon vierzig war, daß die beiden Knaben hinter mir das Maul aufgerissen hatten, das ich ihnen bei erster Gelegenheit stopfen würde …

Ich blieb stehen und versuchte zu überlegen. Ich konnte es nicht. Ich sah auf die Uhr und mußte noch einmal hinsehen, weil ich nicht wahrgenommen hatte, wie spät es war. Halb drei. Ich nahm ein Papiertaschentuch und wischte mir den Schweiß vom Gesicht. Ich spürte plötzlich, daß ich Hunger hatte, großen Hunger. Und daß ich scheißen und pissen mußte.

Ich ging ins erstbeste Lokal und bestellte Brot und Käse.

»Wollen Sie den Käse von Menorca? Und das Brot, wie mögen Sie es lieber, Baguette oder mallorquinisches Bauernbrot?« fragte mich ein junger Mann von der Küche aus.

»Ja, aus Menorca. Und das Brot, mallorquinisch. Und wenn Sie ein bißchen …«

»Ein bißchen Öl und Tomate?«

Ich nickte.

»Ja, Senyora, sofort. Und ein paar Oliven …«

Als ich von der Toilette kam – schon ruhiger, ich meine, Gesicht und Hintern sauber –, ließ ich mir dieses phantastisch zubereitete und wunderbar servierte Mittagessen schmecken.

Kapitel 8

Aufrechte Vegetarier trinken angeblich keinen Kaffee. Ich hatte bereits welchen getrunken, mit Milch, bei Tante Antònia, und trank jetzt noch einen an der Theke des Kasinos von Pollença. Ich tauge eben nicht viel als Vegetarierin.

Der Kellner erzählte mir von den Wechselfällen des Hauses – eines Hauses mit Tradition, wohlgemerkt –, daß sie nicht so sehr von Touristen frequentiert würden wie die anderen Lokale, sondern mehr von den ortsansässigen Rentnern – den reichsten, wo denken Sie hin, denn die armen trauen sich nicht her, aus welchem Grund auch immer –, die den Tag damit verbrachten, an den Tischen zu sitzen oder in den Spielsälen Domino oder Karten zu spielen, Zeitung zu lesen und sich zu unterhalten.

»Und die wissen alles. Über alles. Manchmal höre ich ihnen zu und bekreuzige mich«, verriet mir der Mann und sah dabei aus wie ein Vater, der beifällig von den Streichen seiner Kinder berichtet.

Kommt mir wie gerufen, dachte ich. Obwohl es nicht gerade meine Lieblingsbeschäftigung war, herumzulaufen und den Leuten Fotos zu zeigen, gehörte es zu meiner Arbeit. Und ich hatte mehr als einen mit diesem System aufgespürt.

»Kennen Sie dieses Mädchen?« fragte ich den Kellner.

Der Mann nahm das Foto sehr ehrfürchtig entgegen, betrachtete es gründlich und verneinte dann. Ich zeigte ihm noch ein anderes Foto, aber ebenfalls Fehlanzeige. Er rief eine Frau, die an den Tischen bediente. Das gleiche Ergebnis.

»Aber wenn sie in Pollença oder am Hafen wohnt, hat einer der Opas sie bestimmt gesehen. Diese Männer kennen jeden. Sie haben ja auch nichts anderes zu tun ...«

Die Armen, wo es so viel zu tun gibt im Leben. Ich werde mich nie zur Ruhe setzen. Ich könnte nie zusehen, wie das Leben an mir vorbeigeht, ohne auf die eine oder andere Weise einzugreifen.

»Na?« fragte der Mann. »Soll ich sie fragen?«

»Ja, aber ...«

»Keine Sorge, ich werde diskret sein.«

Und das war er. Ich setzte mich an einen Tisch in der Ecke, und er fing an einem Tisch an, ging zum nächsten ... aber wenige Augenblicke später glich die Szene trotz seiner Diskretion einem Schlachtfeld.

Zuerst kannte niemand Júlia. Danach sagte ein Mann, der fett und rotwangig war, daß er sie in der Hafengegend gesehen habe. Ein anderer Mann, ebenfalls fett, aber kleiner und mit schütterem Haar, sagte zu dem Rotwangigen, er könne sie doch nirgends, weder am Hafen noch sonstwo, gesehen haben, da er nicht einmal in der Lage sei, über seine Nasenspitze hinauszusehen. Der Tisch lachte schallend, und wir hatten den Salat.

Und das war erst der Anfang.

Fünf Minuten später war das Chaos perfekt. Alles quatschte durcheinander: Stimmgewaltige, die im ganzen Haus zu hören sein wollten, Stimmchen, die nur aus nächster Nähe zu verstehen waren, Stimmen, die brummten; die einen verneinten, andere bejahten; die einen sagten in Pollença, andere sagten in Cala Sant Vicenç, wieder andere in Port.

Und einer ging so weit, zu sagen, daß er sie nie gesehen habe, nein, aber sicher sei, völlig sicher, daß seine Frau sie gesehen habe, weil sie ihm das kürzlich erzählt habe. Und dann ging wieder so ein Radau los.

Diejenigen, die vorher bejaht hatten, verneinten jetzt, und die verneint hatten, bejahten. Und sie reichten die Fotos herum, sahen sie sich von hinten und vorn an, rissen sie sich gegenseitig aus den Händen, liefen in großen Schritten im Raum herum ... und ich wurde allmählich nervös.

Bis der Mann an der Bar, der nervöser war als ich, auf einen Tisch stieg und in die Hände klatschte und schrie.

»Ihr seid schlimmer als Kleinkinder! Was soll denn der Unfug? Wo gibt's denn so was! Das ist doch keine Frage von Leben und Tod!«

Allmählich beruhigten sich die alten Leutchen. Und nach und nach setzten sie sich wieder auf die Stühle und Sofas.

»Tomeu hat recht«, sagte ein großer, dünner Mann. »Das ist nicht unser Bier.«

»Don Bernat«, bat Tomeu, »würden Sie die Fotos einsammeln?«

Don Bernat ging sehr bedächtig von einem Tisch zum anderen

und streckte die Hand aus. Einer der Männer gab ihm das Foto. Dann ging er zu einem der Sofas, baute sich vor einem Widerspenstigen auf und riß ihm das andere Foto aus der Hand. Nun gab er sie ebenso umsichtig an Tomeu weiter.

»Vielen Dank auch, Don Bernat.« Tomeu, der immer noch auf dem Tisch stand. »Also, wer von Ihnen hat dieses Mädchen gesehen?«

Bevor jemand etwas sagen konnte – und dabei hatten einige schon den Mund geöffnet, um genau das zu tun –, fuhr Tomeu fort: »Ich habe gefragt, wer sie gesehen hat, und nicht, wem es so vorkommt, daß er sie gesehen hat. Und auch nicht, ob jemand aus der Familie sie gesehen hat« – und dann wiederholte er ganz langsam: »Wer hat sie gesehen?«

Betäubende Stille trat ein.

Draußen hörte man Mopeds. Leute, die sich grüßten. Das nachmittägliche Dorfgeraune. Zwitschernde Vögel. Aber drinnen schwiegen alle. Alle mit gesenktem Kopf. Als wären sie verlegen, die Ärmsten.

Eine Fliege flog vorbei. Wir hörten sie alle. Aber niemand schaute ihr nach, außer der Frau, die an den Tischen bediente. Und die hielt zwar die Fliegenklatsche in der Hand, traute sich aber nicht einmal, sie zu heben.

Ich war aufgestanden, als es so stürmisch geworden war, hatte mich jetzt aber wieder gesetzt und wartete ohne große Hoffnungen.

Da hob ein kleiner, stämmiger Mann die Hand und sagte mit einem so gepreßten Stimmchen, als wäre ihm mit dem Ruhestand die Stimme abhanden gekommen: »Ich habe sie gesehen … einmal.«

Mein Herz begann zu wummern. Bumm – bumm – bumm. Ich hörte es im Hals und fürchtete, daß alle Anwesenden es hören könnten. Aber nein.

»Es ist ungefähr zwei Monate her«, berichtete der Mann. »Ich begleitete meine Tochter, die sich ein paar Sommerhäuser ansehen wollte, und sie verkaufte sie … «

»Sind Sie sicher, Meister Miquel?« fragte Tomeu.

»Ja, ganz sicher«, sagte das Stimmchen. »Hundertprozentig.

Aber meine Tochter kaufte diese Sommerhäuser damals nicht, und ich habe sie nicht wiedergesehen. Ja, meine Tochter sucht immer noch ein Sommerhaus, was denkt ihr, aber es gibt ganz einfach keine ...«

»Das interessiert uns nicht, Miquel«, unterbrach ihn Don Bernat, »unsere Kinder wollen alle Sommerhäuser kaufen oder ihres gegen ein anderes eintauschen.«

Meister Miquel verstummte und zuckte mit den Schultern. Aber nicht wie jemand, der zeigen will, daß es ihm egal ist, sondern wie ein Bauer, der vor dem Senyor buckelt.

Was für ein Rindvieh, dieser Don Bernat! Er war der erste Bernat in meinem Leben, der mir nicht gefiel.

Tomeu stieg bereits wieder vom Tisch herunter, für ihn war der Fall erledigt. Ich wollte Meister Miquel gern noch etwas fragen, aber der stand jetzt auf, klein und korpulent, wie er war, und entwischte durch die am weitesten entfernte Tür.

Ich rannte aus dem Lokal hinaus, um ihn einzuholen. Aber auf dem Platz war er nicht mehr. Ich flitzte in die nächste Straße und sah ihn wieder nicht. Ich rannte bis an die erste Ecke, und da war er auch nicht. Schnaufend kehrte ich ins Kasino zurück.

Tomeu stand an der Bar und machte Kaffee. Die Männer spielten wieder Karten, Domino, lasen Zeitung und plauderten, als wäre nichts geschehen, als wären sie Minuten zuvor nicht drauf und dran gewesen, sich wie die Teufel in die Wolle zu kriegen.

»Ich dachte, Sie wären schon weg und hätten Ihre Fotos liegengelassen«, sagte Tomeu.

»Ich wollte mit Meister Miquel sprechen. Aber ...«

»Ist er weggegangen?«

»Ja, aber ich habe ihn nicht gefunden. Wo wohnt er?«

»Ach, das weiß ich gar nicht ... Warten Sie«, er blickte in Richtung der anderen Männer. »Ja, das kann ich Ihnen gleich sagen. Hier, Ihre Fotos.«

Er servierte die Kaffees und ging zu ein paar Männern, die fernsahen. Als er wieder an der Theke war, sagte er: »Er lebt bei seiner Tochter« – und gab mir die Adresse.

Es war am anderen Ende der Ortschaft, und um dorthin zu kommen, mußte ich mehr Runden drehen als ein Kreisel. Die Stadtverwaltungen werden schon ihre Gründe für die Einbahnstraßen haben, aber ich habe noch nicht erraten, welche. Die Einheimischen wissen wahrscheinlich, welche Straßen man nehmen kann und welche nicht, wenn man ein bestimmtes Ziel hat, aber ich war nicht von hier und wurde wahnsinnig darüber.

Aber was soll's, ich kam hin. Das Haus war sehr hübsch, aus Naturstein, mit rund gemauertem Portal, wunderschönen Kiefernholztüren … und fest verrammelt. Ja, Meister Miquel wohnte da, sagte eine Nachbarin, die neugierig herausgekommen war, und sie beschrieb ihn mir haargenau, ebenso wie seine Tochter, den Schwiegersohn, die beiden Enkel und einen Millets-Hund, der drinnen bellte, er ist nicht gern allein, das arme Tierchen, und sie, die Nachbarin, hatte es ihnen immer wieder gesagt, überlaßt ihn mir, wenn ihr fortgeht, zumindest am Nachmittag, denn morgens hat man immer was im Haus zu tun, aber sie wollten das nicht, weil er auf diese Weise das Haus bewachte, und daß es bewacht wurde, war ja auch nötig, weil sie beide arbeiteten und erst spät nach Hause kamen und Meister Miquel mit seiner *Vespino* raus aufs Land fuhr und die Kinder in Alcúdia zur Schule gingen, weil der Mann aus Alcúdia war und sie da arbeiteten.

Während die Madona tratschte und tratschte, wurde ich plötzlich furchtbar müde. Dem Frauchen machte es nichts aus, mich still und stumm wie einen Besen vor sich stehen zu lassen, um ihre Geschichten über alle Nachbarn und Bekannten loszuwerden. Aber ich war nicht bereit, ihr als Zeitvertreib zu dienen. Für heute hatte ich genug. Also ging ich zu meinem Auto – und sie hinterher –, ließ den Motor an, winkte ihr zum Abschied und fuhr ab.

Morgen würde ich wiederkommen. Ich mußte zu den Banken, zum Rathaus, später würde ich gegen Mittag wieder zu Meister Miquel gehen. Aber jetzt würde ich erst mal nach Port de Pollença fahren, ein Weilchen am Meer sitzen, vielleicht einen Orangensaft trinken, und vielleicht … Ja, warum nicht? Vielleicht würde ich Pere Cabot besuchen, wenn er noch da wohnte.

Er wohnte noch da. Es war das alte Sommerhaus am Meer, wo Pere und ich eine kurze, aber sehr schöne Zeit miteinander verbracht hatten.

Vor dem Haus kämmte ich mich, malte mir die Augen nach,

legte etwas Rouge auf, strich meine Hose und die Jacke glatt, öffnete den obersten Blusenknopf, steckte mir Ohrringe an und klingelte. Neun oder zehn Jahre hatten Pere und ich uns nicht gesehen, und als ich das letzte Mal mit ihm hier war, gab es noch keinen automatischen Türöffner. Nichts bleibt, wie es ist, wahrhaftig. Damals gab es nicht einmal eine Klingel. Und die Bungalows gleich daneben auch nicht.

Neun oder zehn Jahre sind eine lange Zeit, vielleicht würde er sich nicht einmal mehr an mich erinnern. Oder vielleicht war er verheiratet.

Kurze Zeit später kam das typische Summen. Ich drückte gegen die Tür, und die Tür öffnete sich. Da hörte ich Pere rufen: »Komm rauf, Toni. Ich bin unter der Dusche.«

O Gott! Ich weiß nicht, warum, ich mußte an Quim denken. Vielleicht war Pere ebenfalls ... Was wollte ich dann hier?

Sei nicht albern, Lònia. Pere konnte nicht wie Quim sein. Er war der beste Lover der Insel, und ich konnte das bezeugen. Aber in neun oder zehn Jahren kann so viel geschehen ... Sein Malstil hatte sich zum Beispiel verändert. Ich dachte an seine Ausstellung in Barcelona vor fünf, nein, sechs Jahren ... oder vier? ... Wie dem auch sei, seine Bilder waren ganz anders als früher, und ich hatte darauf verzichten müssen, ihn zu fragen, woher das kam, denn wir hatten uns nicht getroffen. Jetzt hatte sich sein Stil wieder verändert, ja, das war an den Bildern in seinem Atelier zu sehen ... Vielleicht schnüffelte er gern bei anderen herum ...

»Hallo, Toni, was bringst du mir Schönes?«

Ich drehte mich zu ihm um und sah, daß er sich überhaupt nicht verändert hatte. An den Schläfen ein bißchen grauer, ohne Bart, aber derselbe alte Pere, mit einem grünen Handtuch um die Taille und dem Oberkörper eines Spitzenschwimmers ...

Älter war er überhaupt nicht geworden, der Schuft ... oder falls doch, hatte er ein *Lifting* hinter sich. Wir waren gleichaltrig, hatten uns gerade deswegen kennengelernt, aber ich fand mich alt und häßlich angesichts dieses Prachtstücks, das appetitlicher auf mich wirkte als die mit Creme gefüllte Ensaïmada von heute morgen.

»Entschuldigen Sie, ich dachte, das wäre Toni«, sagte er und sah aus, als würde er mich nicht erkennen.

»Der bin ich nicht, das siehst du ja«, lächelte ich.

Er lächelte ebenfalls, überrascht und ein bißchen verdattert. Er war schlanker geworden, seine Hakennase markanter. Und wenn er lachte, bekam er Augenfältchen. Genau wie ich, nur waren meine nicht so sexy wie seine.

Er starrte mich an, wußte nicht, was sagen, was tun. Ich wurde nervös, ungeduldig.

»Erkennst du mich denn nicht?«

»Nein ... so auf Anhieb ... und Sie, woher kennen Sie mich?«

»Aber Pere, seit wann siezt du deine Freundinnen?«

Er schaute hilflos aus der Wäsche, der arme Kerl. Ich hatte Lust, ihm eine zu knallen.

Doch mit einem Mal breitete er die Arme aus, brach in das lustige, schallende Gelächter aus, das für ihn typisch war, und rief: »Lònia! Lònia, du bist es! Meine Lieblingsdetektivin!«

Wir umarmten uns wie gute Freunde. Und während wir uns umarmten, klopfte er auf meinem Rücken herum und sagte mir und sich selbst immer wieder, daß er ein Blödian sei, aber wirklich, mich nicht zu erkennen, daß ich hübscher geworden sei, warum ich denn nicht auf der Ausstellung in Barcelona gewesen sei und wie bekloppt er sei, er und nicht ich, ich sei wunderhübsch, wie machst du das nur, Lònia, so gut, so toll auszusehen, daß er sich freue wie ein Schneekönig, mich wiederzusehen, nach so vielen Jahren, stell dir das vor, Lònia, was machst du eigentlich hier auf Mallorca, denn du lebst doch noch in Barcelona, nicht? Und bist immer noch Detektivin, nicht?

Wir hielten uns immer noch umarmt, und da sagte ich: »Meinst du nicht, du könntest mich zu einem Schluck einladen?«

»Oh, verzeih! Champagner, ein Glas Champagner zur Feier des Tages, Lònia! Lònia Guiu, die berühmte Detektivin! Meine Güte, wie gut du aussiehst!«

Und ich war selig.

Ich lächelte und dachte: Du bist es, der gut aussieht, mein Hübscher; aber das sagte ich ihm nicht. Statt dessen fragte ich ihn, wer denn dieser Toni sei, den er erwartete.

»Oh, das ist ein Knabe aus Palma, der mir Acrylfarbe aus den Staaten mitbringen sollte. Er sagte, er würde heute kommen ... «

Er hatte die Gläser und den Champagner schon hervorgeholt. Französischen. Ich traute mich nicht zu sagen, daß ich nicht trinke. Ein Glas würde nichts ausmachen.

»Kannst du schon mal die Flasche aufmachen? Vor dem Einschenken werde ich mich anziehen.«

Und schon war er aus dem Atelier verschwunden. Er ließ mir nicht die Zeit, ihm zu sagen, daß er sich nicht anzuziehen brauchte. Allerdings hätte ich mich ohnehin nicht getraut. Gedacht habe ich es aber, und dabei wurde mir so heiß und kalt, daß sich meine Nakkenhaare sträubten.

Also kam er, kaum waren die Gläser eingeschenkt, angezogen zurück, in alten Jeans und einem gelben Polohemd. Ich zog meine Jacke aus, und wir setzten uns.

Der Champagner war hervorragend. Wir redeten über Gott und die Welt, über den Tag, an dem wir uns kennengelernt hatten – wir hatten unseren Geburtstag jeder für sich mit den eigenen Freunden, aber in demselben Lokal gefeiert, und endeten gemeinsam an der Porta de la Pau bei Eiseskälte. Über die Zeit, die wir uns nicht gesehen hatten, über seine Malerei, seine Erfolge, meine Arbeit, über Júlia, das Trara in dem Kasino, die Klatschweiber im Ort …

»Ich fand es schon seltsam, daß du nur nach Port gekommen sein solltest, um mich zu besuchen.« Seine Stimme klang traurig.

»Ich habe doch gar nicht gesagt, daß ich nur gekommen bin, um dich zu besuchen.«

»Das hättest du ruhig sagen können, auch wenn es gelogen war … «

Ich wußte nicht, ob er es ernst meinte oder ob er mich auf den Arm nahm. Er ließ mir keine Zeit, darüber nachzudenken, denn er redete weiter.

»Aber na ja, da du schon einmal hier bist, warum läßt du mich das Mädchen, das du suchst, nicht einmal anschauen?«

Ich stand auf, um meine Handtasche zu holen. Ich drehte ihm den Rücken zu und suchte die Fotos heraus, als er ganz unvermittelt sagte: »Weißt du, daß du sehr appetitlich bist, Lònia? Ich bekomme richtig Lust, die häßlichen Dinge noch einmal zu machen, die wir beide manchmal getrieben haben, weißt du noch?«

Ich drehte mich um und schenkte ihm ein zustimmendes Lächeln. Ja, ich erinnerte mich und hatte auch Lust. Aber ich reichte ihm wortlos die Fotos.

»Die kenne ich«, sagte er, nachdem er die Fotos eine Weile betrachtet hatte. »Aber woher, weiß ich nicht mehr. Gesehen habe ich sie aber, ja ...«

»Bist du sicher? Im Kasino von Pollença hat Meister Miquel gesagt, daß sie Sommerhäuser verkauft hat ...«

»Sommerhäuser ... na klar! Das ist es! Als ich die Clarkes begleitete, das war sie ...«

»Bist du sicher, Pere? Wirklich sicher?«

»Na ja, ganz sicher nicht ... Aber die Clarkes haben ein Sommerhaus in Son Pont gekauft, und sie war in der Agentur ... oder es kommt mir so vor, daß sie es war, hm. Ob sie es war oder nicht, finden wir aber morgen heraus, wenn wir hinfahren ...«

»Morgen? Und warum morgen? Können wir denn nicht jetzt fahren?«

Er fing an zu lachen.

»Zu spät, Mensch, jetzt ist sicher schon geschlossen ... Um diese Zeit ist etwas anderes angesagt ...«

Ich sah hinaus. Die Sonne mußte schon untergegangen sein, denn das Meer war dunkel. Pere kam zu mir, und wir küßten uns, zuerst zärtlich, dann enthusiastisch und schließlich stürmisch. Ich wollte ihm sein Polohemd ausziehen, mußte ihn aber vorher etwas fragen. Als er anfing, meine Bluse aufzuknöpfen, muß ich wohl seltsam geblickt haben.

»Was hast du? Willst du denn nicht?« fragte er.

»Doch, doch, ich will ... aber ... vorher ...«

Ich traute mich nicht. Meine Generation, die früher problemlos miteinander ins Bett gegangen war, hatte es mit der Angst bekommen; jetzt wußte man nicht, wie man seinen Partner fragen sollte, ob er Präservative zur Hand hatte. Das war wirklich Mist.

»Was? Vorher was?«

»Ich sollte anrufen. Darf ich?« Ich mußte innerlich selbst über meine Scheu lachen.

»Ja, natürlich!« Er ließ mich gehen.

Ich wählte Tante Antònias Nummer. Und als ich sagte, sie

möchte mit dem Abendessen nicht auf mich warten, es würde sehr spät, signalisierte er mir: Nein, nein ...

»Momentchen, Tante Antònia«, sagte ich und deckte den Hörer zu. »Was ist?« fragte ich ihn.

»Sag ihr, daß du heute nicht nach Hause kommst, daß du einen drauf machst, damit sie nicht die ganze Nacht auf dich wartet!«

»Hör mal ... Nein, heute nacht komme ich nicht ... ja, es ist sehr gut gelaufen. Ich erzähl's dir später. Bis morgen, meine Hübsche. Tschüs!« Ich hängte ein.

Pere lachte, lachte über mich.

»Seit wann wohnst du bei deiner Tante Antònia? Seit wann mußt du ihr Bescheid sagen, ob du zum Abendessen kommst oder nicht?«

»Sie ist sehr lieb, wir verstehen uns gut, und es macht mir nichts aus, ihr Bescheid zu sagen«, antwortete ich. »Und ich wohne bei ihr, wenn ich auf Mallorca bin, weil es mir bei ihr gut gefällt. Was dagegen?«

Aber er war schon wieder bei mir und knöpfte mir die Bluse auf. Und ich hatte eine Mordslust, ihn in den Hals zu beißen.

»Hör mal, Pere ... Hast du ...? Hast du Präservative?«

»Aha! Safer Sex, was? Ich dachte mir schon, mit Tante Antònia oder sonstwem telefonieren, von wegen!« Er machte eine Pause und sah mich an. »Ja, Mensch, habe ich. In der Hosentasche. Ich habe es beim Anziehen eingesteckt.«

Ich zog ihm sein Polohemd aus und kitzelte ihn in der rechten Achselhöhle.

»Für Frauen gibt es auch Präservative. Eine Detektivin wie du sollte das wissen.«

»Weiß ich. Habe ich in England gekauft. Gefällt mir aber nicht.«

»Mir auch nicht. Weder für Frauen noch für Männer ...«

»Könnten wir nicht von etwas anderem reden, Pere?«

»Ja, natürlich ...«

Meister Miquel bog gerade um eine Ecke. Ich rannte, um ihn einzuholen, doch hinter der Ecke war ich nicht mehr in Pollença, sondern in einem schattigen Wald voller gelber Margeriten. Von Meister Miquel keine Spur.

Ich ging in den Wald hinein – Pinien, Steineichen, mal ein wilder Granatbaum, und dann Bäume mit großen Blättern, Bäume mit noch größeren Blättern, die ich kannte, an deren Namen ich mich aber nicht erinnern konnte – und überall Margeriten. Das ganze Unterholz voller Margeriten.

Plötzlich sah ich einen Schatten und ging hin. Es war eine Frau in einem Gewand aus luftigen Schleiern. Das war Cèlia, die an mir vorbeiging und mich nicht erkannte.

»Cèlia! Cèlia!« rief ich.

Sie war aber schon in den Margeriten verschwunden. Die waren jetzt so hoch wie die Bäume mit den großen Blättern. Morangelbäume hießen sie, jetzt erinnerte ich mich.

Kurz darauf sah ich Cèlia wieder. Sie kam in Lumpen daher und hatte keine schwarzen Augen, sondern strahlend blaue. Ich glaubte, daß sie mich diesmal auch nicht erkannte, aber sie redete mit mir: »Gib nicht auf, Mädchen. Hab keine Angst und gib nicht auf, bis du sie findest.«

»Wen soll ich finden?« fragte ich.

»Such weiter. Hier, nimm die Morangel, sie wird dir Glück bringen.«

Sie gab mir eine Nuß und ging auf einem schmalen Pfad durch die Margeriten davon.

Ich wollte sie rufen, hatte aber keine Stimme. Da wachte ich auf.

Pere schlief neben mir, erledigt, glücklich. Ich strich ihm über die Wange, er umarmte mich, und ich schlief wieder ein.

Kapitel 9

Ich habe es gar nicht gern, wenn mich bei meiner Arbeit jemand begleitet, der nichts damit zu tun hat. Aber nach so einer Nacht – mit einigen Orgasmen meinerseits, nebenbei gesagt – konnte ich Pere seinen Wunsch unmöglich abschlagen. Außerdem kannte ich den Weg nicht und dachte, es wäre besser, wenn er mitkäme.

Die Gegend war herrlich, wirklich wundervoll. Und es sah nicht aus, als hätte die Bebauung der Natur sehr geschadet.

»Na ja, die Umweltschützer sehen das anders«, sagte Pere. »Und ich auch. Das war einer der wenigen unberührten Strände, die es noch auf Mallorca gab. Jetzt führt eine asphaltierte Straße dahin. Und wenn es nur das wäre ...«

Ich dachte an Cala Mura, an die Insel Na Morgana, an meine Freunde unter den Umweltschützern, an ihre Bemühungen, die Spekulation einzudämmen ... an Henry, den ich sehr geliebt hatte ... sagte aber nichts. Pere hatte bestimmt recht, aber mir war die Lust vergangen, darüber zu reden. Über manches schweigt man besser.

Wir erreichten den Strand. Da gab es ein Restaurant, eine Telefonzelle, zwei Geschäfte, eins für Souvenirs und eins für Perlen, ein schnuckeliges, kleines Hotel und eine Hütte, auf der »Urb. Son Pont« geschrieben stand.

»Hier hab ich deine Júlia gesehen«, sagte Pere und stieg aus dem Auto aus.

»Nein, bleib hier. Das ist meine Sache.« Das muß wohl sehr bestimmt geklungen haben, denn er zog die Schultern hoch und ging zum Strand hinunter, während ich mich der Hütte zuwandte.

Drinnen war eine absonderliche Frau, dünn wie ein wilder Spargel und bunt wie ein Kakadu, die sofort auf mich zukam und in allen Sprachen der Welt und einigen mehr, die sie wohl gerade erfand, auf mich einredete. Ich bremste sie, ehe sie richtig in Fahrt kam.

»Ist Júlia nicht da?«

»Júlia? Was für eine Júlia?« fragte sie in irgendeiner Sprache.

»Júlia Corriol. Sie arbeitet hier«, sagte ich.

»Hier? Hier arbeite nur ich«, sagte sie auf angloitalienisch. »Eine Júlia hat hier nie gearbeitet. Wollen Sie die Musterhäuser sehen?«

»Ich will Júlia sehen«, beharrte ich stur.

Offensichtlich riß ihr der Geduldsfaden. Sie begann, wie eine irre Möwe mit den Armen zu flattern und mit Bussardstimme zu kreischen.

»Ich habe doch gesagt, daß ich keine Júlia kenne, daß hier außer mir niemand arbeitet, und ich bin seit drei Jahren hier. Ich tue meine Arbeit und belästige niemanden, weil ich nicht belästigt werden will, capito? Sonst ...«

»Sie haben sie nie gesehen?« unterbrach ich sie und zeigte ihr die Fotos.

Sie sah sie sich an und wackelte mit dem Kopf.

»Nie. Nein, das Mädchen habe ich nie gesehen.« Jetzt kreischte sie zwar nicht, wedelte aber immer noch mit den Armen, als wüßte sie nicht, wohin damit. »Ich weiß nicht, wer das ist. Und jetzt tun Sie mir die Güte, lassen Sie mich in Ruhe. Sonst rufe ich unser Wachpersonal und sage ihnen, daß Sie mich belästigen und mich nicht arbeiten lassen. Ich habe einen Haufen Arbeit, wissen Sie? Und kann meine Zeit nicht mit Blödsinn vergeuden ...«

Von der hatte ich nichts zu erwarten. Die Wahrheit sagte sie bestimmt nicht, schließlich braucht man sich nicht so anzustellen, um die Wahrheit zu sagen. Aber vielleicht war ihr gar nicht bewußt, daß sie log. Sie wußte ja weder, wie sie gerade redete, im Moment französisch-mallorquinisch, noch wie sie gekleidet und angemalt war, nämlich zum Weglaufen, und nie im Leben passend, um ein Sommerhaus zu verkaufen.

»Aber wenn ich Ihnen die Sommerhäuser zeigen soll, nur zu gern, das ist meine Aufgabe, und die macht mir großen Spaß. Sehen Sie mal, die sind sehr hübsch, und die gibt's in drei Abstufungen, natürlich zu unterschiedlichen Preisen ...«

»Nein, vielen Dank«, sagte ich und ging hinaus.

Draußen tat ich, als würde ich weggehen, blieb aber neben der Tür stehen. Als ich kurz darauf hineinspähte, telefonierte sie. Ich öffnete die Tür, um zu lauschen, verstand aber kein Wort, weil sie Deutsch sprach. Glaubte ich jedenfalls, denn bei der Frau konnte man nie wissen.

Ich ging Pere suchen. Er war am Strand, saß im Sand und warf kleine Steinchen in die Brandung. Ich setzte mich neben ihn.

»Hast du sie gesehen?«

»Nein. Da ist eine verlogene Verrückte, die sagte, sie kenne sie überhaupt nicht. Und daß sie selbst seit drei Jahren hier arbeitet.«

»Wieso hältst du sie denn für verrückt und verlogen?«

»Weil sie es ist, ich bin sicher, sie kennt sie, aber ...«

»Soll ich sie mal fragen?«

»Neeiiin!«

Das hätte mir gerade noch gefehlt. Die Frau würde noch mehr Angst bekommen, als sie bereits hatte, die arme Irre. Und wer weiß, was sie dann tun würde.

Jetzt mußte ich nach Pollença zurück, um wieder bei Adam und Eva anzufangen und ganz normal nachzuforschen.

Das sagte ich Pere. Und er: »Vorher besuchen wir meine Freunde, du weißt doch, die das Sommerhaus gekauft haben. Könnte ja sein, daß die was wissen, nicht? Was meinst du?«

Da ich nicht die geringste Lust hatte, bei den Banken in Pollença zu fragen, ob Júlia da ein Konto hatte, und zum Rathaus zu gehen oder zu sehen, ob ich Meister Miquel gegen Mittag antreffen würde, antwortete ich, daß ich die Idee sehr gut fände. Ich war aber sicher, daß ich sie auf diesem Wege auch nicht finden würde.

Wir gingen zu Fuß, mitten durch die Pinien, Büsche und Zwergpalmen. Die Schönheit dieser Gegend mit dem Blaugrün des Meeres, das durch das Laubwerk schimmerte, und dem felsigen Gelände war so einzigartig, daß ich am liebsten ein Leben lang dort geblieben wäre. Hin und wieder öffnete sich der Wald zu einer Lichtung, und ein Sommerhaus tauchte auf. Das störte wenig, nur ein wenig; denn gleich darauf war man wieder mitten im Wald, und von der Ansiedlung war nichts mehr zu sehen. Na ja, das Unterholz war sauber und aufgeräumt, da gab es keine Brombeersträucher und keine Coladosen, und das bedeutete, daß der Mensch seine Hand im Spiel hatte.

»Hier brennt es im Sommer sicher nicht, was?« meinte ich.

»Nein, natürlich nicht. Das wird ständig kontrolliert«, sagte Pere maliziös. »Das wird so oft kontrolliert, so saubergehalten, daß hier kein echter Reizker mehr wächst, daß es keine Kaninchen, keine Nester von Grünfinken mehr gibt ... selbst die Felsmöwen haben sie ausgemerzt. Jetzt gibt es nur noch platte Wege wie diesen hier, zum gemütlichen Spazierengehen. Und ein paar angepflanzte Zwergpalmen hier und da, damit es wilder wirkt.«

Ich senkte beschämt den Kopf. Ich war definitiv ein Stadtmensch. Ich hatte nicht einmal die angelegten Wege bemerkt, bevor Pere es ansprach. Und die Zwergpalmen waren angepflanzt! Ich sagte nichts, weder dafür noch dagegen. Schweigen ist manchmal wirklich Gold und Reden Silber, dann wissen die anderen nicht, was du denkst.

»Wir sind schon da«, sagte Pere.

Und da sah ich, halb hinter den Pinien versteckt, den pilzförmigen Bungalow vor mir. Aber verriegelt und verrammelt.

»Verdammter Mist!« platzte ich heraus. »Das ist wirklich Scheiße. Jetzt muß ich doch nach Pollença ...«

»Warte! Toni, der Verwalter ...«

Ein quicklebendiger, schwarzer Hund sprang munter auf uns zu.

»Hallo, Blanqueta, hallo!«

Blanqueta. Ihr Herrchen hatte wohl Sinn für Humor. Die Hündin stellte Pere die Vorderpfoten auf die Brust und leckte ihm das Gesicht gründlich ab.

»Ja, ja, meine Liebe, ich liebe dich auch« – er gab ihr einen schmatzenden Kuß auf die Wange –, »aber jetzt ist es genug, ja? Wo ist dein Herrchen ...?«

»Blanca, komm sofort da runter! Ach, du bist es, Pere. Wie geht's denn so?«

»Sehr gut, Meister Toni. Und Sie? Was macht das Bein?«

»Hier, es lahmt, aber na ja, gut! Die Arbeit ist angenehm und wird gut bezahlt, also kann ich mich nicht beklagen ... Wolltest du deine Freunde besuchen? Die sind für ein paar Tage weggefahren ...«

»Das wußte ich nicht. Aber vielleicht können Sie uns ja helfen. Meine Freundin hier sucht ein junges Mädchen.«

Ich beeilte mich, die Fotos hervorzuholen, und gab sie ihm. Meister Toni sah sie sich an und, o Wunder!: »Ja, ja, die habe ich zwei- oder dreimal mit der Kleinen von Son Pont gesehen, aber jetzt ...«

»Der Kleinen von Son Pont«, unterbrach Pere ihn. »Meinen Sie die Senyora von Son Pont?«

»Ja, jetzt ist sie die Senyora, aber für mich wird Catalineta immer die Kleine sein und nie Donya Catalina«, verkündete Meister Toni wie eine Tatsache, die allen bekannt sein müßte.

»Ja, natürlich«, stimmte Pere zu, als würde er Meister Tonis Wahrheit kennen.

Mich amüsierte das, aber ich sagte nichts. Ich wollte nur eins, und das unbedingt, sofort nach Son Pont fahren. Das wäre doch gelacht, wenn ich Júlia diesmal nicht zu fassen bekäme.

»Ich habe sie aber seit drei oder vier Monaten nicht mehr gesehen« – Meister Toni. »Sie ist wohl weggezogen.«

Klopf auf Eisen, Lònia!

Ich schaute mich um, aber da war nichts aus Eisen.

»Was suchst du?« fragte Pere.

»Nichts.«

Und da sah ich, daß Blanqueta ein Halsband aus diesem Material trug. Ich bückte mich und streichelte sie. Die Hündin leckte mir das Gesicht und beruhigte mich. Diesmal würde ich Júlia finden, ganz bestimmt.

»Gehen wir, Lònia?« – Pere.

»Wir sollten längst weg sein.«

Wir verabschiedeten uns von Meister Toni und waren schon wieder unterwegs, wie der arme Bruder im Märchen, kantapper, kantapper ...

Innerhalb einer Minute saßen wir im Auto – wir hatten eine Abkürzung genommen – und nahmen Kurs auf Son Pont. Anfangs auf einem Feldweg, der kurvenreich und steinig hinaufführte. Schließlich wurde der Weg besser, und dann war ich hin und weg.

»Heiliger Bimbam! Was für ein Anwesen!«

Ja, ein prachtvoller Gebäudekomplex war das, und je näher wir herankamen, um so mehr war zu sehen, wie gut er erhalten, besser gesagt, restauriert worden war.

»Das ist Son Pont, jawohl, ein herrliches Anwesen«, sagte Pere mit einem, wie mir schien, gewissen territorialen Stolz. »Die Außenfront ist aus dem 18. Jahrhundert, aber drinnen befindet sich ein Innenhof aus dem 14. Jahrhundert mit gotischen Bogengängen. Und siehst du den Festungsturm da hinten? Der soll aus der Zeit der Mauren stammen ...«

»Himmel, Pere, auf Mallorca sagen alle, die nichts davon verstehen, bei allem, was alt ist, es sei aus der Zeit der Mauren ... Das heißt gar nichts.«

»Aber ich verstehe was davon, und das stammt aus der Zeit vor König Jaume, von katalanischen Siedlern, die hier gelebt haben. Diese italianisierten Söller sind dagegen Anfang des vergangenen Jahrhunderts entstanden, als der Ururgroßvater ...«

»Ach du Schande! Was soll das denn?!«

Zwei Männer machten uns Zeichen anzuhalten. Pere hatte sie nicht gesehen, weil er so verzückt in das Gebäude vertieft war. Wir befanden uns ungefähr zweihundert Meter vor der Zufahrt, die dicht von Blumentöpfen und einer prächtigen Dattelpalme gesäumt war, die über das Herrenhaus hinausragte. Ich bremste abrupt.

»Warum hast du gebremst?« fragte mich Pere, sah dann aber auch, daß einer der Männer auf uns zukam.

»Was haben Sie hier zu suchen?« schnauzte der Mann uns in einem gräßlichen Spanisch an.

»Wir möchten zu Senyora Catalina von Son Pont ... wenn Sie erlauben, natürlich«, sagte ich.

»Wie bitte? Sprechen Sie Spanisch, ich verstehe nicht«, gab er zurück.

Teufel auch! Wie die Staatspolizei. Doch der hier verstand mich wirklich nicht. Und, komisch, mir war einfach nicht danach, Spanisch zu sprechen.

»Donya Catalina. Ist Donya Catalina da?« fragte ich auf englisch.

»Und was wollen Sie von ihr?« fragte er ebenfalls auf englisch.

Pere wollte etwas sagen, aber ich knuffte ihn mit dem Ellbogen, und er schwieg. Ich gab mir innerlich ebenfalls einen Stups und zwang mich, bis fünf zu zählen, bevor ich antwortete: In der letzten Zeit wurde ich zu schnell nervös. Júlia zu finden war mehr Arbeit, als ich gedacht hatte. Und verzwickter.

Und Typen wie den faßte man besser mit Samthandschuhen an.

Jetzt war auch der andere Mann ans Auto gekommen und sagte in widerlichem Castellorquinisch: »Gibt es eine Neuigkeit mit diese Herrschaften?«

»Sie sind ja Mallorquiner!« sagte ich.

»Ja ... Und was weiter?« pöbelte er ebenso unverschämt wie der andere.

»Nichts, gar nichts. Wir werden uns nur besser verstehen«, antwortete ich mit einer Stimme, die herzlich klingen sollte.

»Das werden wir ja sehen«, sagte er. »Was wollen Sie?«

»Hören Sie, wir möchten zu Donya Catalina. Ich bin Journalistin und arbeite an einer Fernsehserie über alte Gutshäuser. Son

Pont würde ich gern dazunehmen, deshalb möchte ich die Senyora sprechen ...«

»Und der?« Der Mann machte eine Kopfbewegung in Richtung auf Pere. »Ist der auch Journalist?«

»Nein, nein, ich bin ...«, setzte Pere an.

»Das ist ein Maler aus Pollença«, unterbrach ich ihn. »Sehr berühmt. Er hat mich begleitet, weil ich den Weg nicht kenne.«

»Journalisten interessieren uns nicht. Fernsehen auch nicht. Die Senyora will Ruhe ...«, sagte er.

»Und dazu hat sie euch hier aufgestellt.« Ich.

»Ob wir hier stehen oder woanders, geht Sie gar nichts an«, antwortete er sehr trocken.

»In Ordnung.« Ich. »Sie lassen uns also nicht passieren?«

»Ich sagte Ihnen schon, die Senyora will ihre Ruhe.«

»Von ihrer Ruhe geht ihr schon nichts ab, wenn Sie uns mit ihr reden lassen«, mischte Pere sich ziemlich sauer ein.

Der Mann wurde etwas nachdenklich. Er fragte sogar den anderen Knaben nach seiner Meinung. Während die beiden flüsterten, zischelte ich Pere zu, daß er still sein solle, daß ich die Arbeit mache und nicht er. Pere zog die Schultern hoch, hob ein wenig die Arme und sagte nur: »Verzeih, Lònia, ich wollte nur helfen.«

»Und wie steht's?« fragte ich den Mann. »Lassen Sie uns nun passieren oder nicht?«

Der Mann hatte sich dagegen entschieden.

»Ich habe ja gesagt, daß Journalisten uns nicht interessieren. Die Senyora hat uns beauftragt, niemanden passieren zu lassen, sie will ...«

»... ihre Ruhe. Ja, ja, ich weiß«, setzte ich fort.

»Sie sollten ihr lieber einen Brief schreiben«, schlug der Mann ein bißchen liebenswürdiger vor, »dann erklären Sie das mit der Reportage, und wenn es sie dann interessiert, gibt sie Ihnen einen Termin ...«

Ich ließ den Motor an und sagte: »Na ja, es ist Ihr Schaden. Denn den Brief, den wird der Fernsehregisseur schreiben, und nicht ich. Der wird ihr schreiben, wie ich empfangen worden bin, und kein Blatt vor den Mund nehmen. Wenn Sie keine Journalisten wollen, bekommen Sie keine, aber in der Sendung werden wir sagen, daß wir diese Reportage nicht machen konnten, weil uns ein paar Männer gesagt haben, daß sie ihre Ruhe haben will. Einen schönen Tag auch.«

Ich legte den Rückwärtsgang ein, um zu wenden. Ich war wirklich stinksauer.

Da rief der Mann, der Mallorquinisch sprach: »Warten Sie! Warten Sie!« Pause. »Vielleicht können wir das arrangieren ... Wie heißen Sie?«

»Lònia Guiu, warum?«

»Haben Journalisten einen Ausweis oder so etwas?«

»Ja, hier ...« Ich gab ihm den Presseausweis, der mir von *Rosa y Azul* ausgestellt worden war. »Der ist nicht vom Fernsehen, weil ich da freie Mitarbeiterin bin«, improvisierte ich, »aber ich nehme an, der langt.«

Der Mann sah sich den Ausweis von allen Seiten an. Offensichtlich war er nicht damit vertraut. Dann gab er ihn mir zurück.

»Einen Moment, bitte«, sagte er und bewegte sich auf das Haus zu.

Pere nahm mir den Ausweis aus der Hand und sah ihn sich ebenfalls an.

»Journalistin bist du auch?«

»Nein, nein, Detektivin reicht mir völlig.«

»Und der Ausweis? Was ist *Rosa y Azul*?«

»Eine kardiologische Zeitschrift. Den Ausweis habe ich bekommen, damit ich denen ein paar nützliche Informationen liefere. Und mir ist er bei solchen Gelegenheiten wie heute ganz dienlich.«

»Das verstehe ich nicht.« Er gab mir den Ausweis zurück. »Was weißt du denn von Kardiologie?«

Ich fing an zu lachen.

»Und eine medizinische Zeitschrift, die *Rosa und Hellblau* heißt ... Ich glaube, du nimmst mich auf den Arm, Lònia.«

»Aber nein, Mensch!« Ich mußte noch mehr lachen. »Eine kardiologische Zeitschrift ist eine Zeitschrift über Herz und Schmerz.«

»Wie *Hola*?«

»Genau.«

»Ach so! Sieh mal, er kommt zurück.«

Der Mann strebte im Eilschritt auf uns zu. Der andere, der uns die ganze Zeit bewacht hatte, hielt ihn auf und fragte ihn etwas. Vielleicht teilte er ihm auch nur mit, daß wir brav gewesen waren. Ich weiß nicht, jedenfalls hatte ich jetzt freie Bahn, um die Senyora zu sprechen. Aber nur ich. Pere mußte draußen bleiben. Und ich war froh, daß er nicht mitkommen durfte: Ich wollte lieber allein arbeiten. Mit anderen Worten, Pere war sehr gut im Bett und wenn er malte, aber als Detektiv eine Niete.

»Tut mir leid, Junge«, sagte ich nichtsdestoweniger.

Er beschränkte sich auf eine Geste, von der ich nicht wußte, ob sie bedeuten sollte, ich solle mir keine Sorgen machen oder mich zum Teufel scheren.

Ich folgte dem Mallorquiner ins Innere des Hauses, und da haute es mich buchstäblich um. Was für ein Haus! Es als wunderschön, wertvoll, majestätisch, göttlich zu bezeichnen wäre untertrieben. Wenn es, von außen betrachtet, schon ein Vermögen wert war, waren es innen zwei. Schattig, mit einem Bogen aus Blaustein zwischen dem Eingang und dem anschließenden Salon, einer Wendeltreppe rechts und bunten Glastüren zum Innenhof.

Herr, steh mir bei! Das war kein Haus, das war ein Palast! Und erst die Möbel! Ich war baff. Ich fühlte mich klein und häßlich. Das Gefühl hatte ich schon lange nicht mehr gehabt, und es ging mir in die Magengrube.

Durch eine Tür des Salons kam die Senyora herein. Eine Frau, die auf den ersten Blick älter aussah als ich. Pere hatte mir aber erzählt, daß sie ungefähr dreißig sei. Hübsch war sie, aber sehr verbraucht. Groß, aber ihre Schultern fielen herab. Und ihre Kleidung war gut und teuer, stand ihr aber nicht.

»Lònia Guiu, Senyora«, stellte der Mallorquiner mich vor.

»Sehr erfreut«, sagte sie und gab mir die Hand.

Eine weiche, schlaffe, schwitzige, kalte Hand. Wie eine tote Schlange kam sie mir vor, obwohl ich nie eine Schlange, weder eine tote noch eine lebendige, in Händen gehalten habe. Ich mußte mich zusammennehmen, um meine Hand nicht an meiner Hose abzuwischen. Statt dessen lächelte ich: »Sehr erfreut. Ich nehme an, dieser Herr hat Sie bereits informiert, nicht?«

»Du kannst gehen«, sagte sie zu dem Kerl, und zu mir: »Daß Sie eine Reportage fürs Fernsehen machen wollen, sagte er ... ich glaube aber nicht, daß ...«

Sie brach plötzlich ab. In der Tür, durch die sie gekommen war, erschien eine etwa fünfzigjährige, sehr dicke Frau, die nach einer Amme aussah, und sagte: »Donya Catalina, Ihre Mutter ist sehr nervös, sie will nicht schlafen, sie sagt, daß sie spazierengehen will ... Ich weiß nicht, was ich tun soll ...«

»Kümmern Sie sich um sie, Tonina. Ich komme gleich, wenn ich mit Senyoreta Guiu fertig bin.«

Ich wollte schon sagen, daß sie sich das *Senyoreta* schenken könne und mich mit *Senyora* anreden solle, unterließ es aber.

Außerdem öffnete sich die Tür von neuem, und nun tauchte eine alte, steinalte Frau auf, nur Haut und Knochen, mit einem großen Buckel und einer krummen Nase, daß ein Öllämpchen daran hätte baumeln können wie bei der Hexe Bigalot.

»Catalineta«, sagte die Alte, und ich hatte den Eindruck, mich mitten in einem Märchen zu befinden, »der Kleine will nicht mit mir spielen, er mag mich nicht mehr, er ist fortgegangen und nicht wiedergekommen. Bring mir einen anderen, sonst ...«

Catalina schien beunruhigt, als sie ihre Mutter sah. Besser gesagt, sie regte sich auf, weil ich sie sah.

»Oh, verzeihen Sie, verzeihen Sie ... Mama, du erkältest dich doch, wenn du so herumläufst! Es tut mir leid, sie wird schon kindisch ... auf, Mamachen, geh mit Tonina mit, nun geh doch schon ...«

»Du besorgst mir wieder einen?« fragte die Mutter Catalina; und an Tonina gewandt: »Erinnere sie daran, daß sie mir wieder ein Bübchen besorgt, ebenso hübsch wie den, aber einen braven Buben, der mich nicht kneift, weil meine Schenkel ...«

Sie hob ihren Rock und zeigte ihre langen, spindeldürren, krummen, faltigen Beine und Schenkel. Sie hatten eine dunkle Färbung, aber Kneifspuren waren nicht zu sehen. Wenn überhaupt, dann Spuren des Alters. Sie tat mir leid und widerte mich an, die arme Frau. Ich mußte daran denken, daß ich vielleicht so würde wie sie, wenn ich alt wäre. Mir fiel der Himmel auf den Kopf.

»Mama!« flehte Catalina. »Bitte ...«

Tonina führte die Alte liebevoll in das Zimmer hinein, und Catalina rief ihr nach: »Gib ihr eins von den Bonbons, die sie so gern mag, ja?«

»Ein Bonbon?« fragte Tonina befremdet zurück. Als sie Catalinas Blick gesehen hatte, verstand sie aber. »Ach ja … einen von den klitzekleinen … ja, ja …«

»Achten Sie nicht auf sie«, bat Catalina mich, immer noch etwas aufgewühlt, »sie ist halt sehr alt … und manchmal sagt sie Sachen, die …«

»Ja, die Arme«, pflichtete ich ihr bei. »Sie waren sicher schon beim Arzt mit ihr …«

Das sagte ich nur so dahin. Denn ich wollte mit ihr über Júlia reden. Ich konnte sie aber nicht mir nichts dir nichts darauf ansprechen.

»Viele Ärzte und sogar Wunderheilerinnen … alle haben gesagt, es ist Altersschwachsinn und daß nichts zu machen ist«, sagte Catalina, »aber reden wir von der Reportage.«

»Ja. Reden wir darüber. Obwohl …«

In dem Moment kam durch eine der bunten Glastüren ein prächtiger, kräftiger Mann von ungefähr Fünfzig herein. Mit grünen Augen. Und finsterer Miene.

Wie viele Männer waren hier eigentlich, verflixt noch mal?

Und warum wurde Catalina weiß wie die Wand, als sie ihn sah? Wovor hatte die Herrin dieses Hauses Angst?

»Der Gutsverwalter. Und sie ist …«

»Das weiß ich. Journalistin. Ich dachte immer, du hast etwas gegen Journalisten, Catalina. Daß du hier keinen sehen wolltest. Also, was hat sie dann hier auf Son Pont verloren?«

Der Mann war ja nur Gift und Galle! Doch Catalina antwortete ihm mit honigsüßer Stimme, als wäre er der Hausherr und nicht sie.

»Es geht doch nur um eine Reportage über das Haus. Im Fernsehen. Das ist gut für unser … für alles. Und es wird nicht lange dauern … nicht wahr?« fragte sie mich.

»O nein, nur einen Vormittag …«, antwortete ich und hatte ein blödes Gefühl, weil es so aussah, als hätte ich ebenfalls Angst vor ihm.

»Gut«, sagte er. »Du bist die Senyora, du hast das Sagen.«

Das sagte er aber in einem Ton, der deutlich zu erkennen gab, daß genau das Gegenteil richtig war. Und wenn es nicht sein Ton gewesen wäre, Catalinas weißes Gesicht hätte es auch gezeigt.

»Dann geht das also?« fragte sie.

»Wie du willst«, sagte der Prachtkerl. »Kann ich dich kurz sprechen?«

In dem Moment kam aus dem Schlafzimmer der Mutter die Bedienstete von vorher. Als sie des Mannes ansichtig wurde, verdrückte sie sich eilends in ein anderes Zimmer.

Catalina versprach: »Ja, ich komme gleich. Erst muß ich nach Mama sehen, die ...«

Sie verstummte. Der Bursche hatte ihr einen steinharten Blick zugeworfen, der einen Brontosaurier ins Wanken gebracht hätte.

»Jetzt gleich?« fragte Catalina mit zitternder Stimme.

»Ja.«

Der Typ strebte auf die Glastüren zu. Catalina entschuldigte sich nicht einmal dafür, daß sie mich allein ließ, und folgte ihm lammfromm.

Kapitel 10

Nun war ich also mutterseelenallein in diesem riesigen, wunderschönen Salon und hatte nichts Besseres zu tun, als die Möbel, die Kronleuchter, die Teppiche, die Gemälde und die Gegenstände auf den Truhen und Buffets ausgiebig zu betrachten und zu bewundern. Und ich kann zweifelsfrei sagen, daß alles sehr, sehr schön war.

Ich war aber nicht nach Son Pont gekommen, um leinene Spitzenvorhänge anzustaunen. Außerdem saß Pere draußen, und ihn den ganzen Vormittag warten zu lassen kam nicht in Frage. Ich beschloß, die Sache etwas zu beschleunigen. Jawohl.

Ohne daß mir jemand die Erlaubnis gegeben hätte, betrat ich das Schlafzimmer der Mutter, um mich ein bißchen umzusehen.

Das Zimmer war sehr groß – in diesem Haus war alles groß – und lag im Dunkel, nur wenig Helligkeit drang durch die geschlossenen Rolläden eines Fensters ganz weit hinten, und auf einem Tischchen in meiner Nähe verbreitete eine goldfarbene Schwenklampe schummriges Licht. Ein Vorhang auf der rechten Seite hing vor etwas, das mir wie der Alkoven vorkam. Da ging ich hin.

Ruhige Atemzüge waren zu hören. Die Frau schlief.

Sie war doch gerade erst vor Unruhe und Ungeduld platzend im Salon gewesen, und jetzt das – das Dienstmädchen mußte ihr entweder ein Schlafmittel gegeben oder eine Keule über den Kopf gezogen haben. Ich zog es vor, an Valium zu denken.

Ich suchte nach einem Schalter, um Licht zu machen. Dabei war ich wohl zu geräuschvoll, denn als ich ihn gefunden hatte, hörte ich die Stimme der Alten: »Tonina, bist du's?«

Ich schaltete das Licht ein und sah, daß die Frau in einem Sessel saß, mit einer Decke über den Knien und einer Puppe aus Pappe im Arm.

»Was für eine hübsche Puppe!« sagte ich. »Als ich klein war, hatte ich auch so eine. Sie hatte rote Löckchen ...«

»Und wie hieß die?« fragte sie.

»Die hatte keinen Namen. Ich nannte sie Puppe. Und auch Kindchen und Liebling ... Bis ich eines Tages fand, daß sie sehr schmutzig war, eine Schüssel Wasser holte und sie mit Wasser und Seife wusch ...«

»Meine hat aber einen Namen. Sie heißt Petra, aber ich nenne sie Petronilla, weil mir das besser gefällt.« Sie machte eine Pause und richtete ihr das Kleid und die Haare. »Und was ist aus deinem Püppchen geworden?«

»Sie hat sich im Wasser aufgelöst, und ich hatte keine Puppe mehr.«

Und Mama haute mich mit ihrem Hanfschuh, und ich mußte den ganzen Sonntag mit dem Gesicht zur Wand im Gemüsegarten knien. Das erzählte ich der alten Frau aber nicht.

»Mit Wasser muß man sehr vorsichtig sein«, sagte sie, »mal steigt und mal sinkt es, und wenn man danach greifen will, ist es weg, löst es sich wie Nebel auf. Ich hatte mal welches in allen Farben der Welt, sogar Farben aus der anderen Welt waren dabei, aber ich habe es zu fest gedrückt, und da war die Farbe weg. Hast du mir den Kleinen mitgebracht?«

»Den Kleinen? Was für ein ...«

»Aber ich habe es dir doch beim Essen gesagt. Oder war es morgen?« Sie machte ein ärgerliches Gesicht. »Niemand hört auf mich in diesem Hause. Das kannst du mir glauben. Niemand« – sie machte wieder eine Pause und lächelte dann: Ihr Mund war so zahnlos, daß sie wirklich wie die alte Bigalot aussah. »Machen wir einen kleinen Spaziergang?«

»Jetzt ist es schon dunkel«, log ich. »Morgen, morgen machen wir das.«

»Ja, morgen. Morgen, ganz früh *va anar a fer cuieres lo mico i el raio*, und das stank furchtbar, und sie waren so dreckig wie das Püppchen von diesem Mädchen, und sie legte sie in eine Waschschüssel und peng! war das Püppchen weg. Morgen, ja? Morgen gehen wir spazieren, und dann werden wir ihr Kind sehen, und ich werde ihm wieder *el sol que fa l'anec, les flores de maio* vorsingen, und sie ...«

»Júlia«, unterbrach ich sie und hielt den Atem an.

»Júlia, ja. Gefallen hat es ihr, aber gelernt hat sie es nie. Und dabei ist es so leicht ... Kannst du es?«

Ich schüttelte den Kopf. Natürlich wußte ich es auswendig, aber ich konnte kein Wort herausbringen. Ich holte die Fotos von Júlia aus der Tasche und zeigte sie ihr.

Als die Frau sie sah, sang sie das Lied ganz:

»Va anar a fer cuieres
lo mico i el raio
el sol que fa l'anec
les flores de maio.«

Dann fing sie an zu weinen. Sanft und still. Da fragte ich sie, wo Júlia jetzt sei. Sie antwortete nicht. Ich zappelte vor Ungeduld, und sie weinte.

»Ist sie in Son Pont? Ist Júlia in Son Pont?« fragte ich noch einmal.

»Júlia? Wer ist Júlia?« Ihr liefen immer noch die Tränen übers Gesicht.

»Das Mädchen, dem dieses Lied so gefällt ... *el sol que fa l'anec, les flores de maio ...*«

»Die hieß nicht Júlia, die hieß Aineta, sie starb an Nierenkrebs, sie haben ihr eine Niere herausgenommen, und es schien ihr gut zu gehen, aber ...«

»Aber Sie haben doch gesagt, daß sie Júlia hieß?«

»Gesagt, gesagt ... ich sage manchmal Sachen ... weißt du denn nicht, daß mein Kopf nicht funktioniert?«

»Das ist unübersehbar. Allerdings! Aber ich dachte ... Haben Sie das Mädchen auf den Fotos wirklich nie gesehen?«

»Sie sieht einer Freundin von mir ganz ähnlich, als sie jung war.«

Ich nahm ihr die Fotos wieder ab und steckte sie in meine Hosentasche.

»Aber hier war sie nicht? Eine Freundin Ihrer Tochter ...«

»Was für eine Tochter?«

»Catalina, blödes Weib!«

Sie fing an zu lachen, es schüttelte sie förmlich, und sie wiederholte »blödes Weib«, als fände sie es sehr witzig. Dann hörte sie auf und fragte mich: »Soll ich dir noch ein Lied vorsingen?«

»Ja ...«, sagte ich lustlos.

»Setz dich, setz dich hierher, dann singe ich es dir vor ...«

Aber da ging die Tür auf, und mir blieb keine Zeit, mich zu setzen. Catalina platzte herein – ihr Gesicht knallrot vor Wut – und packte mich am Arm: »Was machen Sie hier? Darf man das erfahren?« schrie sie mich an.

»Oh, Catalina, laß sie mir, ihr gefallen meine Lieder sehr ...«, flehte die alte Frau.

»Marsch ins Bett, Mama.«

Und sie machte das Licht aus, während sie mich grob hinauszerrte. Als sie die Tür geschlossen hatte, fragte sie: »Was hat sie Ihnen erzählt?«

Sie hatte Angst. Große Angst. Sie war nicht vor Wut so rot, sondern vor lauter Panik. So kann man sich irren ...

Warum?

Was hatte Júlia mit dieser Panik zu tun?

Oder gab es in diesem Haus etwas, das niemand wissen sollte?

Ohne es zu bemerken, ohne mir dessen bewußt zu sein, entschied ich in dem Moment, daß Júlia ein Teil meiner Aufgabe war, nur ein Teil. Und daß ich den anderen Teil, was es auch immer war, ebenfalls aufdecken würde.

»Über die Puppe aus Pappe, die sie im Arm hielt, und dann hat sie mir ein Lied vorgesungen, das ich nicht verstanden habe ...«

»Was für ein Lied?«

»Das habe ich nicht verstanden, wie gesagt«, sagte ich fast so rabiat wie sie. »Wovor haben Sie Angst, Catalina?«

»Wer, ich? Ich habe keine Angst. Wie kommen Sie denn darauf?«

Wir waren durch die farbigen Glastüren hinausgegangen und standen im Innenhof. Wenn ich nicht so aufgeregt gewesen wäre, hätte ich sicher Bauklötze über die Schönheit und Größe dieses Innenhofes gestaunt, über den herrlichen Bogengang, die Kapelle mit dem Glockenturm, die stolze Palme, die prachtvolle Bougainvillea ...

»Das steht Ihnen ins Gesicht geschrieben, mal puterrot, mal kalkweiß ...«, sagte ich.

Ihr Gesicht war aber nicht mehr rot. Jetzt war es bläulich, lila.

»Sehen Sie, Senyora Guiu, ich habe keine Angst. Ich will nur Ruhe für mich und meine Mutter« – ihre Stimme war jetzt wieder fest und sicher –, »und Sie haben mir bewiesen, daß diese Ruhe gestört würde, wenn Journalisten hier sind. Es tut mir leid, aber ...«

»Aber Sie wollen nicht, daß wir diese Reportage machen«, folgerte ich.

»Richtig. Wenn ich meine Privatsphäre wahren will ...«

»Keine Sorge, wir werden nicht kommen. Ihre Privatsphäre, oder was auch immer, wird völlig gewahrt bleiben«, entgegnete ich trocken. Ich schluckte, bevor ich fortfuhr. »Aber sagen Sie: Wo ist Júlia?«

Es wurde still. Als hätte sich zwischen Catalina und mir von einer Sekunde zur anderen ein Abgrund von einer Million Jahren aufgetan. Dann reagierte sie. Sie war jetzt grünlich im Gesicht.

»Wer, sagen Sie? Júlia? Ich kenne ...«

»Keine Júlia. Ich weiß schon, daß Sie das sagen müssen, aber das ist nicht die Wahrheit. Sagen Sie mir, wo sie ist, und ich belästige Sie nie wieder ...«

»Aber was bilden Sie sich ein?« Sie schrie fast. »Mich in meinem eigenen Hause zu bedrohen ... Sie sind keine Journalistin. Sie sind von der ...«

»Polizei?« lachte ich. »Nein. Nein. Ich bin Journalistin ...«

»Was hat Mutter gesagt? Was war das für ein Geschwätz? Hat sie Ihnen von dieser ... dieser Júlia erzählt? Ich habe doch gesagt, daß Mutter an Altersschwachsinn leidet und manchmal Dinge sagt, die ... die es nicht wirklich gibt ... und von Menschen redet, die es nie gegeben hat ...«

»Júlia existiert aber«, sagte ich, zweifelte aber in dem Augenblick selbst daran.

»Für Sie vielleicht, aber ich versichere Ihnen, daß ich keine Júlia kenne.«

»Júlia hat mir selbst von Son Pont erzählt. Deshalb bin ich hier.«

Catalina stutzte und sah mich an. Ihre Augen glänzten. Sie funkelten. Ich sah wieder die Angst in ihrem Gesicht, obwohl sie alles tat, um sie zu verbergen.

»Schauen Sie, ich weiß nicht, wovon Sie reden. Hier gibt es keine Júlia, und es gab auch nie eine ... Oh, mein Gott!«

Ich drehte mich in die Richtung, in die sie blickte, als sie »Oh, mein Gott!« sagte, weil ihr Gesicht in Sekundenschnelle kalkweiß geworden war.

In einer Ecke des Innenhofes spielten zwei Kinder zwischen den Blumentöpfen mit der Erde.

Dreckig wie die Ferkel, nur halb bekleidet, aber mit glücklichem Gesicht. Das war mein Eindruck. Denn als Catalina hysterisch losschrie: »Maria! Mariiiiaaaa!« wußten die beiden Kinder, daß sie entdeckt waren, kauerten sich weinend zusammen und schützten ihren Kopf mit den Händen.

Catalina rief weiter nach Maria, aber der Mallorquiner vom Eingang kam zuerst und machte ein grimmiges Gesicht, als er die beiden Kinder sah. Er wollte schon nach ihnen greifen, doch Catalina schrie ihn an: »Du nicht! Laß sie, du tust ihnen nur weh!«

Und fähig dazu schien er.

Da kam Maria vom anderen Ende des Innenhofes. Sie war ein

lebhaftes, kleines junges Mädchen, das sich, als sie die Kinder sah, in Entschuldigungen erging, während Catalina sie mit tausend Farben im Gesicht und Worten, deren Bedeutung nicht einmal mir bekannt war, herunterputzte.

»... sie sollen nicht draußen sein«, schimpfte sie, »... so schmutzig ... wieso sind sie hier? ... und wenn sie sich erkälten? ... drinnen spielen? ... mit den anderen ... es ist deine Aufgabe, dich um sie zu kümmern.«

Sie war wirklich außer sich. Sie zitterte am ganzen Körper. Maria nahm die beiden Kinder mit, und jetzt war zu sehen, daß sie älter waren, als ich gedacht hatte. Sie waren neun oder zehn Jahre alt.

»Sind das Ihre Kinder, Catalina?« fragte ich sie.

Sie drehte sich zu mir um und sah mich an, als wäre sie erstaunt, daß ich noch da war. Ihre Stimme hatte einen unangenehmen Ton.

»Sie sind noch hier? Habe ich nicht gesagt, Sie sollten gehen?«

»Nein, nein, das haben Sie nicht«, antwortete ich. Und fragte: »Oder sind das Júlias Kinder?«

»Oh, diese Frau ist völlig verrückt«, rief sie aus und gab dem Mallorquiner ein Zeichen.

Der Mann packte mich am Arm und zerrte mich so rasch hinter sich her, daß er mich fast ins Haus schleifte. Als wir auf dem Weg nach draußen waren, kam das widerliche Prachtstück von einem Verwalter die Treppe herunter.

»Was gibt's?«

»Nichts, gar nichts, Senyor«, antwortete der Mallorquiner mit gequältem Lächeln. »Die Senyora ist wegen eines Dienstmädchens ein wenig nervös geworden ...«

Und ging mit mir hinaus, ohne mich loszulassen.

»Wer waren die beiden Kinder? Zu wem gehören sie?« fragte ich ihn, als wir draußen waren.

»Sie gehen jetzt besser, Senyoreta. Und kommen Sie nicht wieder. Wenn die Senyora so wird ...«

Er hielt mich noch immer am Arm fest und tat mir weh. Er hatte ebenfalls Angst, konnte das aber besser verbergen.

Ich ging lieber. Doch ich würde wiederkommen. Ich würde bestimmt wiederkommen. Das sagte ich ihm natürlich nicht.

Pere saß auf einer Steinbank. Ich stieg ins Auto und ließ den Motor an. Pere kam gerannt, aber wir redeten erst, als wir sehr weit weg waren.

»Ich dachte schon, du kämst überhaupt nicht mehr wieder«, sagte Pere, als wir schon auf der Hauptstraße waren. »Warum bist du so lange geblieben?«

»Wenn schon, denn schon, Pere«, sagte ich mit überzeugter Stimme.

»Und Júlia?«

Ich wollte Pere nicht zu viel erzählen. Ich hielt es zum jetzigen Zeitpunkt nicht für richtig, ihm zu erklären, daß in diesem Hause seltsame Dinge vorgingen ... oder es mir zumindest so vorkam.

»Ich habe Catalina gesagt, daß Júlia mir von ihrem Haus erzählt hat«, berichtete ich ihm. »Und sie hat es geglaubt.«

»Dann hast du sie also gesehen?«

»Nein, nein, sie war nicht da. Catalina hat mir aber versprochen, mich anzurufen, wenn sie zurückkommt. Und jetzt bringe ich dich nach Port, und ich fahre nach Palma ...«

»Aber vorher müssen wir essen gehen! Es ist schon zwei.«

»Ich kann nicht, Pere. Wirklich nicht. Es tut mir sehr leid.«

Und das war die Wahrheit. Ich wäre nur zu gern nach dem Mittagessen wieder mit in seinen Bungalow gegangen, um das von gestern nacht zu wiederholen. Aber das sagte ich ihm nicht.

Ich mußte Ordnung in meine Gedanken bringen. Meine Arbeit verlangte es. Und ich mußte Quim anrufen. Das sagte ich ihm.

»Quim? Wer ist Quim?« fragte er, als wäre er der Chef.

»Ein Kollege. Aber ich hätte dir nichts sagen sollen. Es gefällt mir nicht, so gefragt zu werden, wie du mich gefragt hast.«

»Wie ich dich gefragt habe? Wie habe ich dich denn gefragt?«

»Wie ein eifersüchtiger Ehemann, so ist das.«

»Eifersüchtig? Ich? Ich und eifersüchtig? Paß mal auf, Mädchen ...«

»Laß doch, wir würden uns nur streiten, Pere.«

»Wir beide können uns nie streiten. Dazu haben wir viel zuviel Sinn für Humor«, lachte er. »Und verzeih, ich wollte dir nicht zu nahe treten, du.«

Ich lachte auch. Ich war aber nicht sicher, so viel Humor zu haben, wie Pere sagte, und auch nicht, daß mit Sinn für Humor Streit vermieden werden kann. Sicher war ich nur, daß ich etwas Distanz brauchte. Es hatte mir gestern abend zu sehr gefallen. Wenn ich blieb, lief ich Gefahr, meine Arbeit zu vergessen, und das darf einem Profi nicht passieren.

Bevor ich ihn in Port de Pollença absetzte, sagte ich ihm das Lied *El sol que fa l'anec* auf.

»Nie im Leben gehört«, versicherte er. »Meinst du denn, daß das Lied von hier ist?«

»Das weiß ich nicht. Und frag mich nicht, was es bedeutet, denn das weiß ich auch nicht.«

»Hat das mit dem Mädchen zu tun, das du suchst?«

»Oh, nein, nein! Das ist für mich.«

Ich setzte ihn also in Port de Pollença ab und kehrte auf dem Weg nach Palma in einem Lokal an der Straße ein. Ich bekam ein köstliches Omelett und Brot und Öl und Tomate.

Danach rief ich Tante Antònia an, die mir ausrichtete, ich solle Quim anrufen, der den Stand der Dinge wissen wolle.

»Ja, mach ich. Hör mal, hast du je dieses Lied gehört?« – und ich rezitierte ihr *anar a fer cuieres lo mico i el raio.*

»Nein, nie«, sagte sie. »Woher hast du das? Ich habe überhaupt nichts verstanden ...«

»Egal, ich werde es dir heute abend erklären.«

»Wo bist du jetzt?« fragte sie.

»In der Nähe von Binissalem, warum?« Doch ich ahnte es bereits.

»Wenn du nicht zu viel zu tun hast, ich weiß ja, daß es so ist, aber ... Warum schaust du nicht in Santa Eugènia bei deiner Mutter vorbei?«

Gestern hatte sie nicht davon gesprochen, obwohl das ein Teil des Rituals war. Offensichtlich hatte sie sich nicht getraut.

»Ich dachte schon daran ...«, log ich.

»Du dachtest schon daran? Oh, das freut mich. Und deine Mutter wird auch froh sein.«

»Bestimmt«, antwortete ich keineswegs überzeugt. »Aber damit ihr froh sein könnt, muß ich dran glauben.«

»Lònia, sie ist deine Mutter ...«

»Das weiß ich ja, Tante. Aber sie liebt mich nicht. Wenn du nicht gewesen wärst ... Ich will nicht davon reden. Ich werde sie besuchen, werde alles über mich ergehen lassen, was sie mir zu sagen hat, und anschließend komme ich nach Palma.«

»Aber sie liebt dich, Lònia ...«

»Darüber will ich nicht reden, wie gesagt. Tschüs.« Ich hängte ein.

Ich bezahlte mein Essen, das Wasser und den Anruf und stieg wieder in mein Auto. In Binissalem bog ich nach links in Richtung Biniali ab und war in wenigen Minuten in Santa Eugènia. Unterwegs dachte ich an nichts. Ich schaute nicht einmal auf die Landschaft, die ich so gut kenne. Denn ich liebte meine Mutter auch nicht. Und da war es besser, weder zu denken noch hinzusehen.

Santa Eugènia sah fast wie immer aus. Ein paar neue Häuser, ein öffentliches Schwimmbad, und die Straßen mit den Namen, die ihnen die Franquisten gegeben haben – immer noch, mein Gott, eine Schande ist das! Und das Haus meiner Mutter, ebenfalls wie immer, mit wunderschönen Möbeln und gräßlichen Gemälden im Eingangsbereich, mit einem Sofa aus Skai an der schrägen Wand und mit meiner Mutter im Garten beim Zitronenpflücken.

»Polita! Was machst du denn hier, Kind?« – und der Korb voller Zitronen fiel ihr aus den Händen.

»Hallo. Wie geht's dir, Mama?«

Sie sah aus wie immer. Sie war immer noch eine hübsche Frau mit ihren siebzig Jahren, wenn sie sich nur nicht so vernachlässigen würde ...

»Tante Antònia hat mir nicht gesagt, daß du kommen würdest. Du wohnst doch bei ihr, nicht?«

»Ja, ich hatte in Palma zu tun ... Wieso ist denn nicht abgeschlossen? Wenn du im Haus bist, verstehe ich das, aber im Garten kriegst du nicht mit, wenn jemand kommt.«

»Seit wann kümmert es dich denn, ob jemand kommt?«

Sie fing schon wieder an. Mehr als ein Jahr hatte sie mich nicht gesehen, und anstatt mich zu umarmen, mich zu herzen, trieb sie solche Spielchen mit mir.

Und ich tat nichts, um es zu verhindern.

»Wie geht's Joan? Und den Kindern?« fragte ich lustlos.

»Es geht allen gut. Maria erwartet wieder ein Kind.«
»Ach ja? Wie schön!«
»Ja, die verschwenden keine Zeit, und du ...«
Ich unterbrach sie.
»Ich muß mal telefonieren. Darf ich?«
Sie antwortete nicht. Ich ging in die Küche, nahm mir ein Glas Milch und rief Quim an.
Quim schimpfte, weil ich ihn nicht früher angerufen hatte. Und ich sagte ihm, daß ich ihn liebte, daß ich sein Geschimpfe liebte, zumindest im Moment. Im Vergleich zu den Zumutungen meiner Mutter war das reinste Sahne.
»Was ist denn mit dir los?« fragte er.
»Gar nichts, Schnucki. Ich bin in Santa Eugènia.«
»Ach sooo! Jetzt verstehe ich. Gut, erzähl, wie ist es gelaufen?«
Ich erzählte ihm alles. Was ich getan hatte und was ich vorhatte. Was ich gefunden hatte und was ich vermutete. Und auch, daß etwas Eigenartiges dabei war, das ich nicht definieren konnte.
»Lònia, kümmere dich um Júlia und laß das andere«, empfahl mir Quim. »Sonst bist du hinterher wieder in Fälle verwickelt, die dich überhaupt nichts angehen.«
»Das sagt Maria-Antònia auch, wenn ich ihr erzähle, was ich erlebe. Und ich sage dir jetzt dasselbe wie ihr: Laßt mich meine Arbeit tun, wie ich es für richtig halte, und mischt euch nicht ein.«
»Schon gut, schon gut! Sei mir nicht böse!«
»Quim, du müßtest mir einen Gefallen tun. Finde unbedingt heraus, woher das Lied ›*el mico i el raio*‹ kommt. Ruf an, jeden, den du kennst ..., wenn du die Oliver anrufen willst, die verdankt mir sowieso einiges. Oder schau in dem Band über katalanische Sitten und Gebräuche nach ... egal, wo. Wenn du es weißt, sag mir gleich Bescheid, ja?«
»Hast du denn außer der Senyora von Son Pont niemanden gefunden, der es kennt?«
»Ich habe nicht viele gefragt ...«
Da kam Mutter herein und sah mich schief an, weil ich immer noch telefonierte. Sie schnalzte verächtlich mit der Zunge und ging brummelnd in die Küche.
»Quim, wir bleiben in Verbindung, ja?« sagte ich hastig.

»Ist was?«

»Na ja, Mutter mault«, flüsterte ich. »Ich muß Schluß machen. Tschüs.«

Als ich eingehängt hatte, ging ich in die Küche. Mutter kochte Kaffee.

»Machst du das immer noch?«

»Ja, ich bin immer noch Detektivin, Mama. Und du, wie geht es dir?«

»Ich habe überall Schmerzen. An manchen Tagen kann ich nicht einmal aufstehen. Ich kann aber nichts nehmen, weil mir jede Medizin und jedes Kraut an die Leber gehen«, und sie legte die Hand links auf den Bauch.

»Mama, die Leber sitzt rechts!«

»Bei mir eben links!« fauchte sie mich an und wurde immer lauter. »Ich weiß nicht, warum du mich fragst, wie es mir geht, wenn es dir sowieso egal ist. Und ich bin auch noch so dumm, es dir zu erzählen ...«

»Du siehst aber wirklich nicht so aus, als ginge es dir schlecht.«

Sie machte eine Pause. Die Luft war mit dem Messer zu schneiden.

»Also, du bist immer noch Detektivin. Das ist wirklich sehr traurig, ja«, fing sie wieder an. »Ich habe das hier niemandem erzählt, das braucht niemand zu wissen, ich sage, du bist Lehrerin, und du wirst mich nicht als Lügnerin dastehen lassen, oder?«

»Aber was stellst du dir eigentlich vor? Daß ich ...«

»Ich weiß es nicht und will es nicht wissen. Das ist Männerarbeit. Für Proleten. Und du kommst mich nie besuchen. Kümmerst dich nicht um mich, nicht um deinen Bruder ... verheiratet bist du immer noch nicht, und in deinem Alter will dich auch keiner mehr und ich ...«

»Ja, ja, ich weiß, du wirst sowieso bald sterben und deine Tochter dem Untergang überlassen ... Mamachen, könntest du nicht mal eine andere Leier auflegen?«

»Aber ja, das werde ich. Ich werde nicht mehr für dich beten, und wenn du stirbst, kommst du in die Hölle«, sagte sie mit der Kaffeekanne in der Hand.

»Na gut, dann treffen wir uns da.«

Ich ging, während meine Mutter hinter mir her rief: »Polita! Polita! Willst du denn keinen Kaffee, Kind? Politaaa!«

Kapitel 11

Ich preschte wie eine Verrückte über Nebenstraßen. Der Fahrer in dem Wagen hinter mir mußte denken, ich hätte nicht alle Tassen im Schrank.

Nie wieder würde ich nach Santa Eugènia fahren, um Mutter zu besuchen. Nie wieder. Ich versuchte, an meine Arbeit zu denken. Vergeblich. Immer wieder Mutter. Immer das alte Lied mit ihr. Und mit mir.

Ich hielt in unzähligen Käffern. Trank Orangensäfte, Milch, aß etwas ... mir kam sogar der Gedanke, ich würde verfolgt, das eine oder andere Auto wäre hinter mir her, bis es mich überholte und ich es aus den Augen verlor.

Als ich allmählich anfing runterzukochen, war es bereits dunkel. Da fuhr ich nach Palma. Morgen war auch noch ein Tag. Dachte ich wenigstens.

Als ich aus dem Parkhaus an der Plaça Major herauskam, sah ich Cèlia. Sie ging auf der anderen Straßenseite entlang, Richtung Plaça Weyler. Ohne mich um die Autos zu kümmern, rannte ich über die Straße, und – verdammtes Taxi! – fast hätte es mich erwischt. Die Bremsen quietschten, ich entschuldigte mich, wie es sich gehörte, obwohl ich dabei in eine andere Richtung sah. Der Taxifahrer schrie natürlich trotzdem weiter hinter mir her. Eine alte Frau sagte etwas über das junge Gemüse von heute, und ich fühlte mich ganz geschmeichelt, für junges Gemüse gehalten zu werden. Aber bedanken konnte ich mich nicht bei ihr, denn ich rannte, um die Hellseherin einzuholen.

Ich rief sie, aber sie drehte sich nicht um. Sie hörte mich wohl nicht. Dann verschwand sie in der Menge. Ich rannte schneller, sah sie aber nicht. Ich blieb keuchend stehen. Welche Richtung mochte sie genommen haben? Zur Plaça de Santa Catalina Thomàs, zum Born, oder rechts in die Seitenstraßen? Ich konnte sie aber nirgends entdecken, obwohl ich ziemlich groß bin.

Bestimmt hatte ich mich getäuscht. Ich hatte geglaubt, sie wäre es, und sie war es nicht. Mir kam der Gedanke, Quim anzurufen, damit er sich erkundigte, ob sie in Barcelona war, aber Quim würde mir was erzählen. Denn was sollte Cèlia auf Mallorca, würde Quim mich fragen. Und recht hätte er, mehr als recht.

So machte ich mich also auf den Weg zu Tante Antònia. Verglichen mit dem Gewimmel und Getöse kurz zuvor, war die Stille in diesen Gassen gespenstisch. Mir gefiel das. Nur ganz selten kam ein Mann oder eine Frau vorbei, und es schien, als liefen sie schneller, weil sie die Einsamkeit fürchteten.

Da sah ich sie wieder. Die Hellseherin Cèlia, meine ich. Sie hatte es eiliger als der Mann und die Frau, die vor der Einsamkeit flüchteten. Sie schien zu fliegen. Ich war in einer engen, schmalen Gasse, die hell erleuchtet war, und sah sie in der Ferne über die Straße gehen.

»Cèlia!« schrie ich, so laut ich konnte.

Doch sie war schon auf der anderen Seite. Zum zweitenmal rannte ich los. Jetzt würde ich erfahren, ob sie es war oder nicht. Als ich an der Ecke ankam, war aber niemand zu sehen. Ich rannte weiter bis zur nächsten Ecke: keine Menschenseele. Entweder hatte sie sich in Luft aufgelöst oder war in ein Haus gegangen. Und da ich nicht die Neigung habe, an Wunder zu glauben, ging ich zurück und sah nach.

Die Häuser waren natürlich alle verschlossen. Heutzutage läßt niemand mehr die Tür offen – mit Ausnahme meiner Mutter. Ich hatte keinen Grund, auf alle Klingeln zu drücken und nach Cèlia zu fragen.

Enttäuscht machte ich mich wieder auf den Weg zu Tante Antònia. Ich lief durch die Carrer Jaquotot, den Carrer del Bisbe, und meine Schritte hallten in der Stille wider, die nur von dem fernen Rauschen der Autos, durch ein zu lautes Fernsehgerät und das Geschrei eines Kindes, das nicht ins Bett wollte, durchbrochen wurde.

Ich mußte an die beiden Kinder denken, die ich in Son Pont gesehen hatte und die durchaus die Kinder sein konnten, von denen die Hellseherin geträumt hatte, und ich dachte an den kleinen Jungen, der nicht spielen wollte, wie Catalinas Mutter gesagt hatte. Ich fühlte mich plötzlich hundemüde.

Da sah ich zwei Männer, die mir entgegenkamen. Sie gingen langsam. Der eine war sehr groß, der andere sehr stämmig. Aus irgendeinem Grund dachte ich, daß sie Straßenräuber seien. Und daß ich, wenn sie mich überfallen würden, ihnen alles geben würde, weil ich zu müde war, um Krach anzufangen. Sie gingen aber an mir vorbei, sahen mich nicht einmal an.

Doch kurz darauf hörte ich Schritte hinter mir. Ich drehte mich um und konnte nichts mehr machen: Zwei Männer mit Strümpfen über dem Kopf – dieselben oder andere? – packten mich an Armen und Beinen, legten mir die Hand auf den Mund und schleppten mich in eine dunkle Ecke der Straße.

Ich versuchte, mich aus der brutalen Umarmung zu befreien, und kassierte ein paar Ohrfeigen, bei denen mir der Schädel dröhnte. Außerdem tat mein kaputtes Ohr wieder weh. Ich versuchte, in die Hand zu beißen, die mir den Mund zuhielt, aber eben diese Hand verpaßte mir einen Kinnhaken, bei dem mir Hören und Sehen verging.

Aber nicht völlig. Denn ich hörte sie ganz leise, sie sagten:

»... nein, warte ein bißchen, bis sie wieder zu sich kommt, denn sonst nützt es nichts ...«

»... wir sollen sie erschrecken, damit sie abhaut ...«

Ich kam also nur ganz langsam wieder zu mir. Ich wußte jetzt, daß sie mich nicht berauben wollten. Daß sie aber zu allem fähig waren, um mich zu erschrecken. Der eine hielt mir die Arme so fest auf dem Rücken zusammen, daß sie völlig bewegungsunfähig waren. In meinem Mund steckte ein Taschentuch oder so etwas, mit einem Pflaster obendrauf. Der andere hielt meine Beine in die Höhe. Als ich die Augen öffnete, ließ er sie zwar los, umklammerte sie dann aber plötzlich mit seinen.

»Wenn du dich nicht rührst, tun wir dir nichts ...«, sagte er mit einer kratzigen Stimme, die nicht seine eigene war.

Ich wollte natürlich nicht, daß sie mir etwas taten. Versuchte aber, die Beine zu bewegen. Offensichtlich konnte ich dumme Kuh mich nicht bereit finden, protestlos zuzulassen, daß sie mit mir anstellten, was sie wollten.

Hätte ich das nur nicht getan. Der hinter mir zog meine Arme nach oben und ließ mich Sterne sehen, der Schweinehund. Der vor mir drückte seine Beine zusammen und grabschte in meinen Schritt, während zugleich meine Knie knackten und meine Muschi vor Schmerz aufjaulte.

Ich konnte nur gurgelnd stöhnen.

»Siehste, Mensch?« sagte die Reibeisenstimme. »Wir machen das sowieso mit dir, und für dich ist es besser, du unternimmst nichts dagegen, du Drecksau.«

Inzwischen hatte er den Reißverschluß meiner Hose geöffnet und zog sie herunter. Aber das ging nur bis auf die Oberschenkel. Da zerriß er meinen Slip und stierte auf mein Schamhaar, ohne zu wissen, was er tun sollte.

Es war ein Sekundenbruchteil. Der hinter mir hielt mich aus Versehen einen Moment lang nicht richtig fest, und das nutzte ich aus. Mit einem Ruck befreite ich meine Arme. Bevor er wieder zufassen konnte, haute ich dem vor mir mit beiden Händen auf den Kopf. Ich tat ihm nicht sehr weh, da bin ich sicher, aber da er nicht darauf gefaßt war, lockerte er ebenfalls die Umklammerung meiner Beine, und ich fiel – da mich nun keiner von beiden mehr festhielt – zu Boden.

Vom Boden aus konnte ich dem vor mir in die Eier treten, daß er aufschrie und sich krümmte, und als der hinter mir sich über mich beugte, um mich zu packen, war ich es, die ihn am Hals packte und ihn mit einem Griff schachmatt auf dem Boden landen ließ.

Wir hatten so viel Radau gemacht, daß sich ein Fenster öffnete und ein Mann schreiend fragte, was vorginge.

Ich zog meine Hosen hoch, befreite mich von dem Pflaster und von dem, was ich im Mund hatte. Die beiden Männer mit den Strümpfen über dem Kopf begannen sich wieder aufzurappeln. Bevor sie das tun konnten, verpaßte ich den beiden je einen Karnikkelschlag und schnappte mir meine Tasche, die unter dem Bein des einen lag. Mir fielen die Schuhe auf, die er trug. Es waren blauweiße Sommerschuhe. Das würde ich mir merken.

Dann rannte ich los, während der Nachbar mir Ehrenrühriges hinterherrief, der Irre. Er dachte, ich hätte die beiden Männer überfallen! Ich rannte, bis ich bei Tante Antònia ankam. Als die

Gute mich sah, sagte sie: »Heilige Mutter Gottes, Lònia! Woher kommst du, und wie siehst du aus? Als wärst du unter einen Zug gekommen ...«

Ich ließ mich in einen Sessel fallen. Fix und fertig. Aber mit Wut im Bauch. Und einem tauben Ohr, das sehr weh tat.

Tante Antònia gab mir einen ihrer Tees – meine Güte, wie lecker; was für eine Kräutermischung war das bloß? –, und während ich trank, ließ sie mir ein Bad ein.

In der Zwischenzeit versuchte ich, mich zu beruhigen, es gelang mir auch mehr oder weniger. Danach war ich in der Lage nachzudenken. Und ich dachte, daß sie mir natürlich von Son Pont aus gefolgt waren. Wenn mein Ohr mir nicht so weh getan hätte, hätte ich mir für meine Blödheit rechts und links eine runtergehauen. Mein Gott, war ich blöde gewesen! Als ich gedacht hatte, daß ich verfolgt wurde, da war ich mir nicht sicher, ich meine, es war nicht das Auto, von dem ich es dachte; hätte ich besser aufgepaßt, dann wären mir sicher ein oder zwei, vielleicht auch drei Wagen aufgefallen, die mich verfolgten.

Ich hätte heulen können. Denn für einen Profi, und dafür hielt ich mich – ich bin sogar überzeugt, daß ich das bin, verdammt, und außerdem noch erster Güte –, ist so eine Verfolgung, die unbemerkt bleibt, ein klarer Fall von Dummheit. Ich hatte mich eindeutig wie eine dumme Gans benommen. Das war unverzeihlich. Ich heulte aber nicht. Anstatt zu heulen, erzählte ich es Tante Antònia, um mich zu bestrafen. Als sie mir sagte, ich habe mich wie ein Einfaltspinsel verhalten, bedankte ich mich aufrichtig.

»Und jetzt«, sagte sie mit strahlendem Lächeln, »ab ins Bad! Wenn du aus der Badewanne kommst, wirst du dich nicht mehr blöde fühlen.«

Eine Wucht, diese Frau! Sie hatte wirklich recht!

Als ich aus der Badewanne stieg, war der Tisch gedeckt. Es gab Tomatensalat und *Cocarrois de Ceba.*

»Die *Cocarrois* habe ich selbst gemacht«, sagte Tante Antònia, »und in dem Teig ist kein Schweinefett.«

»Du mußt mir beibringen, wie diese *Cocarrois* gemacht werden, und *Coques*, wenn ich mal Zeit habe ...«

»Los, nun iß aber mal und red keinen Unsinn. Wann wirst du

schon Zeit haben? Und das ist jammerschade, das kann ich dir sagen. …«

Nach dem Abendessen war ich todmüde. Also ging ich ins Bett, und mein Kopf lag noch nicht auf dem Kissen, da schlief ich bereits.

Ich träumte die ganze Nacht. Träume dauern angeblich ja nur ein paar Sekunden. Und man soll sich nur an das erinnern, was man kurz vor dem Aufwachen träumt. Ich verstehe nichts davon. Ich träume oft und habe nur selten Alpträume. Aber in dieser Nacht, egal, was die Experten dazu sagen, träumte ich pausenlos. Und hatte die ganze Nacht Alpträume.

Das müssen Tante Antònias *Cocarrois* mit Zwiebeln gewesen sein.

Ich sah ein Mädchen, das war in luftige Schleier gehüllt und folgte mir auf einem zugewachsenen Weg. Ich rannte, weil ich nicht wollte, daß sie mich kriegte, wußte aber nicht, warum. Je schneller ich rannte, um so höher wurde das Gras, und um so schlechter kam ich voran. Das Mädchen rief mich, und ich erkannte die Stimme. Es war Cèlia. Als ich jetzt aber stehenbleiben wollte, konnte ich es nicht.

Da sah ich genau vor mir zwei Monster, die aussahen wie aus Stein. Sie waren aber nicht aus Stein. Und Monster auch nicht. Es waren zwei Cèlias, die aussahen wie diejenige hinter mir, winzig, aber sehr jung, und die eine trug rosa, die andere hellblaue Schleier. Als ich näher kam, verwandelten sie sich in *Cocarrois*, und der Teig war bei dem einen rosa und bei dem anderen hellblau!

Ich drehte mich um, und die Cèlia hinter mir war nicht die Hellseherin aus Barcelona, sondern die Hexe aus der Ebene, aus meiner Kindheit. Ich fing an zu weinen, weil ich Angst hatte, und die Hexe sagte: »Gib nicht auf, Kindchen, mach weiter; suche Júlia, bis du sie findest, du wirst sie schon finden«, und gab mir eine Nuß als Glücksbringer.

Und als ich mir die Nuß genauer ansah, entpuppte sie sich als Rattenschwanz!

Ich warf ihn weit weg, während ich Cèlia hellauf lachen hörte und sah, wie das blaue Meer orange wurde und der ebenfalls blaue Himmel schwarz. Da dachte ich, ich würde alles mit Eulenaugen sehen, weil die Eulen in dem Traum in diesen Farben sahen, und fand es wunderhübsch.

Meine Umgebung war dagegen nicht so hübsch. Auf dem Platz direkt am Meer wimmelte es von Schlangen, großen Schlangen, und kleinen, die sich umeinanderkringelten; und dann kamen sie zu mir und hatten alle Köpfchen, ja, ja, jetzt sah ich, daß es Kinderköpfchen waren, die mich beißen wollten. Und alle Kinder, oder vielmehr alle Köpfchen, sahen aus wie die von den beiden Kindern in Son Pont! Ich wollte rennen und konnte es nicht, weil schon unheimlich viele Schlangen an meinen Beinen hingen … sie bissen mich aber nicht, sie leckten nur, und das ekelte mich sehr, so sehr, daß ich kotzte, ich kotzte kleine Schlangen, die wie die Ränder der *Cocarrois* aussahen, kleine, kopflose Schlangen …

Ich fing an zu rennen und wachte auf. Ich machte Licht und dachte daran, daß dieser Traum so ähnlich war wie der, den ich in der Nacht zuvor bei Pere gehabt hatte. Ich ging in die Küche, um ein Glas Milch zu trinken. Das beruhigte mich, und ich kam zu dem Schluß, daß ich jetzt genug geträumt hatte, daß ich jetzt schlafen mußte, weil ich morgen sehr viel zu tun haben würde. Ich schlief sofort ein. Hatte aber wieder Alpträume.

Da war meine Mutter, die mit mir schimpfte, und ich, die ihr Widerworte gab, und sie schimpfte immer mehr. Da war sie schon nicht mehr meine Mutter, ich meine, es war noch dieselbe Frau, die mit mir schimpfte, aber nicht meine Mutter, sondern die Ausländerin, die ich in der Siedlung gesehen hatte, aber die war in Santa Eugènia an der Zisterne, und ich war nicht ich, sondern Júlia, besser gesagt, ich war Júlia und zugleich ich, und diese Ich-Júlia wurde sehr böse auf die Frau und tötete sie mit einer schallenden Ohrfeige, und als die Frau tot war, bemerkte ich, daß sie meine Mutter war, wieder meine Mutter war, und Júlia, die jetzt nur noch Júlia war, kniete sich neben sie und weinte, war aber gleichzeitig sehr froh, sie umgebracht zu haben. Und dann kam mein Vater und sagte: »Was hast du getan, Kleines? Siehst du nicht, daß sie Ohrenschmerzen hatte?« Das sagte er aber zu mir, nicht zu Júlia.

Und dann kam Quim angerannt, packte mich am Arm und brachte mich woandershin. Aber dieses »Woanders« lag schon wieder in einer anderen Gegend, war nicht das Haus in Santa Eugènia, sondern der Strand von Barcelona, und da stiegen eine Menge Fesselballons auf, voller Leute, die uns zuwinkten. Trotz der Fröhlichkeit der Leute hatte ich aber Angst, große Angst, weil ich den Verdacht hatte, voraussah, witterte, daß etwas geschehen würde – oder mir geschehen würde? Und als Quim den Leuten zurückwinkte, begann es. Ein pilzförmiger, bunter Fesselballon geriet in Brand und begann zu sinken. Und danach noch einer, ein gelber. Und dann ein grün-blauer, der wie ein Haus aussah. Und bald brannten alle lichterloh, und die Leute schrien vor Entsetzen, weil sie rettungslos untergingen, wie von einer tellurischen Kraft verschluckt ... und dann sah ich, was es war: ein riesiges, abgrundtiefes, bräunliches Loch, in das ebenso bräunliche Männer die Männer und Frauen aus den brennenden Fesselballons hinabwarfen, und alles wurde bräunlich, die bunten Fesselballons, die Toten und die Lebenden, alles fiel in dieses Loch, und alles mischte sich, das Fleisch und die Kleider, die Fetzen und Knochen, alles, alles bräunlich, ein schmutziges, gräuliches Braun. Ich erkannte einen von Júlias Knochen, ganz blank war er ... es war entsetzlich. Mir gefror das Blut in den Adern, als ich das sah ... sah es dann aber nicht mehr, träumte nicht weiter oder kann mich nicht erinnern.

Bis ich dann die Fesselballons wieder aufsteigen sah, und einer davon mit Júlia, meiner Mutter, Cèlia, Tante Antònia, Patricia, Madò Tonella, Catalina, ihrer Mutter – sie sang die ganze Zeit *lo mico i el raio, lo mico i el raio* – und mir. Nur Frauen. Und nur Cèlia konnte den Ballon bedienen, und während wir in die Luft aufstiegen, winkten wir Quim und Pere, die unten auf der Erde standen und nichts tun konnten. Ein Stück hinter ihnen stand Oberinspektor Maiol, der mir Zeichen gab, die ich nicht verstand.

Und da wachte ich auf. Mit Herzklopfen. Ich wußte nämlich, daß etwas Schlimmes passieren würde.

Doch nachdem ich geduscht hatte, blieb mir von dem oder den Träumen nur noch ein verdrießliches Gefühl im Hinterkopf, als wäre ich sauer, daß ich schlecht geschlafen hatte. Ich erzählte nicht einmal Tante Antònia davon, obwohl sie sagte, daß ich schlecht aussähe, als ich zum Frühstück in die Küche kam.

»Meinst du?« fragte ich gleichgültig.

»Ja«, stellte sie sehr überzeugt fest. »Nach dem, was dir gestern passiert ist, würde es dir sehr viel besser bekommen, heute ganz ruhig hierzubleiben.«

»Tante Antònia, bitte, fang nicht damit an. Gestern wollten sie mich nur erschrecken … und heute muß ich dahinterkommen.«

»Wohinter denn?«

»Warum sie mich erschrecken wollten.«

Da rief Quim an. Ein Glück, denn wenn Tante Antònia auf stur schaltete, war sie nicht zum Aushalten. Das tat sie selten, die Gute, aber wenn sie es tat, war sie schlimmer als sonstwer, weil sie recht hatte. Und sich gegen jemanden zu wehren, der recht hat, ist sehr anstrengend.

Quim hatte die Oliver angerufen, und die Oliver hatte ihm die Nummer eines befreundeten Ehepaares gegeben; die Frau war Übersetzerin und der Mann Professor für Literatur des Mittelalters an der Universität von Tarragona; die Frau hieß Montserrat Planes, und der Mann Josep M. Pujol; Montserrat war außerordentlich sympathisch, eine der Frauen, denen man am liebsten alles erzählen würde, und Josep Maria war eines dieser allwissenden Genies, die heutzutage Seltenheitswert haben, und mündliche Überlieferung war sein Spezialgebiet …

»Hör mal, Quim, darf man erfahren, warum du mir so viele Erklärungen gibst?«

»Erklärungen? Ich habe doch nur gesagt, daß dieses Ehepaar sehr nett ist und …«

»Hör auf mit dem Quatsch und sag, was ihre Nettigkeit gebracht hat«, sagte ich knochentrocken.

In Wahrheit ärgerte es mich wahnsinnig, daß Quim mich beim Wort genommen und die Oliver angerufen hatte. Die Oliver und ich, wir beide verstehen uns sehr gut, sie behauptet gern, daß wir eng befreundet sind, aber einen Gefallen will ich ihr lieber nicht schulden. Den läßt sie sich nämlich teuer bezahlen.

»Na gut« – Quim war verärgert –, »wenn du nichts über die beiden wissen willst, versäumst du was. Ich werde kein Wort mehr darüber verlieren.« Und schwieg.

»Quim, sei doch nicht albern. Ich will wissen, was du herausbekommen hast. Rede.«

»Josep Maria kannte das Lied *lo mico i el raio*. Er hat es zum ersten und einzigen Mal in der Nähe von Ripoli gehört. Er hatte seine helle Freude daran …«

»Quim, ich will nicht wissen, ob er seine Freude daran hatte oder nicht ...«

»Benéfico hieres
lumínico rayo
es sol que engalana
las flores de mayo«,[1]

sagte Quim und schwieg.

»Quim?«

»Ja.«

»Verdammt, Quim. Laß die Spielchen. Kannst du mir sagen, was das bedeuten soll?«

»Hat es dir gefallen?«

»Wenn ich dich vor mir hätte, bekämst du was auf die Nuß.«

»Aber da hast du mich nicht, Lònia. Ätsch, meine Liebe.« Er lachte. »Paß mal auf, vergleich das Lied von den *cuieres, l'anec, el mico i el raio* mit dem, was ich dir gerade aufgesagt habe, und du wirst sehen, daß es dasselbe ist, das eine auf spanisch und das andere auf katalanisch, aber in einem falschen Katalanisch, weil die Leute aus dem Dorf den spanischen Text nicht verstanden haben ... Verstanden?«

»Ich glaube nicht« – das war nur halb gelogen.

»Nimmst du mich auf den Arm?« fragte er.

»Du kannst eben nicht gut erklären, Schnuckiputzi«, lachte ich.

»Also, vergleich die beiden Lieder, und du wirst schon sehen!«

»Sag das neue Lied noch mal, ich habe es nicht richtig gehört.«

Er sagte es auf. Während ich das alte las.

»Va anar a fer cuieres
lo mico i el raio
el sol que fa l'anec
les flores de maio

[1] dt.: Wohltuend scheinst du, glänzender Strahl,/die Sonne, die Maiblumen schmückt ...

Benéfico hieres
lumínico rayo
el sol que engalana
las flores de mayo«

Als er die neuen Verse dreimal gelesen hatte – neu ist gut, aber na ja – und ich die alten; ist auch nur so dahergesagt –, verstand ich.

Das war absolut irre! Wenn die Leute aus dem Dorf kein Spanisch konnten, war es logisch, daß sie das Lied nicht verstanden. Und da hatten sie lautmalerisch einen pseudokatalanischen Text daraus gemacht, der genauso unverständlich war, in dem aber zumindest ein paar katalanische Brocken vorkamen, obwohl das Ganze insgesamt keinen Sinn ergab.

Ich fing schallend an zu lachen. Das war der netteste Witz, den ich je gehört hatte.

»Was ist denn? Warum lachst du so?« schrie Quim durchs Telefon.

»Irre! Wahnsinn!« Nachdem ich mich eine Weile vor Lachen geschüttelt hatte, nahm ich mich aber zusammen und fragte: »Und was noch?«

»Was noch?«

»Was hat dir dein schnuckeliges Seelenfreundchen der mündlichen Überlieferung noch gesagt?«

»Sei nicht gemein. Er ist nicht mein schnuckeliges Seelenfreundchen, und noch viel weniger so, wie du es deinem Ton nach meinst.«

»Quim, du blöder Schwulenkopp! Sei doch nicht so eine Mimose!«

Allerdings hatte ich das mit dem Seelenfreundchen eindeutig zweideutig gesagt.

»Gefallen würde der mir ja, zugegeben. Aber bei Josep Maria ist nichts zu machen. Das kriegt ein Gay gleich spitz. Nein, da ist nichts drin« – er machte eine Pause. »Und zu dem Lied war das alles. Außer, daß es aus der Gegend von Ripoli stammt.«

»Na gut, das müßte man herausbekommen, von wem Catalinas Mutter das hat. Rede mit Cèlia, mit Senyora Cros ... Ich werde Catalina fragen ... vielleicht ist es ja ganz unwichtig, das ist höchst wahrscheinlich, aber wir sollten nichts außer acht lassen ...«

Dann berichtete ich ihm, was mir mit den beiden Männern passiert war. Quim fragte, ob er nach Mallorca kommen solle. Und ich sagte, daß ich schon allein auf mich aufpassen könne. Ich erzählte ihm, daß ich geglaubt hatte, Cèlia zu sehen. Quim meinte, was zum Teufel Cèlia denn wohl in Palma zu suchen haben sollte, das seien Hirngespinste von mir. Ich hielt ihm entgegen, daß ich mir alles, was er dazu sagen könnte, schon selbst gesagt hätte, daß es aber auf jeden Fall gut sei, wenn er herausbekommen könne, wo Cèlia gestern nacht gewesen sei. Und nachdem ich ihm meine Pläne für heute auseinandersetzte, wobei ich ihm noch einmal bestätigen mußte, daß ich ihn wirklich nicht brauchen konnte, daß er wirklich nicht kommen solle, wirklich nicht, Quim, Herrgott noch mal!, verabschiedeten wir uns voneinander.

»Du darfst mich Quim nennen, Lònia. Im übrigen bist du völlig *out*. Heutzutage flucht frau weiblich!«

»Scher dich zum Teufel, Quim!!!«

Kapitel 12

Als Son Pont in Sichtweite war, ging ich in etwa so vor wie auf Can Gòmara, in der Geschichte mit der Gaudi und Sebastiana, der armen Kleinen ...

Mauern und Tore wie auf Can Gòmara gab es auf Son Pont nicht; auch nicht so viele Männer; und keine Hunde. Das war gut. Aber vielleicht waren die beiden Wachposten bewaffnet, und vielleicht hatte gestern abend zufällig einer der beiden einen Strumpf über dem Kopf ... Also schaltete ich zurück, drückte auf die Tube und fuhr mit Karacho auf die beiden zu. Ob ich sie überfahren würde oder nicht, hing nicht von mir ab, sondern von ihnen. Ich meine, falls sie ausgeschlafen genug waren, um zu merken, daß ich nicht anhalten würde – selbst wenn sie eine Pistole zückten, und falls sie rechtzeitig zur Seite springen würden, würde ich sie nicht überfahren. Falls sie aber so dämlich waren zu denken, daß sie mich mit Gesten und Pistolen aufhalten würden, ja, dann würde ich sie überfahren.

Sie waren ausgeschlafen genug. Aber nur um Haaresbreite.

Als sie mich kommen sahen, fingen sie an, wie wild herumzufuchteln; als sie kapierten, daß mich ihre Gesten nicht beeindruckten, fingen sie an zu schreien; und als sie schnallten, daß sie weder so noch so mein mit Getöse auf sie zu bretterndes Auto aufhalten konnten, zog der rechts von mir eine Pistole. Aber nicht schnell genug, um sie benutzen zu können, da der Wagen schon bei ihnen war und sie Hals über Kopf zur Seite springen mußten. Ohne daß sie mit dem Gebrüll aufhörten, natürlich. Sie schrien Zeter und Mordio.

Ich schrie aber noch lauter.

»Catalina! Catalinaaaa!«

Catalina kam heraus, als die beiden Männer den Schrecken und die Überraschung verdaut hatten und in meine Richtung zu rennen begannen.

Ich stieg aus.

»Was ist los?« fragte Catalina, und als sie mich erkannte, rief sie aus: »Was, Sie hier, ein zweites Mal?«

Da erreichten uns die beiden Helden. Die Ärmsten keuchten, da sie die zweihundert Meter in einer Sekunde gemacht hatten. Blauweiße Sommerschuhe trug keiner von beiden.

»Ihr solltet nach Barcelona kommen, ihr beiden. Bei der Olympiade würdet ihr fürs Rennen bestimmt eine Medaille kriegen«, riet ich ihnen.

»Diese Drecksau hat uns überfahren, Donya Catalina«, sagten die beiden zur Erklärung.

»Ihr könntet auch zu einem Wettbewerb gehen, bei dem es darum geht, die dickste Lüge aufzutischen; der erste Preis wäre euch sicher«, unterbrach ich sie. »Ich bin weder eine Drecksau, noch habe ich euch überfahren. Dafür hast du eine Pistole gezogen.«

»Eine Pistole?« fragte Catalina entsetzt den Mann, auf den ich gezeigt hatte. »Seit wann tragt ihr in meinem Haus Pistolen?«

Jetzt waren sie gespannt wie Flitzebogen. Der Blick, mit dem Catalina sie bedachte, war ganz der einer Hausherrin, doch das war es allem Anschein nach nicht, was sie so bannte, sondern etwas anderes, das ich nicht erraten konnte. Endlich sagte der eine: »Die Anordnung kommt von Don Tomeu. Sie haben nichts damit zu tun … Senyora … mischen Sie sich nicht ein …«

Das bedeutete, daß in Wirklichkeit nicht Donya Catalina das Heft in der Hand hatte, sondern Don Tomeu. Obwohl Donya Catalina die Senyora war und Don Tomeu ihr gestern gesagt hatte, daß sie zu bestimmen hätte. Denn Don Tomeu, so hieß das ekelhafte, grünäugige Miststück von einem Verwalter.

Catalinas Gesicht verfärbte sich wieder tausendfach. Aber schneller als gestern. Sie schluckte, bevor sie zu sprechen anfing.

»Wir werden ja sehen, ob mich das nichts angeht«, sagte sie, gelb wie eine Margerite und mit gepreßter Stimme. Und dann, viel deutlicher: »Ihr könnt jetzt wieder an euren Platz gehen« – dabei sah sie aus wie das Jüngste Gericht, das die Bösen in die Hölle schickt. »Und Sie kommen mit.«

Wir gingen ins Haus.

»Wer ist Don Tomeu?« fragte ich sie.

»Der Verwalter, ich habe ihn gestern … «, sie stockte plötzlich, um dann fortzufahren: »Warum sind Sie wieder hier? Ich habe doch schon gesagt, daß ich keine Reportage will. Und dann stellen Sie mir auch noch Fragen … Für wen halten Sie sich?«

»Verzeihen Sie, Donya Catalina …« Ich betonte die Anrede Donya. »Gerade deswegen bin ich ja hier, um Ihnen ein paar Fragen zu stellen, und ich werde nicht eher gehen, bevor ich sie nicht gestellt habe.«

Jetzt war sie schon ein wenig ruhiger. Im Halbdunkel des Hauses war ihr Gesicht rosa mit bläulichen Augenringen. Sie hatte Angst.

»Also dann. Stellen Sie Ihre Fragen, und dann gehen Sie.«

Ich begann mit der leichtesten.

»Ihre Mutter hat mir gestern ein witziges Liedchen vorgesungen, das geht so:

Va anar a fer cuieres
lo mico i el raio
el sol que fa l'anec
les flores de maio.

Wer hat ihr dieses Lied beigebracht?«

Sie sah mich verwundert an. Ihr Gesicht war immer noch rosa, aber ihr Blick war verschwommen, und der Zug um den Mund hatte sich ein wenig verhärtet. Sie würde lügen.

»Ja, ich habe es auch ein paarmal von ihr gehört. Sie hat es aufgesagt, nicht gesungen. Keine Ahnung, woher sie das haben kann. Wahrscheinlich von früher, als sie klein war. Das ist ein komisches Lied, nicht?«

»Sind Sie sicher?«

»Sicher? Wieso?«

»Daß Sie nicht wissen, woher sie das hat?«

»Natürlich bin ich da sicher. Denken Sie etwa, ich lüge?«

Wenn einem jemand, auf welche Art auch immer, sagt, daß er nicht lügt, dann tut er es.

»Nein, nein, Donya Catalina. Wenn Sie sagen, daß Sie es nicht wissen, dann wissen Sie es nicht«, antwortete ich und tat überzeugt. »Aber ich nehme doch an, Sie wissen, daß mir gestern zwei Männer gefolgt sind?«

»Was sagen Sie da?«

»Daß mir zwei Männer von Son Pont nach Palma gefolgt sind, die versucht haben, mich zu vergewaltigen.«

»Oh, mein Gott! Mein Gott!« sagte sie und wurde grün im Gesicht. Doch plötzlich faßte sie sich. »Sehen Sie, Senyora Guiu, ob Sie lügen oder nicht, weiß ich nicht, ich kann Ihnen aber versichern und ich versichere Ihnen im Namen meines Vaters, er ruhe in Frieden, daß die Männer, die Sie überfallen haben, nicht von Son Pont kamen ... Mein Gott!«

Es störte mich gewaltig, daß sie mich siezte und Senyora nannte und ich sie Donya nennen mußte. Wir waren zu jung für solche Mätzchen. Aber so lagen die Dinge nun einmal, und für einen Versuch, das zu ändern, war es der falsche Zeitpunkt.

»Und woher wissen Sie das so genau, Donya Catalina?«

»Weil ich nie jemanden beauftragen würde, so etwas zu tun – weder ich noch sonst jemand in diesem Hause.«

»Den Auftrag, mich zu vergewaltigen, hatten sie nicht. Das ist denen von allein eingefallen. Die sollten mich erschrecken, das war alles. Damit ich nicht wieder herkommen würde ... um Sie zu belästigen.«

»Das haben Sie erfunden.«

Sie hatte Tränen in den Augen, und ihre Stimme klang gequetscht. Ihr Gesicht war aschgrau.

»Erfunden habe ich nur eines, Donya Catalina. Daß Sie nicht ›belästigt‹ werden sollen, hat niemand gesagt. Denen ist es schnuppe, ob Sie jemand belästigt oder nicht, denen sind Sie und Ihre Mutter piepegal, aber sie wollten nicht, daß ich wiederkomme.«

Eine Pause entstand, in der Catalina die Röte in die Wangen stieg. Und dann sagte sie mit einer Stimme, die mir heiter vorkam: »Ich werde die beiden Männer kommen lassen, und dann werden Sie ja sehen, daß die nicht von Son Pont waren.«

»Ich könnte sie ohnehin nicht erkennen. Die hatten sich Strümpfe über den Kopf gezogen.«

»Heilige Mutter Gottes!«

Ich wußte aber, daß sie mit ihren Beschwörungen von Gott und heiligen Müttern die Wahrheit sagte. Zumindest die halbe Wahrheit. Es stimmte, daß Catalina nichts von den beiden Männern mit den Strümpfen überm Kopf wußte, die mich überfallen hatten. Da war ich mir sicher – nicht aufgrund weiblicher Intuition, die übrigens Gewäsch ist –, sondern weil ihr Ausdruck, ihre Augen, ihre Hautfarbe mir das sagten. Catalina gehörte zu denen, die mich nicht betrügen können. Oder mich nicht sehr betrügen können. Aber als sie sagte, daß weder sie noch sonst jemand aus dem Haus jemals jemanden losschicken würden, so etwas zu tun, hatte ich ihr angesehen, daß sie log. Doch warum sie log, verstand ich noch nicht.

»Gut. Eine weitere Frage. Wo … «

»Wird dieses Verhör lange dauern?« fragte sie, sichtlich um Fassung bemüht.

»Die Frage, die ich Ihnen jetzt stellen werde, ist die letzte, Donya Catalina. Und die wichtigste. Wo ist Júlia?«

»Schon wieder? Ich habe Ihnen doch gestern bereits gesagt, daß ich keine Júlia kenne. Und ich sage es jetzt noch einmal. Ich weiß nicht, von wem Sie reden. Ich weiß nicht, wer das ist. Ich habe sie nie gesehen. Sie hat weder hier noch in der Siedlung, noch sonstwo je gearbeitet. Und jetzt Schluß, Schluß habe ich gesagt. Tun Sie mir die Güte, und gehen Sie, und kommen Sie nie wieder ... Nie ... bitte ... Es tut mir sehr leid, daß ich Ihnen nicht helfen kann, aber ...«

»Nur die Ruhe, ich gehe ja schon. Hier«, ich reichte ihr einen Zettel, auf den ich Tante Antònias Telefonnummer geschrieben hatte, »wenn Sie mir doch noch etwas zu sagen haben, Sie wissen schon ...«

Als ich hinausging, sah ich, daß mein Auto bereits gewendet worden war. Was für ein Service!

Catalina stand im Eingang, und die beiden Männer saßen auf den Steinbänken vor dem Haus. Ich hatte schon den Motor angelassen und den ersten Gang eingelegt, da winkte ich Catalina noch einmal heran. Sie kam.

»Stellen wir eins klar. Ich bin keine Journalistin. Und mit dem Fernsehen habe ich nichts zu tun. Ich bin Detektivin und beauftragt, Júlia zu finden. Und ich werde sie finden, verlassen Sie sich drauf.«

Ich gab Gas. Im Rückspiegel sah ich Catalinas Gesicht, das lila angelaufen war. Ich wußte nicht, ob vor Wut oder Angst. Oder aus beidem. Ich streckte den Arm aus dem Fenster und winkte ihr zum Abschied. Ganz sicher würde sie mich anrufen.

Wieder auf freier Strecke, wurde ich richtig fröhlich. Worüber bist du froh, Lònia? Warum? Ich wußte es nicht. Egal. Ich war froh und fing an zu pfeifen. Ich pfeife wie ein Distelfink.

Verdammte Scheiße!

Während ich vor mich hin pfiff und mir die schöne Landschaft reinzog, war ich bis zum kurvigen Teil der Straße gekommen. Als ich bremsen wollte, tat sich nichts. Vorher war das Auto noch ganz in Ordnung gewesen. Von jetzt an ging's bergab. Himmel, Arsch und Wolkenbruch! Diese Mistkerle von Son Pont wollten mich umbringen. Und ich war selbst ein Arschloch, weil ich bis jetzt nichts bemerkt hatte, in meiner sagenhaften Blödheit!

Ich schaltete zurück, um auf diese Weise die Geschwindigkeit zu drosseln. Ich wurde tatsächlich langsamer, aber nicht viel. Um noch mehr Fahrt zu verlieren, fuhr ich links gegen die Böschung, denn rechts ging's steil runter. Tatsächlich verlor ich noch etwas Tempo – zusammen mit einem Scheinwerfer und einer Tür –, aber nicht genug.

Da begann auch die Lenkung, verrückt zu spielen. Ich bemerkte es in der nächsten Kurve, als ich nach rechts fahren wollte und die Karre mir nicht gehorchte. Ich knallte mit der Schnauze gegen einen Felsen. Jetzt war der rechte Scheinwerfer fällig. Danach führte die Straße auf einer langen Geraden ins Tal, und ich unternahm noch einmal einen Bremsversuch, indem ich links gegen die Felsen steuerte. Aber es gelang mir nicht. Das Auto fuhr noch schneller.

Gott im Himmel, Lònia, jetzt bist du geliefert!

Inzwischen war da kein Steilhang mehr, weder rechts noch links. Doch links waren Felsen, und rechts standen Johannisbrot- und Mandelbäume. Ich trat gegen die Fahrertür, sie öffnete sich, und ich sprang, ohne mich groß zu besinnen, aus dem Auto. Ich kugelte über den Boden, bis ich nahe an einem Brombeerstrauch liegenblieb. Ich stand sofort auf. Mein Auto polterte über die Steine auf dem Weg abwärts … bis es gegen einen ziemlich großen Felsen donnerte, der es erst ein wenig und dann immer mehr nach links ablenkte, bis es vom Weg abkam und sich mit der Schnauze in einen so prachtvollen und hochmütigen Johannisbrotbaum bohrte, wie nur die Johannisbrotbäume auf Mallorca sein können.

Ich hatte mir bei dem Sprung aus dem Auto den linken Knöchel verletzt. Ich achtete nicht darauf, als ich zu meinen Wagen rannte, und als ich dort ankam, tat mein Knöchel schon nicht mehr weh. Aber meine Seele blutete. Mein armes Auto! Die Karambolage hatte es bös gebeutelt. Innen und außen. Das würde die Versicherung teuer zu stehen kommen. Ich holte meine Tasche heraus. Als ich das Handschuhfach aufklappte, um nachzusehen, ob sich etwas Stehlenswertes darin befand, stieß ich ans Lenkrad, und sieh mal einer an, das Lenkrad fiel ab. Was waren die Männer von Son Pont doch für Drecksäcke! Das war keine Lappalie mehr, nein. Das war Mord, nicht »nur« Vergewaltigung, was die sich diesmal vorgenommen hatten. Aber Holzköpfe waren sie doch. Denn sie hatten mich weder vergewaltigt noch getötet. Und vor allem hatten sie mich nicht erschrecken können.

Na ja, erschreckt doch. Heute wie gestern hatte ich einen Mordsschrecken bekommen. Aber das hatte mich nur heiß darauf gemacht, herauszubekommen, was sich in drei Teufels Namen auf

Son Pont verbarg, wie viele Männer dort waren, wer der Verwalter war und was sie mit Júlia zu tun hatten.

Ich lief querfeldein und war im Handumdrehen auf der Straße. Ich hatte Glück: Eine nette Frau nahm mich mit, brachte mich in den Hafen von Alcúdia, zu einer Autovermietung. Dort mietete ich einen schrottreifen R5, gelber als ein Kanarienvogel und mit Gängen, die beim Einlegen quietschten.

Als erstes fuhr ich zu einem Mechaniker, dem ich sagte, daß mein Wagen auf dem Weg von Son Pont abgestürzt sei.

»Auf dem Weg von Son Pont?« fragte er völlig verwundert. »Und was wolltest du in Son Pont? Wie konntest du denn passieren?«

Ich war überrascht.

»Was weißt du über Son Pont?« fragte ich anstatt einer Antwort. »Warum hast du gefragt, wie ich passieren konnte?«

»Oh, weil die Zufahrt da angeblich immer von zwei Männern bewacht wird und niemand durchkommt. Die sollen Safaris für Ausländer und Betuchte machen, und du bist weder das eine noch das andere, glaube ich ...«

»Erraten«, lachte ich, »aber die Männer stehen am Gutshaus und haben mich passieren lassen, weil ich eine Freundin der Senyora bin ... na ja, der Tochter, wir sind zusammen in die Schule gegangen ...«

»Ach sooo, jetzt verstehe ich.«

Da kam mir der Gedanke, ihm Júlias Foto zu zeigen. Er hatte sie nie gesehen. Nur Geduld.

Ich ging wieder, allerdings nicht ohne genaue Angaben über die Lage und den Zustand meines Wagens zu machen. Der Junge versicherte mir, daß er sofort geholt würde, sobald der Chef da wäre. Und keine Sorge, bevor sie anfingen, ihn zu reparieren, würden sie einen Kostenvoranschlag machen.

Auf dem Weg in die Siedlung lachte ich noch. Dabei war mir zum Heulen. Denn dieser Junge, der ungefähr zwanzig Jahre alt war, hatte mich alt, häßlich und arm gefunden. Da wußte ich noch nicht, daß ich auf dem Rückweg von der Siedlung Son Pont wirklich einen guten Grund zum Heulen haben würde.

Als ich ankam, dachte ich: Was jetzt, Lònia? Ich hatte nämlich tatsächlich null Ahnung, was ich da eigentlich wollte. Ich wußte nur, daß ich hin mußte, daß ich da etwas finden würde, wußte aber nicht, was. Und nicht, wie.

Ich ging an der Agentur vorbei und sah die Frau von gestern wieder. Und plötzlich war mir klar, daß ich noch einmal das Reisebüro durchsuchen mußte. Dazu mußte ich aber abwarten, bis sie weg war. Oder dafür sorgen, daß sie das Büro verließ. Wie? Das würde sich zeigen. Erst mal ging ich in das einzige Lokal, das geöffnet war und von wo aus ich die Agentur im Auge behalten konnte, und bestellte einen Orangensaft. Das Mädchen an der Theke holte eine Flasche hervor.

»Nein, ich möchte frischgepreßten«, sagte ich.

»Frischgepreßten? Den haben wir nicht«, sagte sie ganz ungezwungen.

Ich schnalzte verächtlich mit der Zunge, sagte aber nichts. Ich verlangte einen Tee. Und als sie ihn vor mich hinstellte, zeigte ich ihr Júlias Foto.

»Kennst du sie?«

Ihrem Gesichtsausdruck nach kannte sie Júlia. Natürlich, sie mußte sie gesehen haben, als sie in der Agentur gegenüber gearbeitet hat. Falls Pere sich nicht getäuscht hatte. Das wiederum glaubte ich nicht.

»Nein … nein«, antwortete das Mädchen. »Ich habe sie nie gesehen.«

Es klang nicht sehr überzeugend, wie sie es sagte.

Ich trank meinen Tee und sagte, nur um irgend etwas zu sagen, daß noch viele Leute da seien. In dieser Siedlung, meinte sie, sei es immer sehr ruhig, sogar im August. Und dann: »Warum suchen Sie das Mädchen? Ja, das auf dem Foto …«

»Sie ist meine Freundin.«

»Ach so.« Pause. »Na ja, ich habe sie nie gesehen«, wiederholte sie. »Wirklich nicht. Das können Sie mir glauben …«

»Ich glaube dir ja, Herzchen.«

Und wie ich ihr glaubte! Jedes Wort von ihr war eine Bestätigung. Ich war sicher. Ich zahlte und ging. Ich wollte sie nicht noch mehr in Verlegenheit bringen, die arme Kleine.

Eine Weile lief ich in Strandnähe herum, wo zwei alte Ehepaare in der Sonne lagen. Dann ging ich zum Hotel und begab mich in die Bar, die auf einen kleinen Strand hinausführte. Ich bestellte Brot mit Käse, Brot mit Öl und Tomaten und frischgepreßen, natürlichen Orangensaft, und obwohl der Junge an der Bar ein überraschtes Gesicht machte, wurde er mir aus der Küche gebracht. Ich aß mit Genuß, obwohl es nicht besonders gut schmeckte. Und als es ans Bezahlen ging, zogen sie mir zweitausend Peseten aus der Tasche. Es war ein Vier-Sterne-Hotel, aber ich fand es doch ein bißchen übertrieben und sagte das dem Barkeeper. Wir stritten nicht, sondern plauderten ein wenig über die Preise und die Leute, als würden wir uns ein Leben lang kennen. Dann zeigte ich ihm Júlias Foto. Und schlagartig hörte er mit dem Geplauder auf.

»Nein«, sagte er. »Kenn ich nicht.«

Und begann, mit dem Rücken zu mir Flaschen zu säubern, die blitzsauber waren. Ich ging ohne ein Wort wieder hinaus.

Als ich das Hotel verließ, stieß ich auf eine Frau mit zwei Kindern. Zwei etwa sechsjährige Jungen in sehr guter, aber total zerknitterter Kleidung. Der eine hatte sich von oben bis unten mit Schokolade bekleckert und schien sauer zu sein. Der andere hatte das Gesicht voller Rotz und Tränen.

Der schokoladenbeschmierte Junge rempelte mich leicht an, und meine Hose bekam etwas ab. Als die Mutter das sah, haute sie ihm eine runter, daß er wankte. Sofort begann der andere Junge zu weinen, und die Mutter scheuerte ihm ebenfalls eine, die sich gewaschen hatte.

»Senyora!« platzte ich halb überrascht, halb empört heraus. »Das dürfen Sie nicht … die armen Kleinen …«

Die Frau sah mich an, als hätte sie eine Erscheinung. Dann aber sagte sie knochentrocken: »Mischen Sie sich nicht ein. Es sind ja nicht Ihre.«

»Und wenn schon, das tut nichts zur Sache. Ich habe das Recht, für sie einzutreten, sogar gegen ihre Mutter, wenn sie mißhandelt werden«, sagte ich. »Und Sie haben sie mißhandelt …«

Da eilte bereits die Frau vom Empfang herbei. Als die Mutter der Kinder sie sah, machte sie ein erleichtertes Gesicht.

»Senyoreta«, sagte die Empfangsdame zu mir, eine liebenswürdige Frau von ungefähr sechzig Jahren, »lassen Sie das lieber. Das ist besser für Sie und besser für alle, ganz bestimmt ...«

»Aber ...«

»Glauben Sie mir«, unterbrach sie mich mit respektgebietender Stimme. Dann richtete sie sich in dem gleichen Ton an die Frau mit den Kindern und sagte: »Und du, bring die Kinder nach Hause. Auf der Stelle. Mach schon.«

Die Frau schob die Kinder wortlos hinaus, sie stiegen in ein Auto, und weg waren sie.

»Woher kommen diese Kinder? Die Frau war doch nicht ihre Mutter?« fragte ich.

»Die sind ... aus einem Bungalow hier in der Gegend. Die Frau kümmert sich um sie«, sagte die Senyora.

»Feine Art, sich zu kümmern, aber wirklich! Welcher Bungalow ist es denn?«

»Senyoreta, mischen Sie sich lieber nicht ein. Kinder brauchen manchmal eine hinter die Ohren.«

»Ja, aber diesmal nicht.«

»Vielleicht nicht, aber wer sind Sie, um das zu entscheiden? Spielen Sie hier den Schutzengel? Glauben Sie mir, Sie gehen jetzt besser ...«

Das sagte sie so liebenswürdig und bestimmt, daß ich ihr glaubte und ging, ohne ihr Júlias Foto zu zeigen. Aber nicht, ohne an die Kinder aus Cèlias Träumen zu denken, die mit Júlia spielten und weinten. Was machten der kleine Junge und das kleine Mädchen, die so schmutzig waren und heulten, in Son Pont? Was machten die beiden ebenfalls schmutzigen, heulenden Jungen in diesem Hotel? Hatten sie etwas miteinander zu tun, oder war alles nur Zufall? Hatten sie mit Júlia zu tun?

Ich unterbrach mein Grübeln, als ich sah, wie die Frau die Agentur verließ und in die Bar ging, die ich gerade verlassen hatte.

In das Büro hineinzukommen war nicht schwer. Die Agentur war zwar abgeschlossen, aber mit meinem Werkzeug und bei meiner Übung war die Tür in Null Komma nichts offen.

Ich begann mit der Suche.

Es gab nicht viel zu durchsuchen. Nur die Archive, ein Regal mit Plänen der Bungalows und den Arbeitstisch der Frau. Als erstes notierte ich mir die Telefonnummer, vielleicht konnte ich sie einmal brauchen. Dann inspizierte ich alles gründlich. Ich fand nur Briefpapier mit dem Briefkopf der Reiseagentur in Köln. So kam ich der Sache schon näher. Ich ließ alles liegen, wie ich es gefunden hatte, und ging ins Bad. Nichts Verdächtiges. Fast hätte ich einen Lippenstift geklaut, der neben einem Kamm und einer Flasche Kölnisch Wasser stand, ließ es aber sein. Ich nutzte allerdings die Gelegenheit, Pipi zu machen, und bemerkte bei der Gelegenheit, daß mein Knöchel ziemlich angeschwollen war, obwohl er überhaupt nicht schmerzte.

Als ich aus der Toilette kam, stieß ich direkt auf die Ausländerin und einen Mann. Der Mann trug aber auch keine blauweißen Sommerschuhe. Ich versuchte, ihn mir mit einem Strumpf über dem Kopf vorzustellen, konnte es aber nicht: zu schnell und wortlos hatten sie mir schon die Arme auf dem Rücken verdreht, kurz davor, sie zu brechen. Ich konnte nur die Beine bewegen und versuchte, so viele Fußtritte wie möglich auszuteilen, doch sie setzten mich so einfach, als hätten sie nie im Leben etwas anderes getan, außer Gefecht, indem sie drauftraten.

Da fing ich an zu schreien. Mein linker Knöchel schmerzte, meine Arme schmerzten saumäßig, ich konnte mich nicht rühren. Das einzige, was ich bewegen konnte, war mein Kopf, und das einzige, was ich tun konnte, war schreien.

»Hilfeeee!« schrie ich.

Doch da stopfte mir eine Hand sofort etwas wie ein Taschentuch in den Mund, ganz tief hinein, und mir wurde speiübel. Dann packte mich eine Hand an den Haaren und riß meinen Kopf nach hinten. Der Schmerz war unsäglich! Aber das war noch nicht alles.

Es geschah still und leise, schweigend, ohne jedes Geräusch: Eine starke Hand hielt meine Linke fest, griff den Mittelfinger und bog ihn nach hinten, immer weiter ... bis es krakracks machte und mich ein unbeschreiblicher Schmerz durchzuckte.

Meine Haare, ein Arm und ein Bein wurden losgelassen. Der Mann, der sie festgehalten hatte, baute sich vor mir auf und sah mich an. Ich konnte ihn kaum erkennen, weil mein Kopf vor Schmerz und Tränen nicht ganz bei sich war. Aber ich begriff, daß es die Frau gewesen war, die mir den Finger gebrochen hatte.

Da machte der Mann eine Kopfbewegung, und ich war frei. Ich fiel auf die Knie und schaute mir meine linke Hand an. Mein armer Finger, glatt gebrochen.

Mit der anderen Hand zog ich mir den Lappen aus dem Mund. Ich stand auf, nahm meine Tasche vom Tisch und ging zur Tür. Als ich sie öffnete, sagte eine Männerstimme ganz leise: »Und komm nicht wieder … wenn du wiederkommst, drehen wir dir den Hals um …«

Irgendwie schaffte ich es zum Auto. Im Menschenquälen war dieses Pärchen eindeutig besser als das von gestern abend.

Von Kopf bis Fuß gab es keine Stelle an meinem Körper, die mir nicht weh tat, und mein Finger schmerzte teuflisch. Ich ließ den Motor an und verließ den Ort des Geschehens, heulend vor Schmerz und Wut.

Und da sah ich sie wieder. Ja, Cèlia. Sie ging da hinten über die Straße. Ich wischte mir die Tränen ab, und da war sie wieder weg. Ich gab Gas, aber als ich an die Stelle kam, wo ich sie gesehen hatte, war niemand da.

Mumpitz, Lònia!

Bevor ich ins Krankenhaus Son Dureta fuhr, erkundigte ich mich nach meinem Auto. Der Werkstattchef teilte mir mit, daß sie es nicht gefunden hatten. Daß sie die Spuren des Zusammenpralls auf dem Boden und an dem Johannisbrotbaum gesehen hatten, aber von dem Auto nichts, nicht das geringste. Das hatte mir zu meinem Glück an diesem Tag gerade noch gefehlt.

Ich fuhr unter Schmerzen und Tränen nach Palma. Es war fünf Uhr nachmittags.

Kapitel 13

»Polita, Liebling, wie lange haben wir uns nicht gesehen!«

Ach du Schande, Madona, immer noch Polita … Wenn sie mich wenigstens Apollònia nennen würde.

»Tag, wie geht's denn, Madona Xisqueta?« begrüßte ich sie und gab ihr auf jede Wange ein Küßchen.

»Komm rein, komm doch rein! Mein Mann ist noch nicht da, aber ich habe ihn angerufen, um ihm zu sagen, daß du kommen würdest. Er hat sich sehr gefreut!«

»Ich bin auch sehr froh, daß es Ihnen so gutgeht!«

Sie führte mich in die Küche, wo sie gerade das Abendessen zubereitete.

»Aber sag mal, das mit Son Dureta mußt du mir erklären. Was hast du denn da gemacht?«

»Ich, nichts. Mit mir haben sie was gemacht«, ich zeigte ihr meinen verbundenen Fuß und die Hand mit dem geschienten Mittelfinger.

»Du meine Güte, Kind! Wie ist das passiert?«

»Das erzähle ich lieber, wenn Ihr Mann auch da ist …«

»Die müssen dir sehr weh getan haben, denn die Ärzte in Son Dureta sind nicht gerade pingelig …«

»Ja, es hat weh getan, aber das hätte es in einer Privatklinik auch. Ich fand die Ärzte und Ärztinnen sehr liebenswürdig und tüchtig, und die Krankenpfleger und Schwestern ebenfalls … alle haben mich sehr gut behandelt«, sagte ich, konnte sie aber offensichtlich nicht überzeugen.

»Na ja, ich würde nie nach Son Dureta wollen, wenn ich krank würde … das habe ich meinem Mann und Mart auch gesagt …« Mart war ihr Sohn.

»Nun, dann haben Sie das Nachsehen, denn die besten Ärzte und die fortschrittlichste Technik gibt es da.«

Sie wechselte das Thema und fragte: »Weiß deine Mama es schon?«

Ich fing an zu lachen. Was dachte Madona Xisqueta, wie alt ich wäre. Ich fragte sie danach.

»Oh, ich weiß nicht, wie alt du bist, Polita. Für mich wirst du immer das kleine Mädchen sein, das an dem Tag geboren wurde, als ich geheiratet habe.«

»Nennen Sie mich nicht Polita, Madona«, bat ich sie flehentlich. »Ich weiß ja, daß ich als Kind so genannt wurde, aber jetzt heiße ich Lònia. Ich heiße schon seit zwanzig Jahren Lònia.«

Wenn du sagen kannst, daß etwas, das dir passiert ist, schon zwanzig Jahre her ist, heißt das, du bist alt, dachte ich. Behielt es aber für mich.

»Lònia?« Sie machte eine nachdenkliche Pause. »Lònia«, wiederholte sie. »Und warum wirst du so genannt?«

»Weil es mir besser gefällt«, sagte ich nur und wartete ab.

»Ja, mir gefällt das auch besser. Ich habe ja schon zu deiner Mutter gesagt, daß sie dich nicht Apollònia nennen soll, und Maiol hat es deinem Vater ebenfalls gesagt, aber deine Mutter sagte, deine Oma würde ja auch Paloni genannt, und du dann eben auch, falls du ein Mädchen würdest. Und stell dir vor, weder dein Vater noch deine Oma, der ihr Name auch nicht gefiel, konnten sie davon abbringen. Deine Mutter ist immer sehr stur gewesen …«

Das war ja etwas ganz Neues über Mama, sieh mal einer an! Ein Grund mehr, sie nicht zu mögen. Ich schüttelte den Kopf, um Mutter aus meinen Gedanken zu vertreiben.

»Wie viele Jahre sind Sie jetzt miteinander verheiratet, Madona Xisqueta?«

»Einundvierzig. Kannst du dir das vorstellen? Einundvierzig Jahre. Wir haben es neulich gefeiert. Maiol will es jedes Jahr feiern, weil wir nun einmal sehr glücklich sind, wie er sagt. Und das stimmt.«

Mir gefiel, daß sie ihn bei seinem Familiennamen und nicht beim Vornamen nannte. Ich hatte ihn immer so genannt, denn Maiol war Maiol und basta. In Santa Eugènia und in Palma. Nein, in Palma war er Oberinspektor Maiol.

Sie waren sehr verliebt gewesen, als sie heirateten, und waren es jetzt anscheinend immer noch. Sie hatten einen Sohn, der Anwalt war und den ich nicht kannte. Ich hatte sie seit zehn Jahren nicht mehr besucht. Das bedauerte ich jetzt, denn sie waren sehr freundlich, und Maiol war sehr eng mit meinem Vater befreundet gewesen.

»Und was macht die Schule?« fragte sie.

»Die Schule? Was für eine Schule?« Ich war überrascht.

»Deine Mutter sagte, du wärst Lehrerin …«

Gott im Himmel, Mama!

»Sehen Sie meine Mutter oft?«

»Nicht sehr oft. Wir haben ein kleines Haus in der Umgebung von Santa Eugènia und fahren ab und zu hin. Wenn Maiol sich zur Ruhe setzt, ziehen wir dahin um« – sie sah mich an und kicherte –, »... er sagt, er will sich nicht zur Ruhe setzen, aber sie werden ihm das antun, ob er will oder nicht ... Na ja, ich habe deine Mutter ungefähr vor zwei Monaten gesehen. Sie beklagte sich wie immer. Daß sie sehr einsam ist, daß es ihr schlechtgeht ... und ich finde, sie sieht ganz gut aus, denn sie ist älter als Maiol und trotzdem nicht gebrechlich ...«

»Und sie hat gesagt, ich sei Lehrerin.«

»Ja ... Nach ihrem Gejammere – ich bin sicher, das ist reine Gewohnheit – und nachdem ich mich nach dir erkundigt hatte, hat sie das gesagt.«

»Nein, Lehrerin bin ich nicht, Madona. Das hat sie Ihnen nur gesagt, weil sie das anstößig findet, was ich mache. Ich bin Detektivin, aber Mama stöhnt nicht nur immer, sie lügt auch noch ...«

Madona Xisqueta hatte aufgehört, die Eier für das Omelette zu rühren, und sah mich an.

»Was bist du?«fragte sie.

»Detektivin. Ich habe eine Detektei in Barcelona und ...«

»Du liebe Zeit, Lònia, das ist doch sehr gefährlich!«

»Und Polizist zu sein, ist das nicht auch gefährlich?« entgegnete ich.

»Maiol ist aber ein Mann, und du bist eine Frau«, sagte sie im Brustton der Überzeugung.

»Ja und?« fragte ich amüsiert.

»Es gibt eben Arbeiten für Männer und Arbeiten für Frauen, Kind, du bist alt genug, um das zu wissen ... Wenn ich deine Mutter wäre, würde es mir auch nicht gefallen, daß du Detektivin bist, mir wäre es auch lieber, du wärst Lehrerin ...«

Ich wollte nicht mit ihr streiten, das lohnte nicht, also schwieg ich. Da hörte ich die Tür gehen, und ihr Gesicht hellte sich auf. Sie sah sogar jünger aus.

»Das ist Maiol!« sagte sie erfreut.

Mir gefiel das, und ich beneidete sie darum, daß sie sich in ihrem Alter immer noch jedesmal freuen konnte, wenn ihr Mann nach Hause kam. Wenn ich mir sicher wäre, daß es mir genauso gehen würde, hätte ich nichts dagegen zu heiraten. Aber ich bin nicht wie Madona Xisqueta, ich würde mich nicht damit begnügen, das Haus zu putzen, das Abendessen zu machen und auf meinen Mann zu warten, und das tagtäglich. Ich brauchte mehr als das und vieles, was nur sehr wenige Männer einer Frau zu geben bereit sind.

Maiol kam strahlend in die Küche. Ich fand nicht, daß er wie ein Mann kurz vor der Pensionierung aussah, für mich war er kaum älter geworden. Ein bißchen dicker war er, hatte weniger Haar als vor zehn Jahren, keinen Schnurrbart mehr, aber immer noch das Gesicht eines netten Kerls und ein ebenso spitzbübisches Lächeln wie früher. Wie ein Polizist hatte er nie ausgesehen.

Polizist war er geworden, als er fast dreißig Jahre alt war. Mitten in der Francozeit, obwohl er kein Franquist gewesen war. Ich würde eher sagen, wenn er irgend etwas war, dann war er dagegen, genau wie mein Vater. Er und mein Vater waren Männer, die sich nie auf irgend etwas eingelassen hatten und ihre politische Meinung für sich behielten, falls sie je eine hatten. So hatte er Polizist werden können und war auf diese Weise mit der Demokratie allmählich aufgestiegen. Jetzt war er Oberinspektor, das hatte mir Tante Antònia gesagt, als er vor zwei oder drei Jahren befördert worden war, und kurz vor seiner Pensionierung sollte er zum Kommissar ernannt werden, damit er eine gute Pension bekommen würde.

Nachdem er seiner Frau ein Küßchen gegeben hatte, breitete er die Arme aus und sagte: »Komm in meine Arme, freche Göre, ich habe dich ja so lange nicht gesehen!«

Und während er mich umarmte, informierte ihn seine Frau lachend und munter-fröhlich, daß ich jetzt weder Polita noch Paloni, sondern Lònia heiße, daß ich nicht Lehrerin, sondern Detektivin sei und er vorsichtig sein solle, weil mein Finger gebrochen und mein Knöchel geschwollen sei.

»Nanu, nanu, das sind ja Neuigkeiten«, sagte Maiol. »Du heißt jetzt Lònia? Das gefällt mir. Ja, dann werden wir dich Lònia nennen. Ich habe deinem Vater immer gesagt, daß ...«

»Das habe ich schon erzählt«, stoppte ihn Madona Xisqueta.

»Ach so, das hat sie schon erzählt ... und Detektivin bist du, nicht Lehrerin? Du weißt bestimmt schon, daß der Beruf sehr gefährlich für eine Frau ist, nicht?«

Ich fing an zu lachen. Die beiden waren zum Kringeln. Ich zeigte ihm meinen Finger und erwartete, daß er dasselbe sagen würde wie seine Frau. Und das tat er! Bis aufs I-Tüpfelchen!

»Du meine Güte, wie ist das passiert?«

Ich berichtete alles beim Abendessen. Na ja, nicht alles. Von Cèlia und ihren Träumen sagte ich nichts, weil ich dachte, das würde meine Glaubwürdigkeit erschüttern; und aus demselben Grund erzählte ich weder, daß ich glaubte, sie in Palma und in der Siedlung gesehen zu haben, noch von meinen eigenen Träumen, denn sonst hätten sie bestimmt gedacht, ich sei ein Fall für die Klapsmühle. Aber von Senyora Cros, von Júlia, meiner Reise nach Deutschland, von meinem Assistenten Quim, der in Barcelona geblieben war, von meiner Ankunft auf Mallorca, der Fahrt nach Pollença und der Polizei ...

»Diese jungen Polizisten«, meinte Maiol kopfschüttelnd, »können auf der Akademie noch so viele Benimmkurse machen ...«

»Da war auch ein alter Hase dabei, der war nicht besser als die anderen, Maiol. Das ist keine Frage des Alters, wohl eher eine der Polizei ...«, sagte ich, wollte ihn aber nicht zu sehr attackieren und fügte hinzu: »Ja, ich kann die Polizei nicht riechen, weil ich da immer schlecht behandelt worden bin. Vielleicht hätte ich ja ein wenig liebenswürdiger sein sollen ...«

»Na ja, laß uns keine Diskussion anfangen, die uns ohnehin nichts bringen würde«, sagte Maiol lächelnd. »Erzähl weiter, Lonieta ...«

Ich erzählte von meinen Stippvisiten in der Siedlung und in Son Pont, was ich gesehen hatte und was nicht, aber vermutet hatte, wie ich in Palma überfallen wurde und wie mein Auto und mein Finger zugerichtet worden waren ... Ich erzählte von der Ausländerin in der Agentur, von Catalina, von ihrer Mutter, den Kindern, den Männern ...

»Da gehen seltsame Dinge vor«, sagte ich. »Da ist ein Mann, von dem Catalina behauptete, er sei der Verwalter, aber mir kam es so vor, als hätte er das Sagen, nicht sie.«

»Aber was für seltsame Dinge denn?« fragte Maiol. »Du hast mehrere Male gesagt, daß da seltsame Dinge vorgehen, aber du hast nicht gesagt, welche. Dir kam es so vor, daß er das Sagen hatte

... gut, aber es kam dir nur so vor, und damit können wir nichts anfangen, Lònia. Wir brauchen Beweise oder eine Anzeige ...«

Ich wußte, daß ich keine Beweise hatte. Ich hatte mich ja gerade in der Hoffnung an Maiol gewandt, daß er mir helfen könne. Ich hoffte sehr, daß er mir helfen würde, denn zu einer Anzeige war ich noch nicht bereit und mußte es irgendwie auf anderen Wegen versuchen.

»Und die beiden Männer, die mich vergewaltigen wollten? Ist das nicht eigenartig?« fragte ich und zog ein entsprechendes Gesicht dabei.

»Aber Lònia, Vergewaltigungen kommen jeden Tag vor ...«

»Was Sie nicht sagen! Und das mir ...« Ich wurde fast ärgerlich. »Außergewöhnlich ist, daß sie mir folgten ...«

»Du sagst, daß sie dir von Son Pont aus gefolgt sind. Bist du da sicher? Kannst du das beweisen? Du weißt nur, daß du gehört hast oder zu hören meintest, weil du halb ohnmächtig warst, daß sie dich erschrecken sollten, damit du niemals wiederkommen würdest ... Das hilft nicht, Lònia, überhaupt nicht.« Er machte eine Pause und schüttelte den Kopf.

»Und das Auto?« Ich.

»Das Auto ... gut, dein Auto ist nicht mehr da. Wir könnten Beamte nach Son Pont schicken, um herauszubekommen, ob es auf dem Anwesen ist, aber glaubst du, es wurde auf das Anwesen gebracht? Falls wirklich daran herummanipuliert wurde ...«

»Natürlich wurde es das!« unterbrach ich ihn. Jetzt wurde ich laut. »Maiol, glauben Sie etwa, daß ich lüge?«

»Nein, aber nein. Beruhige dich ...«

»Und mein Finger? Ist der nicht gebrochen? Und wenn ich sage, daß diese Ausländerin ihn mir gebrochen hat, gibt es keinen Grund, mir nicht zu glauben!«

»Aber du warst dort eingedrungen. Und sie kann behaupten, du hättest stehlen wollen und sie habe aus Notwehr gehandelt«, hielt mir Maiol entgegen.

»Und Júlia? Auf Son Pont ist sie angeblich unbekannt, aber Meister Toni hat gesagt, daß sie Catalinas Sekretärin war, und Pere, daß er sie in der Agentur in der Siedlung gesehen hat. Wo ist Júlia denn nun?«

»Aber Lònia, ich will doch nur sagen, daß es keine Beweise gibt. Daß alles Annahmen von dir sind, Verdächtigungen ...«

»... die nicht weiterführen«, vollendete ich. »Maiol, Sie benehmen sich wie ein Polizist.« Das brachte ich sehr trocken vor.

»Weil ich ein Polizist bin, Herrgott noch mal!« brüllte er. Und als täte es ihm leid, die Stimme erhoben zu haben, fuhr er in väterlichem Ton fort: »Darf ich jetzt ausreden?«

»Ja.«

»Ich wollte sagen, daß es Verdachtsmomente sind, die auf irgendwas deuten, aber ich weiß nicht, auf was ...«

»Das weiß ich auch nicht, Maiol. Deswegen bin ich hier.«

»Das weiß ich doch. Und als Polizist weiß ich, daß diese Verdachtsmomente sich später sehr oft aufklären, und entweder ist es gar nichts, oder es ist ein ganz dicker Hund, verstehst du mich?«

»Ja. Als Detektivin weiß ich das auch. Ich bin aber sicher, sehr sicher, wenn sich aufklärt, was auf Son Pont vorgeht, wird sich zeigen, daß alles, was jetzt eigenartig erscheint, sich als gefährlich erweisen wird.«

Madona Xisqueta holte Kaffee für sich und ihren Mann und für mich einen Kräutertee, um den ich sie gebeten hatte. Dann setzte sie sich wieder und hörte uns andächtig zu. Vor allem ihrem Mann.

»Also, hör mal, Lònia«, fuhr er fort, »im Moment können wir nicht viel tun, weil wir keine Beweise haben. Du könntest Anzeige erstatten, daß dein Auto manipuliert und gestohlen wurde, daß dir ein Finger gebrochen wurde ... du könntest irgend etwas behaupten, und ich könnte den dortigen Polizisten sagen, sie sollen das untersuchen, aber mir scheint, damit würden wir nicht viel weiterkommen ...«

Er zögerte einen Moment, und Madona Xisqueta nutzte die Gelegenheit, um zu sagen: »Und wenn Julias Mutter Anzeige erstatten würde, daß ihre Tochter auf Son Pont festgehalten wird?«

Maiol sah sie liebevoll an und tätschelte ihr lächelnd die Wange.

»Was für einen Unsinn ich rede, du meine Güte!« rief sie verlegen.

Das Pärchen war wie zwei Lausebengel, die Verstecken spielen. Ich erklärte sie zu meinen Adoptiveltern und nahm mir fest vor, sie jedesmal zu besuchen, wenn ich nach Palma käme.

»Daran hatte ich auch gedacht«, gestand ich, »aber es ist wirklich keine gute Idee und würde uns nicht weiterbringen.«

»Ich gehe in mein Arbeitszimmer und rufe an«, sagte Maiol plötzlich. »Ich werde in der Zentrale nachfragen, ob etwas über Son Pont vorliegt. Dann werden wir schon sehen, was zu tun ist.«

Kaum hatte Maiol das Eßzimmer verlassen, fragte mich seine Frau leise, wer dieser Assistent von mir sei. Sie schaute wie ein Schulmädchen, das hofft, daß ihre Freundin ihr sagt, sie habe einen Verlobten.

»Nein, nein, er ist nicht mein Verlobter, Madona«, versicherte ich schmunzelnd. »Das ist ein junger Mann, der mir hilft, und ich bezahle ihn für die Arbeit.«

»Und das ist alles? Und du hast keinen Verlobten? Ich meine, keinen Freund? Ich weiß, jetzt ist das nicht mehr wie früher ...«

Ich verneinte, und sie fragte mich, ob ich gern heiraten und Kinder haben würde; ich verneinte wieder. Dann wollte sie wissen, ob ich manchmal mit irgendeinem Jungen ausginge, und ich bejahte und sagte, daß wir es tun würden, wenn wir beide Lust dazu hätten.

»Oh!« sagte sie befriedigt. »Ich sehe schon, du bist normal. Ich hatte schon Sorge ...«

Da war Maiol wieder da und das vertrauliche Gespräch zu Ende.

»Sie haben gesagt«, berichtete Maiol, »daß vor zwei Jahren von einem Son Pont in Polleça um die Genehmigung für Safaris nachgesucht wurde.«

»Ja, das ist mein Son Pont.« Ich, zufrieden. »Aber von Safaris habe ich da nichts gesehen ... Natürlich, die Finca ist riesig, und ich nehme an, sie wollen den Lärm der Jeeps nicht in der Nähe des Gutshauses ...«

»Und es gab einen ziemlichen Krawall, weil die verlangte Genehmigung erteilt wurde und die Umweltschützer dagegen opponierten.«

»Und weiter?«

»Nichts weiter. Die Polizei war nicht damit befaßt. Das hat mir ein Polizist gesagt, der Bereitschaft hatte und dessen Schwester Umweltschützerin ist.«

»Was es alles gibt!« Ich konnte es nicht glauben.

»Son Pont hatte nie etwas mit uns zu tun, Lònia, bestimmt nicht«, sagte Maiol.

Ich muß wohl traurig geblickt haben, denn Maiol schmunzelte: »Kein Grund, den Mut zu verlieren, Menschenskind, irgendwas werden wir tun. Paß auf, erst mal werde ich einen Wagen mit zwei meiner Beamten, ich meine, Männern meines Vertrauens, losschikken, damit sie mit dem Sergeanten von Pollença sprechen und auf Son Pont Zutritt bekommen ... ich werde schon einen annehmbaren Grund finden, verlaß dich drauf. Du verhältst dich eine Weile ruhig ...«

»Soll das etwa heißen, daß ich gar nichts machen soll?«

»Du sollst dich raushalten, meine ich. Laß mir achtundvierzig Stunden, ich werde tun, was ich kann, um dir zu helfen.«

»Achtundvierzig Stunden? Ich dachte, Sie hätten größere Befugnis.«

»Was hat das denn mit Befugnissen zu tun?« mischte sich Madona Xisqueta ein, ohne ein Wort zu verstehen.

»Ja, Mensch, Lònia meint« – das sagte er lachend –, »warum ich die Männer denn nicht jetzt gleich nach Son Pont schicken kann, dann wüßten wir morgen früh schon Bescheid. Aber ...«

»Das ist doch Quatsch, Maiol! Ich wollte nur wissen, ob vierundzwanzig Stunden nicht genügen würden ...«, warf ich entschuldigend ein.

»Ich weiß noch nicht einmal, ob ich meine Männer gleich morgen losschicken kann. Ich muß mich meinen Vorgesetzten gegenüber auch absichern.«

»Na gut. Achtundvierzig Stunden«, gestand ich zu. »Wir bleiben in Verbindung.«

»Ja, natürlich«, sagte Maiol.

Jetzt, da ich es erreicht hatte, jetzt, da ich Maiols Interesse geweckt hatte, fragte ich mich, warum um alles in der Welt ich eigentlich wollte, daß die Bullen ihre Nase in den Fall steckten. Eben weil du es nicht allein schaffst, Lònia, sagte ich mir. War das die Wahrheit? Oder hatte ich es mit der Angst bekommen?

Wir unterhielten uns noch ein Weilchen, jetzt zu dritt. Und während sie mir von ihrem Sohn erzählten, von dem Häuschen in Santa Eugènia, dem letzten Film, den sie gesehen hatten, sagte ich mir:

Jetzt ist noch Zeit, sag ihm, er soll es sein lassen. Aber ich war nicht sicher. Und sagte nichts.

Aber warum hatte ich Angst bekommen? Weil eine Verrückte mir den Finger gebrochen hatte? Ich war schließlich bei anderer Gelegenheit auf einem Ohr halb ertaubt und hatte mir deshalb nicht in die Hose gemacht. Nein, nein, Angst war nicht der Grund. Aber ich hatte den Verdacht, daß Júlia umgebracht worden war, und wenn es eine Leiche gab, war das Sache der Bullen und nicht meine. War das wirklich mein Verdacht? Nein, nein, kein Gedanke. Aber jetzt, da ich daran dachte, vielleicht war sie ja wirklich tot ...

Ich schüttelte den Kopf.

»Maiol, ich glaube, Lònia ist müde«, hörte ich Madona Xisqueta sagen. »Stimmt das, Mädchen?«

»Sie haben recht. Ich bin todmüde. Heute war wirklich ein bißchen viel los.«

»Ein bißchen viel, sagt sie!« Das kam von Maiol. »Was würden manche Polizisten darum geben, ein Leben zu führen, in dem so viel los ist wie bei dir!«

Ich umarmte Madona und sagte, daß sie mich eines Tages in ihr Haus in Santa Eugènia mitnehmen müßten. Maiol begleitete mich ans Auto.

»Ich mag Santa Eugènia gar nicht, aber das Häuschen wohl. Kannst du dir ein Dorf vorstellen, in dem die Straßen heute noch franquistische Namen tragen? Das gibt's nur auf Mallorca. Eine Schande ...«

»Nein, das gibt's anderswo auch sehr oft. Aber eine Schande ist es«, sagte ich, überrascht, daß er damit kam. »Wir müssen mal darüber reden, wenn wir nicht gerade mitten in der Arbeit stecken. Sie müssen mir viel erzählen und erklären, Maiol.«

Ich ging besserer Laune, als ich gekommen war. Das war wirklich ein nettes Paar, diese beiden. Nett und eigenartig.

Als ich bei Tante Antònia ankam, las sie. Nachdem ich in Son Dureta verarztet worden war, hatte ich sie von dort auf dem laufenden gehalten, und sie wartete auf mich, weil sie wissen wollte, wie es mir ginge.

»Zwei Anrufe«, sagte sie. »Catalina von Son Pont bittet dich, morgen früh in die Bar Quatre Cantons in Alcúdia zu kommen, um zehn Uhr; sie wird versuchen, da zu sein. Hier ist die Adresse. Und Quim sollst du zu Hause anrufen, wenn du kommst. Und anschließend erzählst du mir auch alles, ja?«

Ich küßte sie auf die Wange, setzte mich aufs Sofa und rief Quim an. Tante Antònia hatte ihm schon berichtet, daß mir in der Siedlung von Son Pont ein Finger gebrochen worden war. Und von dem Abendessen bei den Maiols. Quim war entsetzt.

Ich erzählte ihm alles haarklein. Ich sah, daß Tante Antònia zuhörte und sich zweimal bekreuzigte. So ersparte ich mir, ihr alles noch einmal erzählen zu müssen. Am Ende sagte ich ihm auch, was mir Catalina hatte bestellen lassen.

»Ich nehme doch an, du gehst nicht hin, oder?«

»Aber natürlich gehe ich! Ich werde hingehen und Maiol kein Wort davon sagen, so ist das!«

»Das könnte eine Falle sein, Lònia.«

»Sicher doch, eine Falle in einer Bar. Sei nicht albern, Quim, das bedeutet, daß Catalina mir etwas über Júlia erzählen will, ohne daß diese Männer davon erfahren. Also dann, Quim, ich werde dich morgen anrufen, ja? Jetzt gehe ich schlafen, ich bin hundemüde …«

»Und über Cèlia willst du gar nichts hören, Chefin?«

»O doch!«

»Also, sie war in Barcelona und hat sich nicht weggerührt, das heißt, wenn du sie auf Mallorca gesehen hast, hast du Visionen. Ach, und ich habe sie auch gefragt, woher sie ist, und sie hat gesagt, aus Tarragona, ihre Eltern und ihre Großeltern sind schon aus Tarragona …«

»Und warum hast du sie danach gefragt?« fragte ich verwundert.

»Wegen dem Lied vom *mico i el raio*, warum sonst?«

Es war überdeutlich, daß ich müde war. So müde, daß ich nicht einmal mehr schaltete. Ich verabschiedete mich von Quim, nachdem ich mich bei ihm entschuldigt hatte.

Kapitel 14

Ich hatte mein Auto auf dem Platz an der Stadtmauer von Alcúdia abgestellt, mich verstohlen umgesehen, ob mich jemand beobachtete, und war ins Zentrum gegangen. Es war Viertel vor zehn, als ich im *Els Quatre Cantons* eintraf. Das Lokal hatte längst nicht die Ausmaße, die der Name versprach, denn es war klein und eng, aber geschmackvoll eingerichtet, und die junge Frau darin war liebenswürdig und diskret.

Ich mußte gut eine halbe Stunde auf Catalina warten und nutzte die Zeit, um mir die Leute anzusehen, die auf einen Kaffee oder einen *mulatet* hereinkamen, um ein Stück von der frisch eingetroffenen Gemüsecoca zu vertilgen – Teufel, war die lecker! –, um die Zeitung zu lesen; die Inselpresse soll von mir aus der Blitz treffen, so schlecht ist die!

Umgekehrt wäre es mir lieber, die Coca schlecht und die Zeitungen gut, dann wären wir besser dran.

Nach einer halben Stunde Wartens stellte ich mir allmählich die Frage, ob ich nicht vergeblich gekommen war, aber plötzlich war sie da, die wie stets teuer und geschmacklos gekleidete Catalina. Sie trug eine enorme, sehr dunkle Sonnenbrille, unter der ihr halbes Gesicht verschwand. Ihre Nerven lagen bloß.

Das hatte ich gleich bemerkt, als sie die Tür öffnete. Sie schaute sich um und sah, daß außer mir und der jungen Frau an der Theke niemand in dem Lokal war. Sie setzte sich zu mir an den Tisch, nahm die Brille ab, und nun konnte ich sehen, daß sie geweint hatte, denn die Haut um die Augen herum, einschließlich der Augenlider, war stark gerötet und voll weißer Pünktchen. Sie sagte nichts, und ich auch nicht.

»Was möchten Sie?« fragte die junge Frau an der Theke.

Catalina antwortete nicht. Sie hatte es wohl nicht einmal mitbekommen. Ich wiederholte die Frage der Kellnerin, und sie wollte einen Milchkaffee. Für mich bestellte ich einen Tee. Als die Getränke vor uns standen, hatte sie immer noch nichts gesagt. Ich dachte, das könnte noch den lieben, langen Tag so weitergehen, und beendete das Schweigen.

»Also, weshalb sollte ich kommen?«

Sie sah mich an, und ich konnte zusehen, wie sich ihre Augen mit Tränen füllten. Kurz darauf heulte sie wie ein Schloßhund. Die junge Frau an der Theke ging ins Hinterzimmer.

Ich ließ sie sich ein Weilchen ausheulen, blieb allerdings fest entschlossen, die Frage noch einmal zu stellen. Doch das erübrigte sich. Sie trocknete ihre Tränen mit einem Taschentuch, schneuzte sich, seufzte abgrundtief und begann: »Ich möchte mich bedanken, daß Sie gekommen sind, Lònia. Ich ... ich kann nicht mehr ... ich muß alles sagen ... und ich dachte, jetzt mit Ihnen habe ich die Gelegenheit, was auch immer Sie damit anfangen.«

Sie machte eine Pause und wartete ab. Doch ich sagte nichts. Ich wartete auch. Also fuhr sie fort: »Es stimmt, Sie wurden verfolgt ... ich wußte es nicht, aber ich habe gestern abend Tomeu gefragt, und er sagte, daß er zwei seiner Männer von Son Pont damit beauftragt habe. Sie hatten Order, ihnen einen Schrecken einzujagen, damit Sie abreisen. Als ich ihm erzählte, daß sie Strümpfe über den Kopf gezogen, Sie überfallen und versucht haben, Sie zu vergewaltigen, wurde Tomeu furchtbar wütend ... sehr, sehr wütend, ja ... er ließ die Männer kommen und warf sie hinaus.«

Sie schwieg wieder. Sie seufzte wieder. Und ich wartete wieder. Aber diesmal fing ich als erste zu reden an.

»Und weiter? Hat Tomeu nicht gesagt, wo mein Auto ist?«

»Ihr Auto?« fragte sie sehr verwundert.

»Und was mir in der Siedlung passiert ist, auch nicht?«

»Aber ist Ihnen denn noch mehr angetan worden?« fragte sie mit zittriger Stimme und grünlicher Panik im Gesicht.

»Allerdings. Als ich gestern von Son Pont wegfuhr, sind die Bremsen ausgefallen, und die Lenkung ist gebrochen ...«

»Sie meinen ...«

»Ich konnte abspringen, aber das Auto ist gegen einen Johannisbrotbaum geknallt ... und als es abgeschleppt werden sollte, war es nicht mehr aufzufinden.«

»Oh, mein Gott!« Ihre Stimme klang verzweifelt. »Und Sie haben sich nicht verletzt?«

Ich hatte meine linke Hand unter dem Tisch behalten und zeigte ihr fürs erste nur meinen verbundenen Knöchel.

»Als ich absprang, um nicht mit abzustürzen, habe ich mir den Knöchel verknackst. Aber das ist gar nichts im Vergleich zu dem Verlust meines Autos und zu dem, was mir in der Villenkolonie passiert ist.«

»Heilige Mutter Gottes! Was ist denn passiert?«

»Das« – und damit legte ich meine linke Hand auf den Tisch.

»Oh, mein Gott! Mein Gott!!!«

»Den hat mir diese komische Frau in der Agentur gebrochen, wobei ihr ein Mann behilflich war. Ein Mann, der mir sagte, wenn ich mich noch einmal sehen lassen würde, würde er mir den Hals umdrehen.«

»Davon wußte ich nichts, Lònia ...«, sagte sie mit noch grünlicherem Gesicht als vorher. »Und ich bin fast sicher ... Tomeu auch nicht. Oh, Herr im Himmel, die sind wahnsinnig geworden ...«

Und sie fing an, sich die Augen auszuweinen. Von mir aus konnte sie ruhig in Tränen zerfließen. Sie tat mir überhaupt nicht leid. Ich glaubte ihr, daß sie es nicht gewußt hatte, das mit meinem Auto und meinem Finger, aber der Verwalter, ja, der wußte bestimmt, was gespielt wurde, auch wenn er nicht explizit angeordnet hatte, genau das mit mir zu machen. Und sie war dafür ebenso verantwortlich wie alle anderen, auch wenn sie es nicht so empfand, auch wenn sie sich selbst als Opfer ansah.

Sie trocknete ihre Tränen. Ich wartete. Mal sehen, was sie mir jetzt erzählen würde.

»Hören Sie, Senyora Guiu, ich muß Ihnen eine sehr wichtige Mitteilung machen ...«

»Gut, denn bis jetzt haben Sie noch kaum Wichtiges erzählt ...«

»Über Júlia ...«

Pause, ich unterbrach sie nicht. »Ich habe Sie angelogen ... ich kannte sie doch. Sie war wirklich ... hat wirklich in Son Pont gewohnt ...«

Sie redete jetzt langsam, als wüßte sie nicht, mit welchen Worten sie mir das Folgende beibringen sollte. Denn das, was sie mir soeben über Júlia mitgeteilt hatte, wußte ich schon.

»Also«, fuhr sie fort. »Júlia ... Júlia ist tot ...«

»Was?!!!«

Tot. Júlia tot. Denk nicht darüber nach, Lònia. Hör jetzt zu.

»Ja, sie ist tot. Ich werde Ihnen jetzt alles erzählen.« Pause, und ein tiefer Seufzer. »Sie ist vor ungefähr vier Monaten nach Son Pont gekommen. Direkt aus Deutschland, mit einem Freund von Tomeu ... und den beiden Kindern, die Sie neulich in Son Pont gesehen haben, erinnern Sie sich?«

»Klar«, bestätigte ich sehr trocken.

»Ja, und Tomeu gab den beiden Arbeit ... und weil es in Son Pont sehr viele Zimmer gibt, hat er ihnen gesagt, daß sie bleiben könnten.«

Sie machte wieder eine Pause, die ich dazu nutzte, sie etwas zu fragen, was ich bereits wußte, aber von ihr bestätigt haben wollte.

»Wer hat in Son Pont das Sagen, Sie oder der Verwalter?«

»Tomeu ist ...« – Pause – »mein Freund ... na ja, mein Geliebter, und ich habe ihm alles in die Hand gegeben.«

Auch das hatte ich erwartet.

»Und warum heiraten Sie nicht?«

»Er ist bereits verheiratet ... ja, ja, ich weiß ja, daß man sich jetzt scheiden lassen kann, aber das will er nicht ...« Daran, wie Catalina den Mund verzog, sah ich, daß sie nicht weiter darüber reden wollte.

»Gut«, sagte ich, »erzählen Sie weiter, wie war das mit Júlia?«

»Ja ... Also, Júlia hat in der Agentur gearbeitet, und seinen Freund ließ Tomeu bei der Verwaltung der Finca mitarbeiten, als Sicherheitsbeauftragten in der Siedlung und eine Art Sekretär ... jetzt bringt er auch die Exkursionen für die Touristen, wir sagen Safaris dazu, wieder in Gang ...« Wieder eine Pause. »Na ja, Júlia und ich, wir freundeten uns an, sie war ein sehr schweigsames Mädchen, sehr ruhig und ... liebenswert, ja. Meine Mutter mochte sie auch ... Sie hat mir erzählt, daß sie Hals über Kopf von zu Hause weggegangen sei, weil sie ihr eigenes Leben leben wollte, und daß sie ihrer Mutter schriebe, aber nie, wo sie sich aufhielt. Und auch, daß sie Marcs Geliebte gewesen sei ... Marc ist der Freund von Tomeu.«

»Und die beiden Kinder?« nutzte ich wieder eine Pause.

»Was für Kinder?« fragte Catalina zurück und wurde sofort knallrot. »Ach ja! Das sind Marcs Kinder ...«

Ich sah ihr an, daß sie log.

»Na ja, alles ging gut, bis ich eines Tages nach Palma fuhr, um Verwandte zu besuchen. Ich kam früher zurück als geplant, ging in Tomeus Büro, um ihn zu begrüßen, und fand dort Júlia und ihn. Beide nackt, und sie liebten sich auf eine Weise, wie Tomeu es mit mir noch nie gemacht hatte. Ich war wie versteinert« – sie mußte sich zusammennehmen, um nicht von neuem loszuheulen –, »versteinert, zu Eis erstarrt, ja. Ich ging ohne ein Wort hinaus, in das Zimmer meiner Mutter, und brach in Tränen aus. Dann kam sie und sagte mir, es sei das erste Mal gewesen, es würde nicht wieder vorkommen, ich solle ihr verzeihen. Sie bat mich inständig. Doch ich war eifersüchtig, sehr eifersüchtig, und konnte ihr nicht verzeihen. Ich haute ihr links und rechts eine runter und sagte, sie solle aus meinem Haus verschwinden. Nach einer Weile, schon ein wenig ruhiger, ging ich zu Tomeu ins Büro. Er bat mich ebenfalls um Verzeihung. Ich stellte ihn vor die Wahl Júlia oder ich. Und er sagte, daß er mich liebe, mich und nicht Júlia, und mich nicht verlieren wolle ...«

»Und das haben Sie geglaubt«, sagte ich.

»Ich liebte ihn. Ich liebe ihn immer noch. Aber ich kann nicht mehr ...« – und sie fing wieder an zu weinen.

Das glich ja einem dieser Schmachtfetzen im Fernsehen, die ich nicht ertragen kann.

»Und was dann?« fragte ich.

»Júlia packte noch an demselben Abend ihre Sachen. Sie zog ins Hotel. Aber schon eine Woche später war sie nicht mehr im Hotel, und ich traute mich nicht, Tomeu zu fragen. Er sagte es mir von sich aus. Er sagte, sein Freund habe sie umgebracht. Júlia sei so eine, die mit jedem ins Bett ginge ... wie mit ihm. Sein Freund habe in einem Anfall von Eifersucht mit dem Messer auf sie eingestochen. Und das wisse niemand außer ihm und jetzt mir. Zur Polizei habe er nicht gehen wollen, weil er Marc wie einen Bruder liebe und weil er fand, Marc habe recht gehabt ... Und dann brachte er mich dahin, wo Marc und er sie vergraben hatten.«

»Wie lange ist das her?« fragte ich.

»Ungefähr zwei Monate.«

Das paßte. Senyora Cros hatte seit zwei Monaten keine Briefe mehr bekommen. Seit zwei Monaten war Júlia tot.

Himmelherrgott! Tot.

Aber bevor ich weiter nachdenken konnte, mußte ich noch ein paar Dinge klären.

»Und das haben Sie ihm auch geglaubt«, sagte ich.

»Wie bitte?«

»Haben Sie geglaubt, daß Marc einen Eifersuchtsanfall hatte?«

»Eigentlich ... eigentlich wußte ich nicht, was ich glauben sollte, weil Júlia mir gesagt hatte, daß Marc und sie gar nichts mehr miteinander hatten. Aber ... ich wollte Tomeu glauben ... und tatsächlich habe ich seit dem Tag, an dem er mir sagte, daß Júlia tot ist, an allem und jedem gezweifelt.«

»Seit wann haben Sie die beiden Männer, die den Weg nach Son Pont bewachen?« fragte ich.

»Seit wir mit den Safaris angefangen haben. Die Jeeps gehören auf die andere Seite der Finca, da führt ein anderer Weg hin. Manche wußten das aber nicht, und die fingen dann an, auf den Gutshof zu kommen. Ich wollte Ruhe, vor allem meiner Mutter wegen, und Tomeu postierte die Männer ...«

»Haben Sie jemandem gesagt, daß ich keine Journalistin, sondern Detektivin bin und Júlia suche?«

»Nein, niemandem.«

»Aber warum wollen die dann nicht, daß ich nach Son Pont oder in die Siedlung komme?« fragte ich und gab mir selbst die Antwort: »Natürlich, ich habe die Fotos herumgezeigt ... das kann ihnen jeder erzählt haben. Aber ... ich weiß nicht ... die haben etwas zu verbergen, ob es nun mit Júlia zusammenhängt oder nicht, etwas, das niemand erfahren soll ...«

Ich redete zuviel. Diese Frau war auch nicht vertrauenswürdig. Hatte sie mir das wirklich nur erzählt, weil sie es nicht mehr aushielt? Hatte sie mir wirklich alles erzählt, was sie wußte?

»Können Sie mich dahin bringen, wo Júlia begraben ist?« fragte ich.

»Ja, jetzt gleich, wenn Sie wollen«, bot sie sofort an. »Ich dachte mir schon, daß Sie mich darum bitten würden.«

Sie bezahlte, was wir bestellt hatten. Den Milchkaffee hatte sie nicht einmal angerührt. War sie wirklich so niedergeschlagen, wie sie vorgab? Oder hatte sie mir mehr Lügen aufgetischt, als ich dachte? Es konnte beides sein, ein unberührter Milchkaffee bedeutete nichts. Zumindest nicht bei Catalina.

»Wo haben Sie Ihr Auto?« fragte sie, als wir draußen waren.

»Auf dem Platz vor der Stadtmauer. Warum?«

Sie setzte wieder die große, dunkle Sonnenbrille auf, die ihr Gesicht zur Hälfte verdeckte. Das hatte jetzt aber wieder seine normale Farbe. Weil sie gebeichtet hatte und ruhiger war?

»Meins steht auf einem kleinen Platz hier in der Nähe. Warten Sie an der Stadtmauer auf mich, wir fahren mit den beiden Autos bis zum Anfang des Weges. Dann brauche ich Sie hinterher nicht zurückzubringen«, sagte sie.

Sie schien jetzt sehr selbstsicher und befehlsgewohnt. Aber das war nur Masche.

Ich wartete mit laufendem Motor, und kurz darauf kam sie und signalisierte mir, ihr zu folgen. Ich fuhr ihr nach und versuchte, nicht zu denken. Nachdenken konnte ich immer noch.

Wir fuhren von Alcúdia über die Bucht nach Port de Pollença. Das Meer war ruhig. Sein Anblick beruhigte mich. Das Meer ist für mich wie eine gute Freundin. Danach fuhren wir ins Innere, Richtung Pollença.

Wir nahmen den Weg nach Son Pont und dann die Zufahrtsstraße zur »urbanización«. Wenig später machte Catalina mir Zeichen, daß wir rechts abbiegen mußten. Wir fuhren auf einem zugewachsenen Pfad, und ungefähr zweihundert Meter weiter fand ich eine Stelle, an der ich mein Auto abstellen konnte. Ich stieg zu Catalina in den Wagen, und wir setzten die Reise fort.

»Sie können sich ja vorstellen, daß ich zur Polizei gehen werde, nicht?« fragte ich sie überfallartig.

»Tun Sie, was Sie für richtig halten, Lònia. Mir ist sowieso alles egal. Wirklich. Völlig egal ...«

Wir sagten nichts mehr.

Wir fuhren einen holprigen, teilweise schier unpassierbaren Pfad entlang, aber Catalinas Fahrkünste ließen uns davon kaum etwas spüren.

Vielleicht war sie aber auch schon so oft hiergewesen, daß sie jeden Stein und jedes Schlagloch kannte. Dann wurden das Grünzeug auf dem Weg, die Pinien, die Steineichen und die Büsche am

Rand weniger, bis schließlich die Landschaft öde, gebirgig, felsig aussah, was mir bei anderer Gelegenheit wundervoll vorgekommen wäre, jetzt aber Grauen einflößte.

»Gehört Ihnen das auch alles?« fragte ich, als wir schon eine ganze Weile in der Gegend herumfuhren. »Ich meine, gehört das auch zu Son Pont?«

»Ja, das auch. Die Finca ist sehr groß«, sagte sie stolz. »Das Gutshaus liegt gleich hinter dem Berg da, und der Weg, auf dem wir jetzt gerade fahren, führt dahin.«

Nach der nächsten Kurve sahen wir das Meer. Und einen haarsträubenden Steilhang, der langsam abfiel, als würde der Fels in Wellen bis an den weißen Spitzensaum des Wassers hinuntergehen. Es war wirklich herrlich, großartig. Aber nicht der richtige Zeitpunkt zum Staunen.

»Da ist es«, sagte Catalina und hielt.

Sie zeigte auf eine Geröllhalde, die meinem Eindruck nach aus dem Steinschlag des Felsens darüber entstanden war.

»Sehen Sie sich das allein an. Ich warte im Auto.«

Ich stieg aus und ging in die angegebene Richtung. Die Stille war gespenstisch, nur von ein paar Windstößen unterbrochen, die das Rauschen der Brandung mitbrachten. Und die fast sommerliche Sonne ließ Steine und Felsen aufblitzen.

Ich spürte eine Anspannung, als übte die Natur um mich herum einen unkontrollierbaren Druck auf meinen Geisteszustand aus. Ich sah mich um. Nein, da war nichts, nichts außer Felsen, Meer, Himmel und Sonne. Und Catalinas Auto ganz in der Nähe, als einziger Halt in dieser Ödnis. Ich schüttelte den Kopf, um die trüben Gedanken zu vertreiben, und ging weiter, bis ich den Steinhaufen erreichte.

Ich machte mich daran, Steine herunterzuholen. Sie waren bleischwer. Oder hatte ich keine Kraft?

Unter den Steinen waren hier und da ein Wurm, eine Eidechse. Das ist normal, Lònia, redete ich mir zu. Ich ekelte mich aber sehr.

Noch mehr aber, als ich in der Erde ein Stück Stoff entdeckte. Und als ich mit aller Kraft daran zerrte, brach die Erde ein, und ich sah die Knochen einer Hand, an der noch Hautreste hingen.

Diese Schweine!

Ich stand auf und sah zum Meer hinüber. Ich weinte. Nicht um Júlia, nicht um ihre Mutter, nicht um mich. Ich weinte aus Wut. Und aus Hilflosigkeit. Wegen der Schweinehunde in Son Pont. Wegen der verdammten Schlampe von Son Pont, die genauso schuldig war.

Ich schaffte Erde und Steine wieder auf das Loch. Sie hatten nicht gerade tief gegraben, um den Leichnam vor Greifvögeln zu schützen. Trotzdem war er unberührt.

Ich klopfte mir gründlich den Staub ab und entfernte mich von dem provisorischen Grab. Ging aber nicht zum Auto zurück, weil ich noch zu aufgeregt war, um Catalina gegenüberzutreten. Wenn ich sie vor der Nase gehabt hätte, hätte ich sie durch Sonne und Mond geschlagen. Aber darum ging es nicht.

Ich schaute aufs Meer hinaus, musterte die felsige Küste. Und da sah ich auf dem Grund einer Schlucht mein Auto, das Auto, das die Männer von Son Pont manipuliert hatten, um mich umzubringen, und das der Mechaniker nicht an der Unfallstelle vorgefunden hatte. Kein Wunder! Damit ich sie nicht anzeigen konnte, hatten sie es diese einsamen Klippen hinuntergestoßen.

Ich fing an zu schreien. Es waren hysterische, schrille Schreie, die mir unwillkürlich aus der Kehle stiegen. Das war der geballte Druck, unter dem ich gestanden hatte und der sich jetzt in Form von Gekreisch Luft machte.

»Was ist denn?« rief Catalina, ohne aus dem Auto auszusteigen.

»Mein Auto! Es ist da unten!!!«

Gerade wollte sie aussteigen, da explodierte ihr Auto. Oh, ihr Schweine! Teuflische, miese Schweine!

Ich rannte zu ihr, schrie wie eine Verrückte und wußte zugleich, das nichts mehr zu machen war.

Nichts konnte ich für Catalina tun. Tür, Windschutzscheibe, Sitz, Lenker, fast ihr gesamter Körper waren drei oder vier Meter weggeschleudert worden, nur ein Bein und ein Arm klebten an dem, was von dem Fahrzeug übrig war.

Ich hatte nicht einmal die Kraft zu fluchen. Zum Weinen auch nicht. Eine Weile rührte ich mich nicht von der Stelle – ich weiß nicht, wie lange es dauerte –, schaute, ohne etwas zu sehen, ohne zu denken, ohne zu fühlen.

Dann preßte ich meine Tasche an mich und begann zu rennen, den Weg entlang, Steigungen hinauf, stolperte, fiel, stand wieder auf, bis ich das Gutshaus sah.

Keuchend blieb ich stehen. Mein Herz raste, aber nicht vor Erschöpfung, sondern vor Aufregung über das, was geschehen war und noch geschehen würde.

Das Gutshaus von Son Pont war relativ nah, ein wenig unterhalb meines Standortes. Der Weg führte an der Rückseite vorbei, aber ich wollte ja nicht gesehen werden und mußte mich auf versteckten Wegen nähern.

Ich dachte nicht einmal darüber nach, ob ich richtig handelte oder nicht. Ich dachte nicht daran, Maiol anzurufen. Ich dachte nichts. Ich rannte weiter.

Kapitel 15

Müde, verschwitzt, mit zerrissener Kleidung und sehr verschrammt gelangte ich in Sichtweite der Finca. Es war weiter gewesen, als es ausgesehen hatte. Ich schaute auf die Uhr: Es war drei. Ich hatte nicht zu Mittag gegessen, aber auch überhaupt keinen Hunger. Mein Finger schmerzte. Mein Ohr stach. Und der Knöchel ebenfalls. Alles in allem, einschließlich meiner Erschöpfung und Kratzwunden, war ich, weiß Gott, eine Detektivin des Jahres 2000!

Ich legte mich auf den Boden, um zu verschnaufen. Aber auch, um nachzudenken, wie es weitergehen sollte. Da fiel mir Maiol wieder ein, und daß ich gesagt hatte, ich würde nicht tun, was ich jetzt gerade zu tun im Begriff war: nach Son Pont gehen.

Ich hätte umkehren können, noch war ich nicht dort. Doch da am Wegesrand, halb hinter einem Busch versteckt, auf dem Graskissen voller kleiner, weißer Blümchen, die mich am Hals kitzelten, wußte ich plötzlich, daß ich es tun mußte, daß ich und nicht die Polizei das Geheimnis von Son Pont aufdecken würde. Wenn es noch eines gab. Denn vielleicht hatte ich schon alles entdeckt: Júlias Tod.

Aber nein, da war noch mehr. Da mußte noch etwas sein. Ich war mir da ganz sicher. Anderenfalls nämlich, wenn Júlias Tod alles wäre, hätten die nicht soviel unternommen, um mich fernzuhalten. Und sogar versucht, mich mit einer Bombe zu töten. Genau das hatten sie nämlich getan. Doch sie hatten es vermasselt und statt meiner Catalina umgebracht.

Aber vielleicht hatten sie ja Catalina und nicht mich umbringen wollen? Aber wenn ... warum? Warum in drei Teufels Namen?

Nach einer Weile stand ich wieder auf, und nun tat mir gar nichts mehr weh. Oder ich spürte es nur nicht. Ich nahm den Weg zur Rückseite des Gutshauses.

Welch ein Unterschied im Vergleich zur Vorderseite. Vorn war alles sauber, glänzend, perfekt restauriert – mit anderen Worten, gefällig. Die dunkelgrün angestrichenen Fensterläden schlossen perfekt, in den Blumenkästen war kein Unkraut, die Palme war von sauberen Steinchen umgeben, in den Mauern war kein einziger Riß, der Bogen über dem Portal und den Fenstern sah nagelneu aus ...

Hinten dagegen war alles Schutt und Asche. Hier stand ein aufgerissenes und von Ratten angefressenes Sofa, dort die Reste eines Schweinestalls, der Jahre zuvor ausgeräumt worden war, aber immer noch zum Himmel stank, und ein bißchen weiter weg türmten sich Steine und Abfälle. Ein verfallenes Haus ohne Dach, ohne Türen und Fenster, Küchengerät mitten unter den Trümmern, und weiter weg ein Haufen Gerümpel aus Stühlen, Bettgestellen, Matratzen und von Wind und Wetter ruinierten Tischen ...

Es roch undefinierbar, verschimmelt, nach Vieh, nach Asche und Moder, nach Kräutern ...

Denn hier und da wuchsen Aronstab, Brombeere, Fenchel, Gänseblümchen, Spargel, weißliche Zistrose, Klatschmohn ... und mitten in diesem Schutt, alles seit Jahren von Gott und den Menschen verlassen. Das war nicht restaurierbar. Das mußte neu gebaut werden. Und dafür war erst einmal ein Schaufelbagger nötig, der alles beseitigte, bevor man zu bauen anfangen konnte.

Ich orientierte mich langsam in diesem Bild der Zerstörung und versuchte leise zu sein. Und nicht hinzufallen.

Vorsichtig setzte ich den Fuß auf einen Stein oder einen zerbrochenen Dachziegel und verlagerte langsam mein Gewicht, um zu sehen, ob es halten würde. Es war nicht leicht, zwischen den halbeingefallenen Wänden, verschiedenstem Gerät, über Gestrüpp und Schutt voranzukommen.

Irgendwo links von mir raschelte etwas. Ich schaute hin. Und sah sechs oder sieben dunkelgraue Mäuschen, die erschreckt davonstoben. Ich mußte mir den Mund zuhalten, um nicht aufzuschreien. I, wie eklig! Ich ging weiter. Jetzt bemühte ich mich nicht nur, leise zu sein, ich spitzte auch die Ohren.

Ich war vor einer hohen Wand mit einem Fenster, aber ohne Tür angelangt. Ich spähte hinein. Es war dunkel drinnen. Ich kletterte zum Fenster hinauf und wartete ein paar Sekunden, um etwas erkennen zu können. Der Raum war ebenfalls verfallen, aber nicht so ruiniert wie das, was hinter mir lag. In der Decke gab es Löcher, die ein schummriges Licht hereinließen. Am anderen Ende war eine geschlossene Tür.

Ich ließ mich hinuntergleiten. Bei meinen ersten Schritten ins Innere des Raumes stellten sich gleich zwei riesenhafte Ratten auf die Hinterbeine und bleckten die Zähne.

Einen Schritt weiter, die geringste Bewegung, und sie würden sich auf mich stürzen und mich beißen, ganz bestimmt.

Meine Nackenhaare sträubten sich. Vor Ekel und Angst. Mein Vater hatte mir erzählt, daß Ratten zuweilen über Menschen herfallen. Und Quim ebenfalls. Vater und Quim waren sicher mutiger als ich, dachte ich, während die Übelkeit mir den Hals zuschnürte. Ich wagte nicht, mich zu rühren. Noch nie hatte ich zwei so große Viecher gesehen, wie Karnickel sahen die aus, wie sie da mit aufgerissenem, zähnefletschendem Maul auf den Hinterbeinen standen und feine, schrille Pfiffe ausstießen.

Da stürzte sich von irgendwoher eine gescheckte Katze auf eine der Ratten und packte sie am Genick. Katzen mag ich nicht. Aber das hier war eine gute Katze, die ich sofort liebgewann. Die andere Ratte nahm eilig Reißaus, und die Katze machte sich mit ihrer verzweifelt fiependen und zappelnden Beute davon. Das geschah im Bruchteil einer Sekunde, fast geräuschlos. Gelobt sei die Katze, dachte ich, noch mit gesträubten Haaren. Und mit Wut im Bauch.

Ganz schön dämlich, Angst vor Ratten zu haben, Lònia.

Bevor ich meinen Erkundungsgang fortsetzte, griff ich mir ein Stuhlbein, das da herumlag. So fühlte ich mich sicherer.

Ich bewegte mich ganz langsam Richtung Ausgang. Der Boden war voller Taubenmist und alter Kuhfladen. Bis zu den Knien reichte mir die Scheiße. Zum Glück trug ich Hosen, und der Mist war trocken, den würde ich später einfach abklopfen können. Doch den Gestank würde ich nicht so einfach loswerden.

Grünzeug war da keins, dafür gab es Spinnweben, die mir in den Haaren hingen. Außerdem flatterte plötzlich ein Schwarm Fledermäuse durch den Raum. Ohne mich zu berühren, das wohl. Doch den Schrecken, den sie mir einjagten, werde ich im Leben nicht vergessen. Ich blieb einen Moment wie angewurzelt stehen, weil mir die Knie zitterten.

Wohin bist du geraten, Lònia, verdammter Scheißdreck!

Die Tür brauchte ich mit dem Stuhlbein nur anzutippen. Sie fiel mit großem Getöse und inmitten einer Staubwolke um. Ratten, Mäuse, Spinnen, Küchenschaben, Eidechsen, ein ganzer Zoo nahm Reißaus, flitzte über meine Füße, und ich blieb entsetzt, gebannt, voller Angst und Abscheu zurück.

Eine Weile verharrte ich mucksmäuschenstill: Wenn der Lärm im Haus zu hören gewesen war, würde bestimmt jemand reagieren. Als ich sicher war, daß niemand kam, ging ich weiter. Der Flur war sehr lang, ziemlich breit, die Decke gewölbt. Im Hintergrund glaubte ich, eine Tür zu erkennen. Wie gut, daß ich meine Tasche bei mir hatte – fast hätte ich das vergessen! Ich wühlte darin, bis ich die Taschenlampe fand, schaltete sie ein und richtete sie nach vorn. Ja, das war eine Tür.

Auf halber Höhe des Flurs blieb ich stehen, um mich abzuklopfen. Das war nicht wenig Scheiße, die ich an mir hatte! Den Gestank roch ich nicht mehr. Vielleicht hatte ich ihn schon so in der Nase, daß er mir nicht mehr auffiel. Die zweite Tür war schwerer zu öffnen als die erste. Von innen war ein Riegel vorgeschoben, doch der war so mürbe, daß ich mit ein wenig Geschick und meiner Begabung für so etwas – ich gestehe es nur ungern – bald freien Zutritt hatte.

Das Zimmer war klein, ohne Möbel, ohne Fenster, ohne Licht

und hatte zwei Ausgänge. Der Türrahmen auf der linken Seite war leer.

Ich wählte den offenen Durchgang, wieder ein Flur, diesmal gewinkelt und mit reihenweise geschlossenen Räumen auf beiden Seiten, und am Ende eine Treppe ins nächste Stockwerk. Ich ging hinauf und kam in einen riesigen, leeren Saal mit zwei Fenstern, die keine Scheiben, nur Rolläden hatten. Ich schaute hinaus und sah nichts als die Ruinen, die ich durchquert hatte. An der Wand vor mir gab es wieder einen Durchgang. Dahinter noch ein Saal, ebenfalls leer, ohne Fenster, und mit zwei Türen.

Mir wurde allmählich schon schwindlig davon.

Die eine ließ sich ohne weiteres öffnen und gab den Blick auf eine Treppe frei. Durch die andere, festverschlossene Tür hörte ich gedämpfte Geräusche, anscheinend aus einem alten Radio, eines von denen, die so sehr rauschen, daß Musik und Stimmen nur mit Mühe zu hören sind.

Mit meinen Werkzeugen bohrte ich in dem Schloß. Ich war länger als eine halbe Stunde zugange, konnte aber schließlich den Schlüssel hinausstoßen, der auf der anderen Seite zu Boden polterte!

Hat dich jemand gehört, Lònia?

Ich horchte, wartete, aber nichts geschah. Die entfernten Geräusche waren immer noch da, und ich dachte, daß es vielleicht gar kein altes Radio war, sondern Stimmen von Menschen.

Ich machte also weiter, fuhrwerkte mal mit einem Generalschlüssel, mal mit einem Stichel, mal mit einer Haarnadel in dem Schloß herum; ich probierte alles Schlosserwerkzeug, das ich bei mir hatte. Bis ich sie aufbekam. Fast, denn da war noch ein Riegel, der sich mir eine Weile widersetzte.

Wenn etwas so verrammelt war, gab es ganz sicher etwas dahinter zu entdecken.

Schließlich löste sich der Riegel. Ich öffnete langsam, sehr langsam.

Wieder ein Flur. Licht fiel durch ein Fenster auf eine Tür am Ende des Flurs. Durch das Fenster sah ich den gotischen Innenhof, drei Stockwerke unter mir. Offenbar war das Gelände abschüssig, und der hintere Teil des Hauses lag höher als der vordere. Die Tür ließ sich mühelos öffnen.

Dahinter lag wieder ein großer, leerer Saal. Durch wie viele Säle war ich gelaufen? Durch wie viele Gänge? Wie viele Türen lagen noch vor mir?

Ich öffnete ganz langsam eine der Türen und machte sie sofort wieder zu. Ich hatte eine Frau die Treppe herunterkommen sehen.

Wie viele Stockwerke hatte dieses Monsterhaus eigentlich?

Ich hörte einen Mann reden, verstand aber nichts. Dann hörte ich Wasser rauschen, es klang nach einer Dusche, ich war aber nicht sicher. Ich machte die Tür ganz langsam wieder auf. Ich wartete. Ich hörte das Radio. Ja, das war ein Radio. Ich beschloß, nach oben zu schleichen.

Auf halber Höhe der Treppe war eine Tür. Dahinter ein Stöhnen. Ich betrat einen weiteren Saal, vollgestopft mit antiken Möbeln, Kommoden, Truhen, Stühlen ... Alles voller Holzwürmer und Termiten, alles staubig.

Ich warf einen Blick durch das Fenster.

Links war ein Hof zu sehen, rechter Hand ein weiteres Zimmer.

Und in diesem Zimmer sah ich zerwühlte Betten mit schmutzigen Laken, Spielzeug auf dem Boden, Lastwagen ohne Räder und Puppen ohne Kopf, Haufen von Kleidern auf ein paar Stühlen und zwei Lampen an der Decke, die alles hell erleuchteten.

Und, kaum zu erahnen, unter Kleidern und Möbeln drei Kinder. Nein, vier. Nein, fünf.

Halb entkleidet, halb schlafend. Unter Drogen vielleicht?

Einen Moment gingen mir die Kinderfotos durch den Kopf, die wir in dem Kölner Reisebüro gesehen hatten. Was hatten die Kinder da mit diesen hier zu tun? Bestimmt nichts. Oder doch?

Mir wurde eiskalt ums Herz.

Was bedeutete das? Mich überkam Gänsehaut. Da hörte ich ein Stöhnen. Eines der Kinder weinte. Warum weinte es? Was machten sie hier? Warum waren sie so schmutzig?

Herrschaftszeiten, Lònia, wohin bist du geraten?

Ich klopfte an die Scheibe, und zwei Kinder hoben den Kopf. Als sie mich sahen, waren ihre Gesichtchen wie ausgewechselt: Der Blick wurde panisch. Vier entsetzte Augen sahen mich an, und mir lief es heiß und kalt den Rücken rauf und runter.

Da hörte ich jemanden die Treppe heraufkommen. Ich versteckte mich hinter den Damastvorhängen an den großen Fenstern. Fast hätte ich vor lauter Staub geniest.

Ein Mann kam herein, der ein Kind an der Hand führte. Eines von den Kindern, die ich in der Siedlung gesehen hatte. Es war zwar ebenfalls halb nackt, machte aber kein so niedergeschlagenes Gesicht wie die übrigen. Den Mann hatte ich noch nie gesehen, und blauweiße Sommerschuhe trug er auch nicht.

»... wenn ihr tut, was sie sagen, tun sie euch auch nicht weh, stimmt's?« sagte der Mann zu dem Jungen.

»Ich tu immer, was sie sagen ... und manchmal tun sie mir ... weh, sehr weh«, entgegnete der Junge.

Der Mann gab ihm eine leichte Kopfnuß, in der Art einer Liebkosung, dann öffnete er die Tür mit einem Schlüssel, den er in der Hosentasche trug, ließ den Jungen eintreten und schloß wieder ab. Als er fort war, verließ ich mein Versteck und ging zur Tür. Verriegelt und verrammelt. Sollte ich sie öffnen? Ich könnte es, natürlich könnte ich es. Aber was würden die Kinder tun? Waren sie in der Lage, in ihrem Zustand ganz allein zu fliehen? Und ich, was würde ich tun? Wie konnte ich sie mitnehmen?

Abwarten, der Zeitpunkt war noch nicht gekommen.

Ich spähte wieder aus dem Fenster. Das gleiche Bild wie vorher, doch der kleine Junge, der hinzugekommen war, saß auf dem Bett und hielt ein kleines Mädchen neben sich fest umarmt. Jetzt fiel mir auch auf, daß einige der Kinder blaue und lila Flecken auf den Schenkeln, der Brust und den Armen hatten ...

Ich hatte eine dunkle Ahnung, was sie mit diesen Kindern anstellten, wollte es aber nicht glauben. Nein, nein, das war unmöglich. Aber, was sonst?

Ich hörte jemanden heraufkommen. Und huschte schnell in mein Versteck zurück. Ein Mann und eine Frau kamen. Die Frau kannte ich bereits, es war Maria, das Mädchen, das Catalina gerufen hatte, damit sie die beiden Kinder vom Hof holte. Und dieser Mann trug blauweiße Sommerschuhe. Maria öffnete die Tür mit einem Schlüssel, sie gingen beide hinein und kamen nach ein paar Sekunden mit drei Kindern wieder heraus. Und schlossen wieder ab.

Eines von ihnen, ein mageres, goldblondes Mädchen von sieben oder acht Jahren, weinte herzzerreißend, das arme Kind. Maria sagte mit honigsüßer, falscher Stimme: »Aber ja, Kindchen, ja, heute gehen wir ins *Mar Blau*, das wird dir ganz bestimmt gefallen …«

»Verdammt, warum redest du mit ihr, sie versteht ja doch kein Wort«, sagte der Mann.

»Wenn man mit ihnen redet, hören sie auf zu heulen«, antwortete Maria. »Na los, vorwärts, beeilt euch …«

Da fiel es mir ein: das *Mar Blau*. Die Liste mit den Namen von Hotels oder was auch immer, die wir in dem Reisebüro gesehen hatten. Was bedeutete das?

Ich mußte ihnen folgen. Sie durften mich natürlich nicht sehen. Deshalb öffnete ich also die Tür zur Treppe, als sie bereits unten angekommen waren, und versteckte mich danach, wo immer es möglich war. Ich ging durch weitere möblierte Räume – diese waren jetzt blitzsauber – über weitere Flure, über weitere Treppen, bis ich in einem kleinen Vorraum ankam, der in ein Bad führte, das mir sehr neu und geräumig zu sein schien.

Ich wartete draußen, hinter einer Kommode versteckt. Ich hörte die Dusche und sah eine andere Frau mit einem Tablett, einem Krug Milch und Gläsern hineingehen. Ich hörte die Frauen reden, hörte Musik, sogar Gelächter – auch von den Kindern. Das Radio, da war das Radio.

Und eine halbe Stunde später kamen die beiden Frauen und die drei Kinder wieder heraus.

Die Kinder waren piekfein gekleidet. Allerliebst herausgeputzt. Wie verkleidet. Sauber, gekämmt, parfümiert. Ich glaube sogar, um Augen, Mund und Wangen geschminkt. Und fröhlicher sahen sie aus, das heißt, sie guckten nicht mehr so schläfrig und trübsinnig wie vorher.

Was hatten die beiden Frauen ihnen gesagt? Was hatten sie ihnen eingeflößt, daß sie sich so verändert hatten?

Ich folgte ihnen bis zum Hof. Als Maria die bunte Glastür öffnete, die in den Raum mit der Haupttreppe führte, ging ich durch eine kleine Seitentür hinaus und versteckte mich hinter einem riesigen Blumenkübel mit einer sensationellen Fiederpalme. Als alle fünf im Haus verschwunden waren, rannte ich hinter den Säulen entlang zur Glasfront. Ich wartete, bis ich ein Auto abfahren hörte, und ging dann hinein.

Zum Glück war niemand da. Ich nahm aber sicherheitshalber weiterhin Deckung hinter den Möbeln.

Von der Straße klangen Stimmen herüber, und im gleichen Moment kam Tomeu herein und schimpfte sehr erregt mit einem der beiden Wachposten.

»... die Polizei sie findet, na? Habt ihr nicht daran gedacht, verdammt noch mal?« sagte Tomeu. »Und wenn die Bombe mitten auf der Straße oder auf dem Fahrdamm explodiert wäre?«

»Aber was sollten wir denn tun?« fragte der andere Mann.

»Sie nicht rauslassen, das solltet ihr tun! Kann ich euch denn nicht eine Minute allein lassen, verdammte Scheiße!«

»Aber sie hat gesagt ...«

»Ist mir doch egal, was sie sagt. Geschäft ist Geschäft, und wenn die Polizei das Auto findet, glaubst du, wir bringen die dann mit ein paar Kröten zum Schweigen, wie bei der Sache mit den Kindern? Denkst du das?«

»Tut mir sehr leid, aber ...«

»Mir tut es überhaupt nicht leid! Wenn beide tot sind, um so besser, aber diese Frau kann uns tot oder lebendig ganz schön in Schwierigkeiten bringen, verstehst du das?« Tomeu kochte. »Verstehst du, Blödkopp? Hornochse, was für ein Hornochse du bist!«

»Also, was sollen wir tun?«

»Ihr holt auf der Stelle das Auto!!! Ihr solltet schon weg sein, zum Donnerwetter!!!«

Tomeu ging die Haupttreppe hinauf, und der Mann rannte eingeschüchtert nach draußen. Als ich ein Auto wegfahren hörte, lief ich auf die Straße hinaus, sah mich nach allen Seiten um, falls da jemand wäre, und rannte los, na ja, ich flitzte die Straße hinunter.

Ich rannte und rannte. Ich weiß nicht, wie lange. Ich wußte nur, daß ich den R5 holen mußte, den ich auf dem Weg hatte stehenlassen, um dann in die Siedlung zu fahren.

Doch hinter einer Kurve kamen mir zwei Fahrzeuge entgegen, die nach Son Pont hinauffuhren.

Das hast du fein hingekriegt, Lònia. Jetzt haben sie dich!

Aber nein.

Aus dem ersten Auto stiegen Maiol und Quim.

»Lònia! Wir hatten doch verabredet ...«, fing Maiol an.

»Hören Sie gut zu, ich habe es eilig«, fiel ich ihm keuchend ins Wort. »Schimpfen können Sie ein andermal. Ich erstatte offiziell Anzeige: Die haben Júlia umgebracht, die haben Catalina umgebracht und eine Menge Kinder in ihrer Gewalt. Fahren Sie nach Son Pont und nehmen sie alle fest ...«

»Hör mal, Lònia ...«, Maiol schien verärgert.

»Ich habe keine Zeit! Lassen Sie die Männer aus dem anderen Auto aussteigen, und Quim, du kommst mit mir! Und ihr«, sagte ich zu Maiol, »kommt anschließend in die Siedlung von Son Pont, in einen Bungalow oder ein Hotel namens *Mar Blau*. Ach ja, und ich habe den Eindruck, Sie können die gesamte Polizei von Pollença festnehmen, die haben auch damit zu tun ...«

Die beiden Männer in dem anderen Auto waren bereits freiwillig ausgestiegen, Quim hatte sich ans Steuer gesetzt und wendete. Ich schlängelte mich blitzschnell zu ihm in den Wagen.

»Tschüs!« rief ich Maiol zu.

»Lònia, warte! Lònia, Lònia!« schrie Maiol. Doch ich ließ ihn weiterschreien, wir waren bereits auf dem Weg in die Siedlung.

Kapitel 16

»Was machst du denn auf Mallorca?« fragte ich Quim.

Ich tat zwar wütend, aber ich muß zugeben, ich war mehr als froh.

»Du stinkst nach Taubenmist«, gab er mir zur Antwort. »Und noch etwas, das ich nicht sage. Und du bist außer Atem ... und ganz abgerissen und verstrubbelt.«

»Du bist gekommen, weil du dachtest, ich würde es nicht allein schaffen, was? Weil bei mir immer alles schiefgeht, weil ich immer alles falsch mache, weil ...«

»Ich habe keine Lust zu streiten, Lònia. Jetzt ist der falsche Moment. Ich bin gekommen, weil ich es für nötig hielt. Ich bin bei Maiol gewesen, und wir sind ins *Quatre Cantons* gefahren. Ihr wart aber nicht mehr da, und deshalb wollten wir nach Son Pont. Das ist alles. Wenn du willst, kannst du mir nachher die Augen auskratzen.« Er hatte recht.

»Aber ...«, setzte ich an.

»Komm, sei ein liebes Kind und erzähl mir, was heute passiert ist.«

»Du bist unerträglich, wenn du sagst, daß ich ein liebes Kind sein soll. Quim, du machst mich wütend.«

»Ich weiß, aber wenn ich das nicht sage, tust du es nicht.«

Ich erzählte ihm alles haarklein, während ich ihm den Weg in die Villenkolonie zeigte. Ich begann mit meiner Ankunft an dem Herrenhaus. Er hörte zu, murmelte ab und an »Menschenskind!«, »So was auch« oder »Wirklich?« und dergleichen. Als ich ihm von den drei Kindern erzählte, die sie ins *Mar Blau* gebracht hatten, sagte er: »*Mar Blau*, das war doch der Name in ...«

»Ja, Quim, in dem Reisebüro in Köln. Und die Kinder auch. Diese oder andere, aber sie waren auch da ...«

Als ich ihm von meiner Unterhaltung mit Catalina im *Quatre Cantons* erzählte, hielt er den Mund. Doch als ich ihm sagte, daß ich Júlias Leichnam gefunden hatte, sagte er: »Das ist unmöglich ... Júlia ... Unmöglich ...«

»Du wirst schon sehen, ob das möglich ist oder nicht ...«

Daß ich meinen R5 unten in den Felsen gefunden hatte, fand er gut, doch als ich erzählte, daß Catalinas Auto vor meinen Augen explodiert war und wie sie danach ausgesehen hatte, sagte er: »Ach du Scheiiiße!!!«

Schon fühlte ich mich nicht mehr so allein.

Da waren wir bereits in der »urbanización« angelangt. Gleich der erste, auf den wir trafen, ein ausländischer Senyor auf seinem Spaziergang, konnte uns sagen, wo wir das *Mar Blau* finden würden.

Das *Mar Blau* war kein Hotel, sondern ein Bungalow. Wir stellten das Auto sicherheitshalber in einiger Entfernung ab.

Es wurde bereits dunkel. Plötzlich spürte ich schmerzhaft, daß ich nur gefrühstückt hatte und vor Hunger umkam. Behielt es aber für mich. Wir hatten Dringenderes vor.

Das *Mar Blau* war ein ziemlich großer Bungalow mit einem hübschen Garten, ringsum von einem halbhohen Mäuerchen aus Naturstein umgeben. Er wurde von zwei Männern bewacht, von denen einer blauweiße Sommerschuhe trug.

»Das sind die Schuhe, die versucht haben, mich zu vergewaltigen«, informierte ich Quim.

»Was sagst du da?« Er, der mich nicht verstanden hatte.

Ich gab keine Antwort. Ich würde es ihm ein andermal erzählen.

Im Garten standen vier oder fünf Autos, und im Haus war Festbeleuchtung. Offensichtlich brauchten diese Leute sich bei ihrem Tun nicht zu verstecken.

Wir sprangen an der Seite über das Mäuerchen und näherten uns langsam dem Haus. Aus dem Inneren drang kein Geräusch, die Fenster und das gesamte Haus waren offensichtlich schallgedämmt. Man konnte aber durch ein Fenster hineinsehen.

Was wir sahen, ließ uns das Blut in den Adern gefrieren.

Ein nackter Mann von ungefähr sechzig Jahren umschlang einen kleinen Jungen von sechs oder sieben an der Taille, der ebenfalls nackt, heulend und mit blutendem Anus auf dem Bett kniete, während der Mann immer wieder mit seinem Penis, der im Vergleich zu dem Körperchen des Kindes riesig schien, in ihn eindrang.

Ich schloß vor Entsetzen die Augen. Öffnete sie gleich wieder. Ich zitterte und wurde von finsterster Wut überschwemmt. Meine Fäuste waren geballt, meine Lippen zusammengepreßt. Ich konnte nicht glauben, was ich sah. Aber ich sah es.

»Alles in Ordnung, Lònia?« hörte ich Quim, mit hauchdünner Stimme.

Ich schüttelte den Kopf und sah wieder hinein. Auf einem anderen Bett besorgte ein anderes Kind – ich hatte den Eindruck, das blonde Mädchen – einem anderen Mann eine Fellatio, während der mit einer Hand ihren Kopf hielt und mit der anderen Vulva und After der Kleinen befingerte.

»Schweine!!! Verdammte Drecksäue!!!« schrie es in mir.

Ich zog mich vom Fenster zurück und setzte mich auf den Boden. Mir liefen die Tränen herunter, ohne daß ich es bemerkte.

»Aber, Lònia«, sagte Quim, sich zur Härte zwingend. »Jetzt ist keine Zeit zum Weinen.«

Er gab mir die Hand, um mir aufzuhelfen. Ich brauchte keine Hilfe beim Aufstehen, war ihm aber dankbar. Eine Hand wie die von Quim kann manchmal sehr wohltuend sein.

Ich wußte, daß solche Dinge geschehen. Ich hatte sogar gehört, daß es Kinder geben sollte, die behaupten, daß es ihnen gefiele, so etwas zu tun oder so behandelt zu werden. Wenn dem so war, hatte ich nichts dazu zu sagen. Diesen Kindern gefiel es aber nicht, sie wurden dazu gezwungen. Sie wurden die ganze Zeit eingeschlossen, mit Drogen vollgestopft und nur herausgeholt, um perversen Männern ... und perversen Frauen zur Verfügung zu stehen.

Wir konnten nämlich durch eine große Fensterfront, durch die halb herabgelassenen Rolläden, eine Frau meines Alters sehen, die mit einer Hanfschnur auf einen mageren, skrofulösen Jungen einschlug, der zu entkommen versuchte und nicht konnte, der mit seinen Händen seinen Kopf zu schützen versuchte. Aber die Frau zog ihm die Hände vom Gesicht weg, ohrfeigte ihn und schlug dann wieder mit der Schnur, bis der Kleine blutüberströmt und ohnmächtig zu Boden fiel.

»Sie hat ihn umgebracht, die Drecksau.« Ich, außer mir.

»Nein, Mensch, guck ...« Quim, wie gebannt.

Ich schaute hin. Die Frau hatte den Jungen jetzt aufgehoben und aufs Bett gelegt, wo ein nackter Mann mit schlaffem Glied saß und ihm Wasser und Bonbons gab, ihn streichelte und küßte, während sich der Kleine schluchzend in seine Arme verkroch.

Wir bekamen noch sehr viel mehr zu sehen. Gestreichelte Kinder, geschlagene Kinder, gezwickte Kinder, geküßte Kinder, gebissene Kinder, Kinder, in die durch alle Öffnungen ihres Körpers eingedrungen wurde, verängstigte, terrorisierte Kinder. Und nackte Männer und Frauen – mehr Männer als Frauen, aber in diesem Fall war das egal – bei einer entfesselten, bösartigen Orgie.

Mir wurde schwarz vor Augen. Es war, als wäre mir der Finger noch einmal gebrochen worden, und meine Fingernägel hatten sich in meine Handflächen gebohrt.

Da kam die Polizei. Nicht Maiol, sondern die Bullen aus Pollença mit eingeschaltetem Blaulicht. Die beiden Wachposten des Bungalows schlugen Alarm. Drinnen ging es drunter und drüber. Leute, die sich anzogen, zu Boden geschleuderte Kinder, Männer, die sich versteckten, andere Männer und Frauen, die herumrannten, Jungen und Mädchen, die heulend in den Ecken saßen, Leute, die herauskamen und zu ihren Autos liefen.

Es nützte ihnen alles nichts, denn Maiol traf ebenfalls ein, mit den beiden Hilfspolizisten und Tomeu auf dem Rücksitz.

Stille trat ein, weil Maiol mit gezogener Pistole und lauter, herrischer Stimme fragte: »Was ist hier los?«

Unglaublich, was ein einzelner Mann mit einem so kleinen Mordinstrument ausrichten kann.

Deshalb will ich keine Waffen. Denn wenn ich heute eine gehabt hätte, hätte ich nicht nur damit gedroht, wie es Oberinspektor Maiol tat. Bei meinem Zorn hätte ich kein Mitleid gehabt. Er ließ alle wieder ins Haus gehen, nahm den Männern, die eine hatten, die Pistolen ab – den Bullen von Pollença, den beiden Männern und Tomeu von Son Pont und zwei Kunden des Hauses, rief in Palma an, damit sie – mit höchster Dringlichkeitsstufe, sagte er – Verstärkung und einen Transporter für die Verhafteten schickten.

Und er stand direkt dabei, als die Bewacher des Hauses und zwei der Polizisten von Pollença aufeinandertrafen.

»So war's nicht abgemacht«, sagte der Mann mit den blauweißen Sommerschuhen. »Ihr solltet uns rechtzeitig Bescheid sagen, wenn Gefahr im Verzug ist.«

Und schon hatten sie sich in den Haaren.

Doch ich achtete auf etwas anderes. Ich verfolgte jede Bewegung von Tomeu, der während des Streits zwischen den Wachmännern und den Polizisten zurückwich, immer weiter und weiter zurückwich, bis er aus dem Raum heraus war. Ich folgte ihm, ohne daß er es bemerkte.

Er ging durch den Küchenausgang hinaus und rannte zur Gartentür. Und ich hinterher. Er würde mich nicht abschütteln können, nein.

Es war ein Wahnsinnsrennen über die Wege der Siedlung. Er war im Vorteil, aber ich war schneller. Er kannte die Gegend, ich nicht. Außerdem war es auch noch dunkel, abgesehen vom spärlichen Licht einiger Straßenlaternen, das kaum durch die Bäume drang. Aber mich trieb zügellose Wut und ihn nur die Angst.

Ich erwischte ihn zweimal. Zum ersten Mal an einer Steineiche, das zweite Mal im Gebüsch. Und zweimal entwischte er mir wieder. Das erste Mal schlug er mir mit dem Ellbogen ins Gesicht, das zweite Mal gab er mir einen Fußtritt in die Hüfte.

Es ging rauf und runter, und als ich schon glaubte, ihn endgültig aus den Augen verloren zu haben, sah ich ihn wieder hinter einer weißlichen Zistrose. Es gelang mir, ihn an den Beinen zu packen und zu Boden zu werfen. Als er wieder aufstehen wollte, gab ich ihm für Catalinas Tod einen Fußtritt in die Eier und für Júlias Tod einen Schlag ins Genick. Es tat mir nicht etwa leid, daß sie tot waren, denn sie waren mitschuldig. Aber ob schuldig oder nicht, sie waren Frauen, und das tat mir leid genug, Himmeldonnerwetter, und sie konnten sich nicht mehr verteidigen wie diejenigen, die am Leben waren.

Er lag völlig erledigt am Boden, und ich saß keuchend neben ihm.

Da erschien Quim und schnaufte mehr als ich.

»Jetzt kommst du?« japste ich. »Du hättest mir helfen können.«

»Maiol will mit dir reden«, sagte er.

Er lud sich Tomeu auf den Rücken, um ihn ins *Mar Blau* zu schaffen. Wir waren aber noch nicht zehn Schritte gegangen, da nahmen ihm zwei uniformierte Polizisten das Bündel ab und nahmen es mit.

Ich ging ins *Mar Blau*, ich wollte Maiol alles erzählen, wollte, daß er mich beschimpfte und wollte ihn beschimpfen, weil er sicher keinen Durchsuchungsbefehl und keinen Haftbefehl mitgebracht hatte.

Doch er hatte alles dabeigehabt. Es wimmelte bereits von Bullen – ich nehme an aus Inca, denn ich war doch nicht eine Stunde hinter Tomeu her gewesen ... oder doch? –, und die Bullen hatten bereits allen Handschellen angelegt, während Maiol und seine Männer das Haus durchsuchten.

»Ja, wen haben wir denn da?« sagte er bei meinem Anblick und machte ein böses Gesicht, ob meinetwegen oder wegen des Krawalls, den ich veranstaltet hatte, weiß ich nicht.

»Schimpfen Sie nicht mit mir, Maiol«, sagte ich und hob abwehrend die Hände. »Das ist einfach so gekommen. Und ohne mich wäre Tomeu jetzt über alle Berge.«

»Ich weiß, ich weiß«, sagte er schon friedlicher. »Ich möchte nur, daß du mir ein paar Dinge erklärst ...«

»Ich werde Ihnen erklären, was Sie wollen, aber vorher, wo sind die Kinder? Ich will sie sehen ...«

Er zeigte auf eine geschlossene Tür. Ich hing hin. Ich öffnete sie. Die armen Kinder! Ein Polizist bewachte sie, und seinem Gesicht nach zu urteilen, gefiel ihm seine Aufgabe nicht sehr.

Es waren sieben. Einige weinten, einige aßen, einige schliefen. Und alle sahen sie hilflos aus, die armen Unglückswürmer. Mit verwuscheltem Haar, mit blauen und lila Flecken am Körper und im Gesicht, voller Blut von den Bissen und Penetrationen ... Was würde mit ihnen geschehen?

Ich versuchte eine Liebkosung bei dem, der mir am nächsten war, und das Kind zuckte zusammen, voller Grausen ... Ich setzte mich zu ihnen, und alle, außer denen, die schliefen, rückten weit von mir ab. Ich berührte eines, das schlief, und plötzlich erwachte es und zog sich in eine Ecke zurück.

»Lònia« – ich hörte jemanden rufen.

Es war Quim, der mir wieder die Hand gab. Ich ging mit ihm hinaus. Mir war zum Heulen, es ging nur nicht.

»Sie werden jetzt abgeholt«, sagte Maiol, »und keine Sorge, sie werden gut behandelt.«

Durch das Fenster im großen Saal sah ich, daß die grüne Minna bereits eingetroffen war und die Verhafteten darin verfrachtet wurden.

»Und die aus Son Pont?« fragte ich.

»Die hat die Polizei von Artà mit nach Palma genommen. Die sind alle hinter Schloß und Riegel, Lònia«, sagte er mir väterlich, der Oberinspektor Maiol. »Du brauchst dich um nichts zu kümmern. Deine Arbeit ist zu Ende.«

»Und Catalinas Mutter?« fragte ich noch.

»Wir haben sie mit einem Dienstmädchen auf Son Pont gelassen. Sie werden morgen abgeholt. Was ist, können wir uns jetzt einen Augenblick unterhalten?«

»Ja, ja, so lange Sie wollen, Maiol ...«

Ich hatte den Eindruck, daß Quim etwas sagen wollte, aber er schwieg. Jetzt verspürte ich großen Durst und großen Hunger, und ich hatte es kaum gesagt, da brachte mir ein junger Bulle etwas zu essen und ein Strohhalmgetränk. Zum Glück kein Bulle aus Pollença, denn dem hätte ich alles an den Kopf geworfen, bestimmt. Vielleicht auch nicht. Das war jetzt egal. Meine Arbeit war ja zu Ende.

Da war ein dunkelhaariges, kleines Mädchen mit wunderschönen, schwarzen Augen. Sie war ungefähr sechs Jahre alt und lief zwischen den Tischen herum und sah sich die Leute an. Als ich ihr übers Gesicht streichen wollte, rannte sie zu ihrer Mutter.

Und ich fing an zu heulen.

Quim steckte mir ein Taschentuch zu und berührte mich liebevoll am Arm. Ich heulte aber weiter.

Es waren zwei höllische Tage gewesen. Jetzt saßen wir in der Bar des Flughafens und warteten auf den Flug nach Barcelona.

Wir hatten alles getan, was zu tun war. Wir hatten bei der Polizei und dem Richter ausgesagt, die Adresse der Reiseagentur in Köln weitergegeben, Senyora Cros nach Mallorca kommen lassen, damit sie den Leichnam von Júlia identifizierte, meine Autoversicherung angerufen und waren wegen meines gebrochenen Fingers, wegen meines Knöchels, wegen der ganzen Blessuren nach Son Dureta gefahren ...

Ja, zwei höllische Tage, obwohl alles zu einem guten Ende gekommen war. Am Morgen hatte Maiol mich sogar angerufen, um mir zu erzählen, was einer der Polizisten aus Pollença gestanden hatte: daß Júlia den Kinderhandel von Son Pont entdeckt und bei ihm angezeigt hatte, daß er aber, anstatt die Anzeige weiterzugeben, Tomeu informiert hatte ... und Tomeu hatte sie natürlich umgebracht ... Catalina hatte das gewußt. Und der Polizist aus Pollença wußte es natürlich auch. Und alle hatten geschwiegen oder hatten mich angelogen wie Catalina.

Maiol hatte mich gefragt, weshalb ich die Verdienstmedaille der Polizei nicht angenommen hätte, die mir der Abgesandte der Regierung zum Dank für meine Arbeit verleihen wollte. Und ich hatte ihm wiederholt, daß ich von ihnen nichts wollte. Daß ich von den Bullen nichts wollte.

Ich nahm einen Schluck Orangensaft und lächelte Quim an. Ich mußte an die Kinder denken, die ich im *Mar Blau* gesehen hatte und die sich verkrochen hatten, weil sie Angst davor hatten, gestreichelt zu werden.

Da hörte ich Maiols Stimme hinter mir.

»Hallo, Lònia!«

»Was ist denn jetzt los, Maiol?« fragte ich erschreckt.

»Nichts, nichts«, lachte Maiol. »Ich bin nur gekommen, um dir zu sagen, daß du in Barcelona am Flughafen ein Auto mit einer Riesenschleife vorfinden wirst. Du wolltest die Medaille nicht, und der Kommissar meinte, daß wir dich irgendwie für das belohnen müßten, was du für Mallorca getan hast. Ich finde, er hat recht … Daß auf Mallorca so etwas geschieht …«

»Auf Mallorca kann alles geschehen, Maiol«, sagte ich überzeugt. »Das ist nicht das Paradies.«

»War es aber …«, sagte Maiol.

»Nein, nein, war es nicht, war es nie, obwohl manche das glauben«, entgegnete ich. »Und das Auto will ich nicht. Wir haben genug darüber geredet.«

Als Maiol gegangen war, hörte ich eine andere Stimme.

»*Benéfico hieres, lumínico rayo, el sol que engalana, las flores de mayo.*«

»Cèlia!« Ich drehte mich um. »Was machst du denn hier?«

Cèlia lächelte dieses spitzbübische Lächeln, das mich verhext hatte. Aber, wie konnte sie wissen …

»Wieso kennst du das Original?« fragte ich.

»Ich habe dich angelogen, Lònia. Und bin jetzt hier, um es dir zu erklären …«

»Mir zu erklären? Was mußt du mir erklären?« fragte ich verblüfft.

»Ich habe Júlia auf Son Pont kennengelernt. Ich war von Barcelona rübergekommen, weil Catalina mich gerufen hatte, damit ich mich um ihre Mutter kümmerte.«

»Waas?!«

»Ja, als Heilerin. Catalina hatte von mir gehört und wollte, daß ich es probiere.«

»Also doch …«

Sie unterbrach mich und fuhr fort.

»Júlia und ich, wir freundeten uns an, und sie erzählte mir, kurz bevor ich wieder wegfuhr, daß sie etwas Furchtbares entdeckt habe und zur Polizei gehen würde, um Anzeige zu erstatten, und daß sie dann, wenn möglich, Mallorca verlassen würde ...«

»Etwas Furchtbares, ja«, sagte ich, »ja, Entsetzliches ... und was hat sie noch gesagt?«

»Mehr wollte sie nicht sagen. Ich rief regelmäßig bei Catalina an, um mich nach ihrer Mutter zu erkundigen, immer nachts, weil hinterher Júlia ans Telefon kam. Bis mir Catalina eines Tages sagte, daß Júlia fort sei und nicht mehr in der Siedlung arbeitete. Da mir Júlia weder den Namen noch die Adresse ihrer Mutter hatte geben wollen, habe ich das mit den Träumen erfunden ...«

»Du hast die Träume erfunden?!!!«

»Ja, alle, so lange, bis ihr, Senyora Cros, dann Patricia und schließlich du, euch für Júlia interessiert habt. Das war die einzige Möglichkeit, sie zu retten ...«

»Du gemeines, mieses Stück!!!«

»Es tut mir sehr leid, daß sie tot ist, Lònia. Mir tut auch sehr leid, was mit den Kindern geschehen ist. Davon wußte ich nichts, ich hatte sie nicht einmal zu Gesicht bekommen« – sie machte eine Pause. »Es tut mir sehr leid, Quim, daß ich gelogen habe, als du mich gefragt hast, ob ich mich aus Barcelona entfernt hätte und ob ich aus Ripol wäre. Lònia hatte keine Visionen, sie hat mich in Palma und in der Nähe der Siedlung gesehen. Und ich bin nicht aus Tarragona, sondern aus Campdevànol, Ripol, und ich war es auch, die Catalinas Mutter das Lied von *lo mico i el raio* beigebracht hatte ...«

»Aber ... wieso bist du jetzt hier? Du hättest warten können, bis ich wieder in Barcelona bin, um mir das zu erzählen ...«

»Ich habe sie benachrichtigt, Lònia«, sagte Quim. »Sie hatte mich darum gebeten, und ich ...«

»Und du hast es getan. Ich sehe schon, nicht einmal auf meine Freunde kann ich mich mehr verlassen ...«

»Ich wußte aber nichts von dem, was sie jetzt gesagt hat. Ich bin ebenso überrascht ... und verärgert wie du.« Quim, mit stocksaurem Gesicht.

»Das stimmt. Und jetzt bin ich hier, um mich um Catalinas Mutter zu kümmern«, sagte Cèlia. »In ein paar Tagen, wenn es ihr ein bißchen bessergeht, werde ich sie mit nach Barcelona nehmen, und da wird sie bei mir wohnen.«

»Hat diese Frau denn keine Familie?« Ich, impulsiv. »Wäre es denn nicht besser wenn sie in ein Altersheim oder in ein Kloster käme ...«

Cèlia zeigte wieder dieses halb gutmütige, halb schelmische Lächeln und schüttelte den Kopf.

»Senyor Quim Argullol, Senyora Lònia Guiu, begeben Sie sich unverzüglich zu Ausgang sechsundfünfzig, um an Bord zu gehen.«

»Oder soll das heißen, alles wird dir gehören?« rief ich noch.

Cèlia zog die Schultern hoch, als täte es ihr leid. Was für eine Gaunerin. Sie hatte mich verhext, ja. Aber jetzt war das vorbei, vorbei mit der Hexe aus der Ebene und vorbei mit ihr. Aus und vorbei.

Ich war sprachlos. Ich fluchte nur innerlich. Himmel, Herrgott, Gottverdammich ...

An der Guàrdia Civil vorbei gingen wir an Bord. Ich hörte noch, wie Cèlia hinter uns her rief: »Danke, Lònia. Danke, Quim!«

Aber ich konnte nur schreien:

»Ach, leck mich!!!«

Damit fängt der Urlaub an

Gabriel Barylli
Nachmittag am Meer
Roman
Band 50341

Barbara Dobrick
Sommertheater
Roman
Band 50342

Susanne Fülscher
Lipstick
Roman
Band 50343

Tina Grube
Lauter nackte Männer
Roman
Band 50344

Karin Hartig
Ehemänner und andere Irrtümer
Roman
Band 50345

Hilla Janssen
Im Kühlschrank brennt immer ein Licht
Roman
Band 50346

Jil Karoly
Mannomann
Roman
Band 50347

Maria Antònia Oliver
Mallorca, Mord inbegriffen
Roman
Band 50348

Barbara Wood
Haus der Erinnerungen
Roman
Band 50349

Geschichten und Anleitungen
40 ways to leave your lover
Band 50350

Fischer Taschenbuch Verlag

Dagmar Kekulé

Paulinas wilde Reiter

Roman

Band 13680

Paulina Hummel, das freche Mädchen mit dem zarten Gemüt, das sich schon als Jugendliche für andere stark machte, bleibt auf ihrem Weg. Ungebrochen ist ihr Sinn für Gerechtigkeit und ihre Schwäche für Außenseiter der Gesellschaft. Während sie auf einen Studienplatz wartet – Berufsziel: Psychotherapeutin –, geht sie auf Jobsuche. Die Zufallsbekanntschaft mit dem unkonventionellen Strafverteidiger Wenzel Fürchtegott erweist sich als Glücksfall. Paulina wird seine rechte Hand. Die Verbindung von Fachwissen und Phantasie bewährt sich in der Mordsache Remick. Ein junger Mann steht unter Verdacht, seinen Stiefvater ermordet zu haben. Alles spricht gegen ihn. Selbst Fürchtegott hält seinen Mandanten für schuldig. Nur Paulina sieht das anders. Einer ihrer tollkühnen Einfälle – jenseits von Gesetz und Ordnung – birgt die Lösung des Problems.

Binder & Ko

Der Mörder war wieder der Gärtner

Roman

Band 13527

Wolfgang Winter ist kein wirklich guter Journalist, sondern einer, der sich überschätzt und deswegen eines Sonntagmorgens tot im Aachener Reiterstadion sitzt. Mord! Zwei Frauen finden ihn: Franziska Hartmann, eine wirklich gute Journalistin und die Fotografin Kristina Walter. Die beiden Frauen haben den lebenden Kollegen nicht sonderlich geliebt, den toten mögen sie noch weniger. Sie stürzen sich in die Aufklärung dieses Falles und geraten in größte Schwierigkeiten. Mit von der Partie ist neben anderen Dr. Kurt Meyer-Oerkens: Dressurreiter, Verbandsjockel, Wirtschaftsanwalt und Franziskas langjähriger, bis dahin eher zurückhaltender Freund – was sich ändert, weil seine Noch-Ehefrau zu Tode kommt. Mord Nr. 2!

fi 2252 / 1